AutoCAD 2008机械绘图
培训教程

卓越科技　编著

電子工業出版社·

Publishing House of Electronics Industry

北京·BEIJING

内 容 简 介

　　本书主要介绍 AutoCAD 2008 在机械绘图方面的知识，书中从一个 AutoCAD 2008 初学者应了解和掌握的 AutoCAD 的基本操作出发，深入浅出地讲解机械图形的绘制与编辑、文字和表格的应用、尺寸标注、图层的使用、块和模板的使用、零件图和装配图的绘制、三维图形的绘制与图形的输入与输出等内容。

　　本书内容深入浅出、图文并茂，配有大量直观、生动而且实用的实例，并在每课后结合该课的内容给出了练习题，以便读者巩固所学的知识。

　　本书适合各类培训学校、大专院校和中职中专学校作为教材使用，也可供 AutoCAD 初学者和机械设计人员学习和参考。

图书在版编目（CIP）数据

AutoCAD 2008 机械绘图培训教程 / 卓越科技编著. —北京：电子工业出版社，2009.4
（零起点）
ISBN 978-7-121-08245-0

Ⅰ. A… Ⅱ. 卓… Ⅲ.机械制图：计算机制图－应用软件，AutoCAD 2008－教材 Ⅳ.TH126

中国版本图书馆 CIP 数据核字（2009）第 015974 号

责任编辑：　李云静
印　　刷：北京东光印刷厂
装　　订：三河市皇庄路通装订厂
出版发行：电子工业出版社
　　　　　北京市海淀区万寿路 173 信箱　　　邮编：100036
开　　本：787×1092　1/16　　　　印张：18　　　　字数：461 千字
印　　次：2009 年 4 月第 1 次印刷
定　　价：33.00 元

凡所购买电子工业出版社图书有缺损问题，请向购买书店调换。若书店售缺，请与本社发行部联系，联系及邮购电话：（010）88254888。
质量投诉请发邮件至 zlts@phei.com.cn，盗版侵权举报请发邮件至 dbqq@phei.com.cn。
服务热线：（010）88258888。

Foreword 前言
Qianyan

随着计算机技术的快速发展，计算机辅助设计技术在机械、电子、航空、航天、汽车、船舶、军工、建筑和轻工纺织等领域得到了广泛应用。AutoCAD 是美国 Autodesk 公司开发的通用辅助计算机绘图和设计软件包，并以易于掌握、使用方便、体系开放等特点成为机械设计领域应用最广泛的辅助设计软件之一。

本书定位

本书定位于 AutoCAD 的初学者，从初学者的角度出发，以简单的点、线命令开始，循序渐进地讲解图形的绘制、编辑等知识点。按照从无到有的过程，结合机械设计过程的特点，并通过大量实例练习与机械制图中常用的方法相结合来介绍 AutoCAD 在机械制图领域的广泛应用，让读者在最短的时间内掌握最有用的知识，成为图形设计行业中的有用人才。本书特别适合各类培训学校、中职中专学校以及大专院校作为相关课程的教材使用，也可供 AutoCAD 爱好者、机械设计工程师作为提高绘图技能的参考书。

本书主要内容

本书共 14 课，从内容上可分为 5 部分，各部分主要内容如下。

➢ **第 1 部分（第 1～2 课）**：主要讲解 AutoCAD 的预备知识、图形文件的基本操作、坐标的概念和视图的操作等知识。

➢ **第 2 部分（第 3～5 课）**：主要讲解二维图形的绘制与编辑，包括直线、多段线、矩形、圆等图形的绘制，以及对图形进行修剪、延伸、偏移、复制、阵列等编辑操作的方法。

➢ **第 3 部分（第 6～9 课）**：主要讲解文字与表格的应用、尺寸标注、图层以及块和模板文件的使用，包括创建与编辑文字、使用表格、尺寸标注的创建与编辑、图层的创建与设置以及块和模板文件的调用等知识。

➢ **第 4 部分（第 10～12 课）**：主要讲解零件图、装配图的绘制，主要包括零件图、装配图、模型图以及三维图形的绘制与技巧。

➢ **第 5 部分（第 13～14 课）**：主要讲解图形的后期处理，如输入、输入图形，打开图形等，然后以绘制泵盖零件图以及模型图为综合实例，让读者全面、系统地掌握全书所学的知识，并灵活应用于机械设计中。

本书特点

本书从计算机基础教学实际出发，设计了一个 "**本课目标+知识讲解+上机练习+疑难解答+课后练习**" 的教学结构，每课均按此结构编写。该结构各板块的编写原则如下。

➢ **本课目标**：包括本课要点、具体要求和本课导读 3 个栏目。"本课要点" 列出本课的重要知识点，"具体要求" 列出对读者的学习建议，"本课导读" 描述本课将讲解的

内容在全书中的地位以及在实际应用中有何作用。

- ➢ **知识讲解：** 为教师授课而设置，其中每个二级标题下分为知识讲解和典型案例两部分。"知识讲解"讲解本节涉及的各知识点，"典型案例"结合知识讲解部分内容设置相应上机示例，对本课重点、难点内容进行深入练习。
- ➢ **上机练习：** 为上机课时设置，包括2~3个上机练习题，各练习题难度基本保持逐步加深的趋势，并给出各题最终效果或结果、操作思路及步骤提示。
- ➢ **疑难解答：** 将学习本课的过程中读者可能会遇到的常见问题，以一问一答的形式体现出来，解答读者可能产生的疑问，促其进一步提高。
- ➢ **课后练习：** 为进一步巩固本课知识而设置，包括选择题、问答题和上机题等几种题型，各题目与本课内容密切相关。

本书约定

本书对图中的某些对象加注了说明文字，还对有些图标注了使用步骤，这些步骤与正文中的步骤没有对应关系，只是说明当前图所对应的操作顺序。

连续的命令执行（级联菜单）采用了类似"【开始】→【所有程序】→【附件】→【写字板】"的方式，表示先单击【开始】按钮，打开【所有程序】菜单，再展开【附件】子菜单，最后选择【写字板】命令。

除此之外，知识讲解过程中还穿插了"注意"、"说明"和"技巧"等几个小栏目。"注意"用于提醒读者需要特别关注的知识，"说明"用于正文知识的进一步延伸或解释为什么要进行本步操作（即本步操作的目的），"技巧"则用于指点捷径。

图书资源文件

对于本书讲解过程中涉及的资源文件（素材文件与效果图等），请访问"华信卓越"公司网站（www.hxex.cn）的"资源下载"栏目查找并下载。

本书作者

本书的作者均已从事计算机教学及相关工作多年，拥有丰富的教学经验和实践经验，并已编写出版过多本计算机相关书籍。我们相信，一流的作者奉献给读者的将是一流的图书。

本书由卓越科技组稿并审校，由张凌、盛中林主编，由于作者水平有限，书中疏漏和不足之处在所难免，恳请广大读者及专家不吝赐教。

目　　录

第1课　AutoCAD 预备知识......................1
1.1　AutoCAD 概述.........................2
1.1.1　知识讲解.........................2
　1. AutoCAD 的主要功能 2
　2. AutoCAD 2008 的启动 2
　3. AutoCAD 2008 的退出 3
　4. AutoCAD 2008 的工作界面 3
1.1.2　典型案例——制定个性化
　　　　工作界面........................6
1.2　工作空间............................9
1.2.1　知识讲解.........................9
　1. 工作空间的概念 9
　2. 使用工作空间 9
　3. 配置工作空间 9
1.2.2　典型案例——制定个性化
　　　　工作空间.......................12
1.3　上机练习...........................17
1.3.1　调整工具栏......................17
1.3.2　自定义工作空间"个性化空间"...17
1.4　疑难解答...........................18
1.5　课后练习...........................19

第2课　AutoCAD 基本操作...................20
2.1　图形文件的基本操作................21
2.1.1　知识讲解........................21
　1. 创建新图形 21
　2. 打开已有的图形 21
　3. 保存图形 22
　4. 加密图形 22
　5. 关闭图形文件 23
　6. 多图形环境操作 23
2.1.2　典型案例——新建并保存
　　　　"练习"图形文件...............23
2.2　理解 AutoCAD 坐标.................25

2.2.1　知识讲解........................25
　1. 坐标系的概念 25
　2. 笛卡儿坐标系 25
　3. 极坐标系 26
　4. 输入坐标的方式 26
2.2.2　典型案例——绘制凹型槽.........27
2.3　控制图形显示......................29
2.3.1　知识讲解........................29
　1. 缩放视图 29
　2. 平移视图 31
2.3.2　典型案例——缩放图形...........32
2.4　精确绘图操作......................33
2.4.1　知识讲解........................33
　1. 栅格与捕捉 33
　2. 正交模式 34
　3. 极轴模式 34
　4. 对象捕捉 35
　5. 对象追踪 37
2.4.2　典型案例——绘制钣金件.........37
2.5　上机练习..........................39
2.5.1　绘制异形冲压件..................39
2.5.2　绘制倾斜六边形..................40
2.6　疑难解答..........................40
2.7　课后练习..........................40

第3课　绘制点和直线......................42
3.1　绘点命令..........................43
3.1.1　知识讲解........................43
　1. 设置点样式 43
　2. 绘制单点和多点 43
　3. 绘制定数等分点 44
　4. 绘制定距等分点 45
3.1.2　典型案例——以点等分圆.........45
3.2　绘线命令..........................47

3.2.1 知识讲解 47
　　1. 绘制直线 47
　　2. 绘制射线 49
　　3. 绘制构造线 49
　　4. 绘制多段线 50
　　5. 绘制样条曲线 51
3.2.2 典型案例——绘制支撑板
　　　主视图 52
　　1. 绘制构造线 52
　　2. 绘制内孔 54
3.3 上机练习 55
3.3.1 绘制圆的等分点 55
3.3.2 绘制压盖剖面轮廓 55
3.4 疑难解答 56
3.5 课后练习 56

第4课 绘制基本二维图形 57
4.1 绘制圆弧图形 58
4.1.1 知识讲解 58
　　1. 绘制圆 58
　　2. 绘制圆弧 59
　　3. 绘制椭圆 60
4.1.2 典型案例——绘制底座俯视图 61
4.2 绘制多边形 63
4.2.1 知识讲解 63
　　1. 绘制矩形 63
　　2. 绘制正多边形 64
4.2.2 典型案例——绘制六角螺栓
　　　左视图 65
4.3 上机练习 66
4.3.1 绘制拨叉俯视图 66
4.3.2 绘制纹理图 67
4.4 疑难解答 67
4.5 课后练习 67

第5课 编辑图形对象 69
5.1 复制和删除图形 70

5.1.1 知识讲解 70
　　1. 复制对象 70
　　2. 删除对象 71
　　3. 镜像对象 71
　　4. 移动 72
　　5. 旋转 73
　　6. 阵列对象 73
　　7. 偏移 76
5.1.2 典型案例——绘制连接板 76
　　1. 绘制连接板左半部分轮廓 77
　　2. 绘制螺孔 77
　　3. 绘制连接板右半部分轮廓 78
5.2 修剪和延伸图形 79
5.2.1 知识讲解 79
　　1. 修剪 79
　　2. 延伸 80
5.2.2 典型案例——绘制手柄 81
　　1. 绘制已知线段 81
　　2. 绘制中间线段 82
　　3. 绘制连接线段 83
　　4. 完成绘制 83
5.3 对边、角、长度的编辑 84
5.3.1 知识讲解 84
　　1. 打断对象 84
　　2. 圆角 84
　　3. 倒角 85
　　4. 拉伸对象 86
　　5. 缩放对象 87
5.3.2 典型案例——绘制轴主视图 88
5.4 图案填充 90
5.4.1 知识讲解 91
　　1. 创建图案填充 91
　　2. 创建渐变色填充 93
　　3. 编辑图案填充 94
5.4.2 典型案例——填充皮带轮剖面 ...95
5.5 上机练习 96
5.5.1 绘制端盖 96

5.5.2 绘制连接件 96
5.6 疑难解答 96
5.7 课后练习 97

第6课 文字与表格的应用 98
6.1 创建与编辑文字 99
6.1.1 知识讲解 99
1. 设置文字样式 99
2. 创建单行文字 100
3. 编辑单行文字 101
4. 创建多行文字 103
5. 编辑多行文字 104
6. 应用拼写检查 104
6.1.2 典型案例——编写工作原理 ... 105
6.2 使用表格 106
6.2.1 知识讲解 106
1. 创建表格样式 106
2. 绘制表格 107
6.2.2 典型案例——编写直齿圆柱
齿轮参数表 108
6.3 上机练习 109
6.3.1 编写技术要求 109
6.3.2 制作减速器装配明细表 110
6.4 疑难解答 110
6.5 课后练习 111

第7课 机械图形尺寸标注 112
7.1 设置尺寸标注样式 113
7.1.1 知识讲解 113
1. 创建尺寸标注样式 113
2. 设置标注线条 114
3. 设置标注箭头 115
4. 设置尺寸标注文字 116
5. 设置尺寸标注单位及精度 ... 117
6. 设置公差 118
7. 设置尺寸标注的子样式 118
7.1.2 典型案例——创建标注样式 ... 119

7.2 标注尺寸 121
7.2.1 知识讲解 121
1. 线性标注 121
2. 对齐标注 122
3. 角度标注 123
4. 半径/直径标注 124
5. 弧长标注 124
6. 折弯半径标注 125
7. 基线标注 125
8. 连续标注 126
9. 引线标注 127
10. 快速标注 128
7.2.2 典型案例——标注吊钩尺寸 ... 129
7.3 公差标注 131
7.3.1 知识讲解 131
1. 尺寸公差标注 131
2. 形位公差标注 131
7.3.2 典型案例——标注齿轮孔尺寸 ... 132
7.4 标注的编辑与修改 134
7.4.1 知识讲解 134
1. 编辑标注的尺寸文字 134
2. 编辑标注尺寸 135
7.4.2 典型案例——更改尺寸标注 ... 136
7.5 上机练习 137
7.5.1 标注连接件尺寸 137
7.5.2 标注扳手尺寸 138
7.6 疑难解答 138
7.7 课后练习 138

第8课 图层 140
8.1 创建和设置图层 141
8.1.1 知识讲解 141
1. 图层的概念 141
2. 创建图层 141
3. 设置图层对象特征 142
8.1.2 典型案例——建立"中心线"图层 ... 144
8.2 管理图层 146

8.2.1 知识讲解 146
　　1. 设置图层特性 147
　　2. 切换当前图层 149
　　3. 保存与恢复图层设置 149
　　4. 改变对象所在图层 150
8.2.2 典型案例——使用图层
　　　绘制阀盖 151
　　1. 创建并设置图层 151
　　2. 绘制阀盖轮廓 153
　　3. 绘制螺孔 154
　　4. 标注阀盖尺寸 156
8.3 上机练习 156
8.3.1 创建"轮廓线"图层 156
8.3.2 绘制底板主视图 157
8.4 疑难解答 157
8.5 课后练习 158

第9课 图块和模板的使用 159
9.1 创建图块 160
9.1.1 知识讲解 160
　　1. 创建图块 160
　　2. 使用图块 160
　　3. 存储图块 164
　　4. 编辑图块 164
9.1.2 典型案例——将螺钉
　　　建立为图块 165
9.2 使用模板绘图 166
9.2.1 知识讲解 166
　　1. 创建模板 166
　　2. 调用模板 167
9.2.2 典型案例——创建 A2 图纸
　　　模板 167
　　1. 设置图层 168
　　2. 设置文字样式 169
　　3. 设置尺寸样式 169
　　4. 绘制图框及标题栏 171
9.3 上机练习 172

9.3.1 创建轴承图块 172
9.3.2 创建"A4 图纸"模板 173
9.4 疑难解答 173
9.5 课后练习 173

第10课 绘制平面及剖视图 175
10.1 绘制机械平面图 176
10.1.1 知识讲解 176
　　1. 绘制平行关系的图形 176
　　2. 绘制垂直关系的图形 177
　　3. 绘制相交关系的图形 177
　　4. 绘制等分图形 177
　　5. 绘制对称图形 178
　　6. 绘制圆弧连接图形 178
10.1.2 典型案例——绘制卡盘
　　　 主视图 181
10.2 绘制剖视图 185
10.2.1 知识讲解 185
　　1. 剖视图基础 185
　　2. 剖视图的画法及标注 185
　　3. 绘制全剖视图 186
　　4. 绘制半剖视图 186
　　5. 绘制局部剖视图 187
　　6. 绘制斜剖视图 187
　　7. 绘制旋转剖视图 187
　　8. 绘制阶梯剖视图 188
10.2.2 典型案例——绘制端盖
　　　 旋转剖视图 188
10.3 绘制断面图 193
10.3.1 知识讲解 193
　　1. 断面图基础 193
　　2. 绘制移出断面图 194
　　3. 绘制重合断面图 194
　　4. 其他表达方法 194
10.3.2 典型案例——绘制阶梯轴
　　　 断面图 195
10.4 上机练习 201
10.4.1 绘制齿轮轴套 201

10.4.2 绘制丝杆断面图.........................202

10.5 疑难解答.................................202

10.6 课后练习.................................203

第 11 课 绘制零件图与装配图.........204

11.1 绘制零件图.............................205

11.1.1 知识讲解.............................205

　1. 绘制轴套类零件图.............205

　2. 绘制轮盘类零件图.............206

　3. 绘制叉架类零件图.............206

　4. 绘制箱体类零件图.............206

11.1.2 典型案例——绘制蜗轮

　　　零件图.................................207

　1. 绘制蜗轮.............................208

　2. 标注图形.............................212

11.2 绘制装配图.............................214

11.2.1 知识讲解.............................214

　1. 装配图基础知识.................214

　2. 绘制装配图的基本规定.....214

　3. 尺寸标注和技术要求.........215

　4. 零部件序号和明细栏.........215

11.2.2 典型案例——绘制支撑梁

　　　装配图.................................217

　1. 绘制支撑梁主视图.............218

　2. 绘制支撑梁左视图.............219

　3. 标注图形.............................222

11.3 上机练习.................................224

11.3.1 绘制卡环零件图.................224

11.3.2 绘制低速轴零件图.............224

11.4 疑难解答.................................225

11.5 课后练习.................................226

第 12 课 三维图形的绘制.................227

12.1 绘制三维图形.........................228

12.1.1 知识讲解.............................228

　1. 三维绘图基础.....................228

　2. 设置视点.............................229

3. 绘制三维面 230

4. 绘制三维实体 233

12.1.2 典型案例——绘制弯管模型...238

12.2 编辑三维图形.........................241

12.2.1 知识讲解.............................241

　1. 三维实体的布尔运算.........241

　2. 三维实体的编辑.................243

12.2.2 典型案例——绘制端盖模型...245

12.3 三维实体的渲染与着色....249

12.3.1 知识讲解.............................249

　1. 三维实体的消隐.................249

　2. 三维实体的着色.................250

　3. 三维实体的渲染.................251

12.3.2 典型案例——渲染螺钉模型...252

12.4 上机练习.................................253

12.4.1 绘制固定座模型.................253

12.4.2 绘制支撑座模型.................254

12.5 疑难解答.................................254

12.6 课后练习.................................255

第 13 课 图形的后期处理 256

13.1 图形的输入与输出............257

13.1.1 知识讲解.............................257

　1. 输入图形.............................257

　2. 输出图形.............................257

13.1.2 典型案例——输出图形.....258

13.2 图形的打印.............................258

13.2.1 知识讲解.............................258

　1. 打印到文件.........................259

　2. 打印到图纸.........................259

13.2.2 典型案例——打印图纸.........260

13.3 上机练习.................................262

13.3.1 将图形输出为 BMP 文件.........262

13.3.2 打印三维图形.....................262

13.4 疑难解答.................................262

13.5 课后练习.................................263

第 14 课　综合实例——绘制泵盖......264
14.1　制作分析.................................265
14.1.1　实例效果预览.................265
14.1.2　实例制作分析.................265
14.2　制作过程.................................266
14.2.1　绘制泵盖零件图.............266
1. 绘制主视图.............................266
2. 绘制左视图.............................267

14.2.2　绘制泵盖模型.............................269
14.3　上机练习.....................................274
14.3.1　绘制支座零件图.............274
14.3.2　绘制支座模型.................274
14.4　疑难解答.....................................274
14.5　课后练习.....................................275

参考答案...276

第1课

AutoCAD 预备知识

本课要点

- AutoCAD 基础知识
- 认识 AutoCAD 的工作界面
- 工作空间的概念及使用

具体要求

- 了解 AutoCAD 的基本功能
- 了解 AutoCAD 的启动与退出
- 熟悉工具栏和选项板的锁定操作
- 熟悉自定义工作空间的方法

本课导读

使用 AutoCAD 2008 绘图时，直接面对的就是 AutoCAD 2008 的工作界面，掌握自定义工作空间的方法，对于熟练使用软件有很好的帮助，可以更加方便、快捷地绘制图形。

- 机械设计：零件图绘制、装配图绘制和零件模型绘制等。
- 建筑设计：建筑初步设计和结构施工图设计等。
- 装修设计：建筑装修平面图设计和装修效果图设计等。
- 其他应用：服装设计和电子线路设计等。

1.1 AutoCAD 概述

在使用 AutoCAD 进行绘图之前，应先了解有关 AutoCAD 的基本知识，认识工作界面以及它的使用方法。

1.1.1 知识讲解

AutoCAD（Auto Computer Aided Design，计算机辅助设计）是由美国 Autodesk 公司开发的一款计算机辅助设计绘图软件，具有易掌握、使用方便和体系结构开放等特点，被广泛应用于机械、建筑、电子、石油、化工、冶金等行业。

1. AutoCAD 的主要功能

AutoCAD 是一款用于工程设计的软件，利用它可以绘制任意的二维和三维图形，并且具有绘图速度快、精度高和交互性好等特点，因此在机械设计中应用相当普遍。AutoCAD 系统主要有以下几方面的功能。

1）基本绘图功能

AutoCAD 提供了绘制各种图形的工具，使用它们不但可以绘制机械图样中的剖视图、剖面图、零件图和装配图等二维零件图，还可以绘制轴测图、三维线框图及三维实体等图形。

2）辅助设计功能

AutoCAD 提供了各种查询已绘制图形的长度、面积、体积等特性的工具；提供了三维实体和三维曲面的造型功能，便于直观地了解和认识设计过程；强大的交互功能可以将设计数据和图形在多个软件里共享，如与 CAM 技术相结合，实现计算机自动化制造，与 Photoshop 和 3ds max 等软件相结合，制作出极具真实感的三维透视与动画效果。

3）二次开发功能

AutoCAD 具有良好的二次开发性，用户可以使用 AutoLISP、ARX 和 VB 等语言开发适合特定行业使用的 CAD 产品。

AutoCAD 除了具有以上良好的使用功能外，还具有数据库管理和 Internet 发布等功能。

2. AutoCAD 2008 的启动

当用户按照安装说明将 AutoCAD 2008 安装到计算机中后，即可启动 AutoCAD 2008 进行绘图了。启动 AutoCAD 2008 程序，主要有以下几种方法。

1）双击桌面快捷方式图标启动

安装好 AutoCAD 2008 后，系统会在桌面上添加如图 1.1 所示的 AutoCAD 2008 桌面快捷方式图标，双击该图标即可启动 AutoCAD 2008。

2）使用【开始】菜单启动

安装好 AutoCAD 2008 后，系统会自动在【开始】菜单的【所有程序】项中增加一项程序组，其名称为"Autodesk"，选择【开始】→【所有程序】→【Autodesk】→【AutoCAD

2008 - Simplified Chinese】→【AutoCAD 2008】命令，也可启动 AutoCAD 2008，如图 1.2 所示。

图 1.1 桌面快捷方式图标   图 1.2 使用【开始】菜单启动

3）其他启动方式

除了前面所介绍的两种常用启动方法外，还可通过以下两种方式来启动：

- 如果用户为 AutoCAD 2008 创建了快速启动方式，即在任务栏的快速启动区中有 "AutoCAD 2008" 的快捷图标 ，则单击该图标可启动 AutoCAD 2008。
- 双击打开具有 AutoCAD 格式的文件，如*.dwg、*.dwt 等文件。

3. AutoCAD 2008 的退出

退出 AutoCAD 2008 与退出其他软件的方法类似，主要有以下几种方法：

- 选择【文件】→【退出】命令，即可退出 AutoCAD 2008 程序。
- 单击 AutoCAD 2008 标题栏左边的程序图标，在弹出如图 1.3 所示的系统菜单中，选择【关闭】命令。
- 单击 AutoCAD 2008 窗口右上角的【关闭】按钮 。
- 在命令行中执行 Quit 或 Exit 命令。
- 在当前窗口中，按【Alt+F4】组合键。

图 1.3 弹出的系统菜单

注意：退出 AutoCAD 时，如果自上次保存图形后没有进行过修改，则可直接退出该软件；如果已修改图形，则退出前系统将提示用户，是要保存修改还是要放弃修改。

4. AutoCAD 2008 的工作界面

启动 AutoCAD 2008，便进入工作界面，同时自动新建一个名为 "Drawing1.dwg" 的文件。AutoCAD 的工作界面主要由标题栏、菜单栏、工具栏、绘图区、命令行、状态栏、工具选项板及绘图光标等部分组成，如图 1.4 所示。

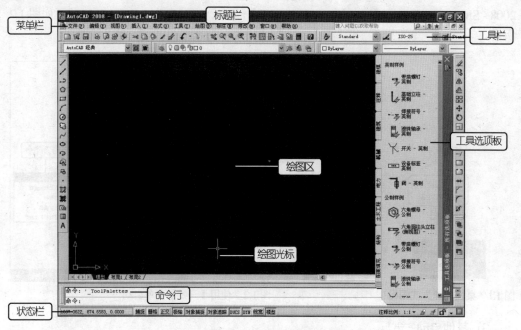

图 1.4   AutoCAD 2008 工作界面

1）标题栏

标题栏位于 AutoCAD 工作界面最上方，左边显示当前应用程序的名称，方括号内为当前正在编辑的文件名称。标题栏右侧有【最小化】按钮■、【最大化】按钮■/【还原】按钮■和【关闭】按钮■。这 3 个按钮的主要功能是最小化窗口、最大化窗口/还原窗口大小以及退出 AutoCAD。

2）菜单栏

菜单栏位于标题栏下方，由【文件】、【编辑】、【视图】、【插入】、【工具】、【绘图】、【标注】、【修改】、【窗口】和【帮助】等菜单构成，单击相应的菜单项则弹出相应的下拉菜单，通过选择命令即可进行绘图操作。

3）工具栏

使用工具栏是执行 AutoCAD 命令的一种快捷方式，工具栏上的每一个图标按钮都代表一个命令。AutoCAD 在默认情况下只调用了【标准】、【样式】、【图层】、【对象特性】、【绘图】和【修改】等几个常用工具栏。

- 打开、关闭工具栏：在任意一个打开的工具栏上单击鼠标右键，在弹出的快捷菜单中可选择要打开或关闭的工具栏。带对钩"√"的为打开工具栏，不带对钩"√"的表示关闭工具栏。也可以通过选择【视图】→【工具栏】命令进行设置。
- 固定、浮动工具栏：工具栏可以固定或者浮动。固定是指将工具栏位置固定于绘图区的顶部、底部或两侧；浮动是指工具栏可以自由移动，如图 1.5 所示。在任意工具栏上单击鼠标右键，在弹出的快捷菜单中选择【锁定位置】命令，然后在

弹出的子菜单中选择相应的命令，如图 1.6 所示，实现工具栏的锁定。

图 1.5　浮动工具栏

图 1.6　锁定工具栏

注意： 状态栏右侧中的锁图标表示工具栏和窗口已被锁定。锁定的工具栏和窗口仍然可以打开或关闭，并可以添加或删除项目。若要将其解锁，可在锁图标上单击鼠标右键，在弹出的快捷菜单中进行设置。

4）绘图区

绘图区作为用户绘图的区域，位于屏幕中央空白区域，其左下方显示当前绘图状态所在的坐标系，其中 X、Y 分别表示 X 轴和 Y 轴的正方向。当用户移动鼠标时，绘图区中的绘图光标也将相应移动。绘图区是没有边界的，无论多大的图形都可置于其中，通过绘图区右侧及下方的滚动条可使当前绘图区进行上、下、左、右移动。

5）命令行

命令行位于绘图区的底部，主要用于输入命令、显示正在执行的命令及相关信息。用户在菜单栏和工具栏中选择命令时，命令行也会显示命令提示和命令记录。执行命令时，在命令行中输入相应的操作命令，按【Enter】键或空格键后系统即执行该命令。按【F2】键可打开文本窗口，如图 1.7 所示，在该窗口中可详细了解命令的执行信息。

图 1.7　AutoCAD 文本窗口

6）状态栏

状态栏位于命令行下方，其左边显示了绘图光标在绘图区中的坐标，从而使用户随时了解当前绘图光标在绘图区中的位置。状态栏中还包括用户常用的 9 个控制按钮，如【捕捉】、【栅格】和【正交】等，这些按钮都属于开/关型按钮，即单击该按钮一次，则启用该功能（开启状态时该按钮呈凹下状态），再单击一次就关闭该功能。

7）工具选项板

工具选项板是【工具选项板】窗口中的选项卡形式区域，其提供了一种用来组织、共享和放置块、图案填充及其他工具的有效方法。工具选项板还可以包含由第三方开发人员提供的自定义工具。当启动 AutoCAD 时，工具选项板自动打开，并浮动在绘图窗口的右边。打开和关闭工具选项板的快捷键是【Ctrl+3】组合键。

8) 绘图光标

绘图光标在绘图区中以十字形式显示。一般可以用来定位点、选择和绘制对象。绘图光标的显示形式可以自定义。选择【工具】→【选项】命令，在打开的【选项】对话框中，单击【显示】选项卡，在其中可以设置绘图光标的大小，如图 1.8 所示。在【选择集】选项卡中可以设置拾取框的大小，如图 1.9 所示。

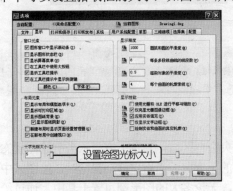
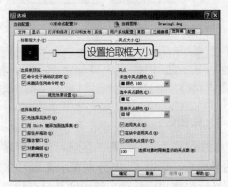

图 1.8　设置绘图光标的大小　　　　　　图 1.9　设置拾取框的大小

1.1.2　典型案例——制定个性化工作界面

案例目标

本案例将制定绘图时的个性化工作界面，从而更快、更好地完成各种绘图工作，如图 1.10 所示。

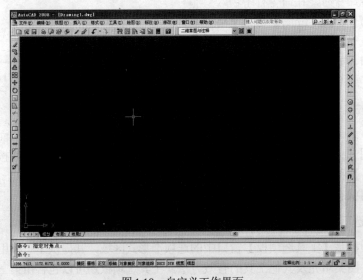

图 1.10　自定义工作界面

操作思路：

（1）打开【标准注释】、【对象捕捉】、【工作空间】、【修改】工具栏。

（2）调整相应工具栏的位置并锁定。

操作步骤

本案例分为三个步骤：第一步，打开相应的工具栏；第二步，将浮动工具栏移动到适当的位置；第三步，锁定工具栏的位置。其具体操作如下：

（1）启动 AutoCAD 2008，在任意一个打开的工具栏上单击鼠标右键，在弹出的快捷菜单中选择要打开或关闭的工具栏，如图 1.11 所示。

图 1.11　选择要打开的工具栏

（2）在打开【标准注释】、【对象捕捉】、【工作空间】和【修改】工具栏后，将出现如图 1.12 所示的工作界面，将鼠标移动到浮动工具栏的标题栏上，按住鼠标左键不放将工具栏移动到相应位置，如图 1.13 所示。

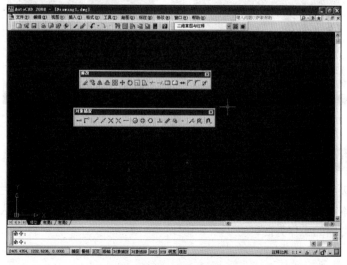

图 1.12　打开工具栏后的工作界面

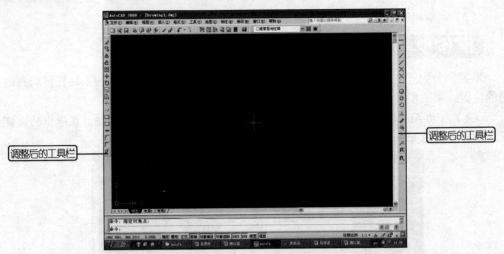

图 1.13　调整工具栏的位置

（3）在任意工具栏上单击鼠标右键，在弹出的快捷菜单中选择【锁定位置】→【全部】→【锁定】命令，如图 1.14 所示，实现工具栏的锁定。

图 1.14　锁定工具栏

案例小结

本案例主要练习了工作界面的定义。在操作过程中，主要介绍了工具栏的调用、移动等方法。通过本实例的练习，可掌握工具栏的调用、自定义工作界面等，从而设计出一套适合自己使用习惯的工作界面。

1.2　工　作　空　间

AutoCAD 提供了大量设计工具，可以很好地解决很多设计问题。但是在实际工作中，用户需要自定义工作空间来创建一个绘图环境，以便能显示用户所选择的工具栏、菜单和选项板。

1.2.1　知识讲解

在 AutoCAD 中，工作空间可以帮助用户简化常规任务，使用绘图任务和工作流程的最佳方式，提高绘图的效率。

1. 工作空间的概念

工作空间是经过分组和组织的菜单、工具栏、工具选项板和控制面板的集合，使用工作空间可让用户在自定义的、面向任务的绘图环境中工作。使用工作空间时，只会显示与任务相关的菜单、工具栏和工具选项板。此外，工作空间还会自动显示面板，一个带有特定于任务的控制面板的特殊选项板。

2. 使用工作空间

使用工作空间时，只会显示与任务相关的菜单、工具栏和选项板。例如，在创建三维模型时，可以使用三维建模工作空间，其中仅包含与三维相关的工具栏、菜单和工具选项板。

用户需要处理不同任务时，可以随时通过【工作空间】工具栏（如图 1.15 所示），切换到另一个工作空间。AutoCAD 默认定义了 3 个基于不同任务的工作空间：二维草图与注释、三维建模和 AutoCAD 经典。

图 1.15　【工作空间】工具栏

3. 配置工作空间

工作空间用于控制菜单、工具栏和工具选项板在绘图区域中的显示。使用或切换工作空间时，就是改变绘图区域的显示。用户可以在绘图过程中切换到另一个工作空间，还可以通过【自定义用户界面】对话框来管理工作空间。

系统提供以自定义工作空间的方式来创建一个绘图环境，方便随时使用该工作空间。其方法是首先设置最适合绘图任务的工具栏和可固定的窗口，然后在程序中将该设置保存为工作空间，用户需要在该工作空间环境中绘图时，可调用该工作空间。自定义工作空间的具体操作如下：

（1）选择【工具】→【自定义】→【界面】命令，打开【自定义用户界面】对话框。

（2）在【自定义用户界面】对话框中单击【自定义】选项卡。

（3）在【所有 CUI 文件中的自定义】栏的【工作空间】选项上单击鼠标右键，在弹出的快捷菜单中选择【新建工作空间】命令，如图 1.16 所示。

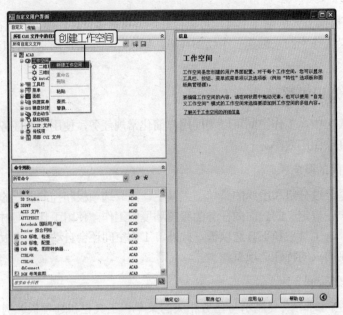

图 1.16　创建工作空间

（4）保持系统默认的名称，然后在【自定义用户界面】对话框的【工作空间内容】栏中单击 自定义工作空间(C) 按钮，如图 1.17 所示。

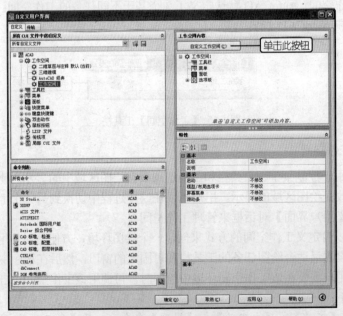

图 1.17　设置工作空间

（5）在【所有 CUI 文件中的自定义】栏中单击【工具栏】前的田按钮，展开其下级目录，并选中要添加工具栏的复选框，如图 1.18 所示。

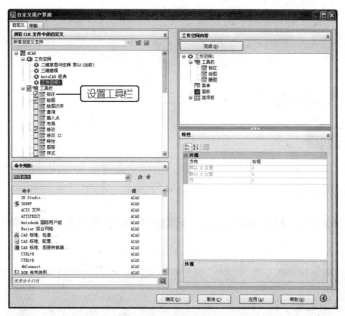

图 1.18　设置工具栏

（6）用同样的方法设置【菜单】选项和【局部 CUI 文件】选项，设置完成后，单击【工作空间内容】栏中的 完成(D) 按钮，如图 1.19 所示。

图 1.19　设置菜单和局部 CUI 文件

（7）在【自定义用户界面】对话框中单击 确定(D) 按钮，完成工作空间的定义。

（8）选择【工具】→【工作空间】命令，在弹出的子菜单中选择自定义工作空间的

名称命令即可打开自定义的工作空间。

> **注意：** 不管工作空间是如何设置的，更改图形显示时所做的更改都将保存到你的配置中并在下次启动此程序时显示出来，如将图形进行放大显示后，关闭 AutoCAD 2008，再次打开该文件，图形仍为关闭前的显示大小。

1.2.2 典型案例——制定个性化工作空间

案例目标

本案例将制定绘图时的个性化工作空间，根据个人需要和使用方便定制工作空间，从而更快、更好地完成各种绘图工作，如图 1.20 所示。

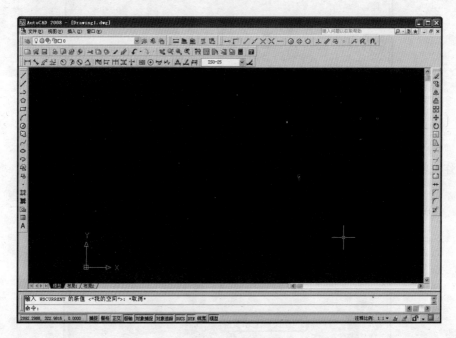

图 1.20 自定义工作空间

操作思路：

（1）创建工作空间，并将其命名为"我的空间"。

（2）对"我的空间"工作空间进行具体设置，如菜单栏、工具栏的设置等。

（3）完成工作空间的设置，并调用"我的空间"工作空间，然后移动浮动工具栏的位置。

操作步骤

本案例分为三个步骤：第一步，创建"我的空间"工作空间；第二步，设置工作空间的具体内容；第三步，调用工作空间，并对浮动工具栏进行适当的移动。其具体操作如下：

（1）选择【工具】→【自定义】→【界面】命令，如图 1.21 所示，打开【自定义用

户界面】对话框。

图 1.21　准备打开【自定义用户界面】对话框

（2）在【自定义用户界面】对话框中单击【自定义】选项卡，在【所有 CUI 文件中的自定义】栏的【工作空间】选项上单击鼠标右键，在弹出的快捷菜单中选择【新建工作空间】命令，如图 1.22 所示。

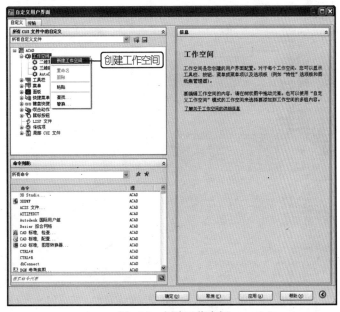

图 1.22　创建工作空间

（3）将创建的工作空间名称更改为"我的空间"，单击【工作空间内容】栏中的

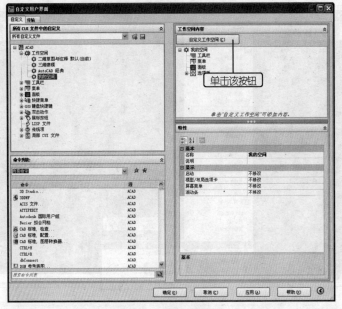 按钮, 如图 1.23 所示。

图 1.23 设置工作空间

（4）单击【所有 CUI 文件中的自定义】栏中【工具栏】选项前的田按钮, 展开工具栏, 选中要添加的工具栏前的复选框, 这里选中 标注、 绘图 、 查询、 修改、 图层、 对象捕捉、 标准复选框, 如图 1.24 所示。

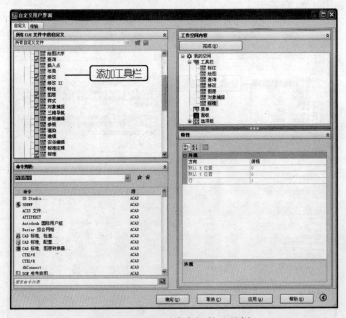

图 1.24 设置工作空间的工具栏

（5）单击【菜单】选项前的田按钮, 然后选中要添加的菜单复选框, 这里选中 文件、

☑▣视图、☑▣插入和☑▣窗口复选框，然后单击【工作空间内容】栏中的 [完成(D)] 按钮，完成工作空间内容的设置，如图 1.25 所示。

图 1.25 设置菜单栏

（6）单击 [确定(D)] 按钮，关闭【自定义用户界面】对话框，如图 1.26 所示。

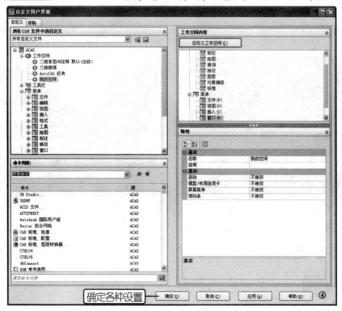

图 1.26 完成"我的空间"内容设置

（7）选择【工具】→【工作空间】→【我的空间】命令，调用自定义的工作空间"我的空间"，如图 1.27 所示。

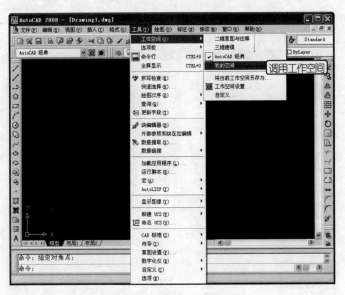

图 1.27　调用自定义工作空间

（8）调用"我的空间"工作空间后，将出现如图 1.28 所示的工作界面，将鼠标移到浮动工具栏的标题栏上，然后按住鼠标左键不放，将工具栏移动到绘图区的上方。

（9）完成工具栏位置的移动后，选择【窗口】→【锁定位置】→【全部】→【锁定】命令，如图 1.29 所示。

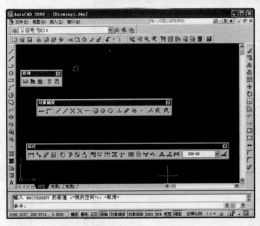

图 1.28　移动浮动工具栏

图 1.29　锁定工具栏

案例小结

本案例主要练习了工作空间的设置。通过该练习，可掌握创建工作空间的方法，在工作空间中添加菜单项、工具栏的方法。除此之外，自定义的工作空间也可进行锁定与解锁。自定义的工作空间可更符合自己的绘图习惯。

1.3　上 机 练 习

1.3.1　调整工具栏

本次练习将添加工具栏，之后对添加的工具栏进行调整并锁定，如图 1.30 所示。

操作思路：

- 在任意工具栏上单击鼠标右键，在弹出的快捷菜单中选择【标注】、【对象捕捉】、【查询】命令。
- 将添加的工具栏移到绘图区四周，再次在任意工具栏上单击鼠标右键，在弹出的快捷菜单中选择【锁定位置】→【全部】→【锁定】命令。

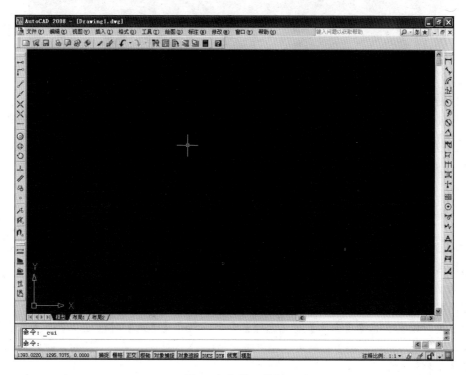

图 1.30　调整工具栏

1.3.2　自定义工作空间 "个性化空间"

本次练习将设置工作空间，其名称为 "个性化空间"，设置菜单项主要包括【文件】、【窗口】，工具栏中包括【标准】、【绘图】和【修改】等工具栏，如图 1.31 所示。

操作思路：

- 选择【工具】→【自定义】→【界面】命令，打开【自定义用户界面】对话框，在该对话框中建立工作空间，其名称为 "个性化空间"。
- 设置 "个性化空间" 的具体内容，其中菜单栏主要包括【文件】和【窗口】，工具栏则包括【标准】、【绘图】和【修改】等。

图 1.31　"个性化空间"工作空间

1.4 疑难解答

问：为什么我的绘图光标很短，但我看到别人在绘制图形时，绘图光标却可以充满整个绘图区域？

答：在 AutoCAD 中设置了绘图光标，通过绘图光标能快速、准确地绘制图形。绘图光标的默认大小值为 5，为了能够随时了解图形上、下、左、右的关系，可以对绘图光标的大小进行设置。选择【工具】→【选项】命令，打开【选项】对话框，单击【显示】选项卡，在【十字光标大小】栏的文本框中输入"100"，单击 确定 按钮，即可将光标设置为充满整个屏幕。

问：我看到别人绘图时，绘图区是白色的，为什么我的却是黑色的，在 AutoCAD 中可以调整屏幕的颜色吗？如何调整？

答：AutoCAD 绘图区的默认颜色为黑色，在实际使用过程中，用户也可以根据需要进行调整，如设置为白色或紫色等。选择【工具】→【选项】命令，打开【选项】对话框，在【选项】对话框中单击【显示】选项卡，再单击【窗口元素】栏中的 颜色(C)... 按钮，在打开的【颜色】下拉列表框中选择要调整的绘图区颜色，最后单击 应用并关闭 按钮，返回【选项】对话框，在【选项】对话框中单击 确定 按钮，即可完成设置。

1.5 课后练习

1. 填空题

（1）AutoCAD 2008 的工作界面主要由标题栏、_____、工具栏、绘图区、_____、状态栏及绘图光标等部分组成。

（2）_____位于屏幕下方，主要用于输入命令、显示正在执行的命令及相关信息。

2. 选择题

（1）CAD 的全称是（ ）。

    A．Computer Aided Drawing   B．Computer Aided Design

    C．Computer Aided Plan   D．Computer Aided Graphics

（2）打开和关闭工具选项板的快捷键是（ ）。

    A．【F2】   B．【Alt+F4】

    C．【Crtl+3】   D．【F1】

3. 问答题

（1）简述如何启动和退出 AutoCAD 2008。

（2）简述 AutoCAD 2008 操作界面的主要组成部分，以及各组成部分的主要功能。

（3）如何设置绘图光标的大小？

4. 上机题

参照本课所讲的知识，添加并移动工具栏，自定义工作界面，如图 1.32 所示。

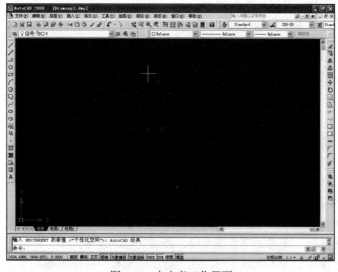

图 1.32　自定义工作界面

提示：该实例主要为调整工作界面，其中需要注意以下几点：

● 添加工作界面中所包括的工具栏。

● 将添加的工具栏移到绘图区四周。

第 2 课

AutoCAD 基本操作

○ 本课要点

- 图形文件的基本操作
- AutoCAD 坐标的概念
- 控制图形显示
- 精确绘制图形

○ 具体要求

- 掌握图形文件的基本操作
- 掌握图形文件的加密
- 掌握以坐标方式绘图
- 了解视图的各种操作
- 掌握栅格与捕捉的使用
- 掌握极轴及正交功能的使用
- 掌握对象追踪和捕捉的使用

○ 本课导读

使用 AutoCAD 2008 绘图，其最大的特点就是绘制的图形精确、绘图过程快捷，并且通过视图的操作，可更方便地观察图形的局部和整体，从而随时了解图形的绘制过程，精确地完成图形的绘制。掌握图形文件的基本操作，则可以更加快速、科学地管理图形文件。

- 图形文件操作：系统、科学管理图形文件。
- 精确点的输入：精确指定圆心、端点和象限点等特殊点的位置。
- 对象捕捉：图形间端点的连接、圆弧切点的连接。
- 视图操作：放大区域图形、完全显示图形和平移图形等。

2.1 图形文件的基本操作

熟练掌握 AutoCAD 文件的操作，可以方便对图形进行管理，提高绘图效率。

2.1.1 知识讲解

与其他应用软件一样，学习 AutoCAD 2008 时，也应掌握文件的基本操作，如文件的新建、保存、加密、打开及关闭等。

1. 创建新图形

启动 AutoCAD 之后，系统将自动新建一个名为"Drawing1.dwg"的图形文件。用户也可在实际的绘图过程中根据需要重新创建图形文件，主要有以下几种方法：

● 选择【文件】→【新建】命令，相应的快捷键为【Ctrl+N】。

● 单击【标准】工具栏中的【新建】按钮 。

● 在命令行中执行 New 命令。

执行新建文件命令后，将打开如图 2.1 所示的【选择样板】对话框，AutoCAD 2008 默认选择 acadiso.dwt 样板，单击 打开(Q) 按钮，这样就创建了基于该样板文件的图形文件。

图 2.1 创建图形文件

> **注意**：用户也可单击 打开(Q) 按钮右侧的 按钮，在弹出的菜单中选择【无样板打开－英制】或【无样板打开－公制】命令。若不使用样板文件，则按系统默认设置创建新文件。

2. 打开已有的图形

在 AutoCAD 中，用户可以打开自己所需要的图形文件后再进行编辑操作，主要有以下几种方法：

● 选择【文件】→【打开】命令，相应的快捷键为【Ctrl+O】。

● 单击【标准】工具栏上的【打开】按钮 。

● 在命令行中执行 Open 命令。

执行以上任意一种操作后，都将打开如图 2.2 所示的【选择文件】对话框，在【搜索】下拉列表框中选择要打开的文件路径，在中间的列表框中选择要打开的文件后，单击 打开(Q) 按钮，即可打开该图形文件。

AutoCAD 2008 还提供了以【只读方式】、【局部打开】以及【以只读方式局部打开】方式打开图形文件，其方法是单击 打开(Q) 按钮右侧的 按钮，在弹出的下拉菜单中选择相应的命令，即可以不同的方式打开图形文件。

图 2.2 打开图形文件

3．保存图形

在绘图过程中，应注意对图形文件进行保存，以免因死机、停电和操作错误等意外情况，造成图形文件或者数据的丢失。主要有以下几种方法：

- 选择【文件】→【保存】/【另存为】命令，相应的快捷键为【Ctrl+S】。
- 单击【标准】工具栏上的【保存】按钮 ▦ 。
- 在命令行中执行 Qsave/Save 命令。

若用户是第一次执行保存操作，则执行以上任意一个保存命令后，系统都将打开如图 2.3 所示的【图形另存为】对话框。

在【图形另存为】对话框中，用户可以在【文件类型】下拉列表框中选择要保存的图形文件的文件类型；在【保存于】下拉列表框中指定文件保存的路径；在【文件名】下拉列表框内输入文件的名称，然后单击 保存(S) 按钮即可保存图形文件。

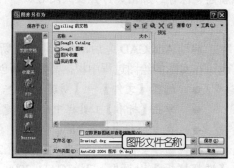

图 2.3　保存图形文件

如果对已经保存过的图形文件进行保存操作，执行上述任何一种保存操作，系统都不再打开【图形另存为】对话框，而直接以已经存在的文件名对图形文件进行保存；如果要将修改后的图形文件以另外的文件名进行保存，则可选择【文件】→【另存为】命令。

> 注意：AutoCAD 默认的图形文件格式是 dwg，默认情况下 AutoCAD 2008 保存图形文件的类型是"AutoCAD 2007 图形"，系统还可以将文件保存为 AutoCAD 软件更低版本格式的 dwg、dxf 文件。

4．加密图形

对图形进行加密，可以拒绝未经授权的人员查看该图形，有助于在进行工程协作时确保图形数据的安全。对图形文件进行加密，其具体操作如下：

（1）选择【工具】→【选项】命令，打开【选项】对话框，如图 2.4 所示。

（2）在【选项】对话框中单击【打开和保存】选项卡。

（3）单击 安全选项(0)... 按钮，打开【安全选项】对话框，如图 2.5 所示。

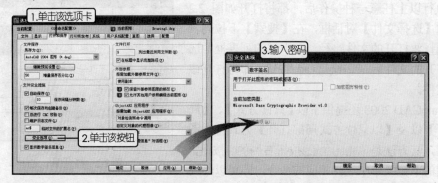

图 2.4　【选项】对话框　　　　　图 2.5　【安全选项】对话框

（4）在【安全选项】对话框中单击【密码】选项卡，在【用于打开此图形的密码或短语】文本框中输入打开图形文件的密码。

（5）单击 确定 按钮，返回【选项】对话框。

（6）在【选项】对话框中单击 确定 按钮，完成密码设置。

5．关闭图形文件

关闭 AutoCAD 文件与退出 AutoCAD 软件不同，关闭图形文件只是关闭当前编辑的图形文件，而不会退出 AutoCAD 软件。关闭图形文件，主要有以下几种方法：

- 选择【文件】→【关闭】命令。
- 单击图形文件右上角的【关闭】按钮 ×。
- 在命令行中执行 Close 命令。
- 按【Ctrl+F4】组合键。

图2.6 是否对图形进行保存

在关闭文件之前，若用户更改了当前图形文件中的内容，并未执行保存操作，则系统会打开如图 2.6 所示的对话框，提示用户在关闭文件时，是否对更改后的文件进行保存。

单击 是(Y) 按钮，保存并关闭文件；单击 否(N) 按钮，不保存并关闭文件；单击 取消 按钮，则不执行任何操作并返回工作界面。

6．多图形环境操作

在绘图过程中，用户可以在单个任务中打开多个图形，这样可以方便地在它们之间传输信息。如可以在多个图形文件之间进行复制、粘贴。执行多图形环境操作主要有以下两种方法：

- 选择【窗口】菜单的图形列表。
- 按【Ctrl+Tab】或【Ctrl+F6】组合键。

使用【Ctrl+Tab】或【Ctrl+F6】组合键可以实现在打开的图形中任意切换，而使用【窗口】菜单的图形列表可以控制多个图形的显示方式，如层叠显示、垂直显示和水平平铺显示图形。

2.1.2 典型案例——新建并保存"练习"图形文件

案例目标

本案例将创建 AutoCAD 图形文件，对图形文件加密并保存，文件的名称为"练习"。

效果图位置：【\第 2 课\源文件\练习.dwg】

操作思路：

（1）启动 AutoCAD 2008，执行图形文件创建命令，新建图形文件。

（2）对图形文件进行加密后，再进行保存。

操作步骤

本案例分为三个步骤：第一步，创建图形文件；第二步，对图形文件进行加密；第三步，保存图形文件。其具体操作如下：

（1）选择【文件】→【新建】命令，打开如图 2.7 所示的【选择样板】对话框。

（2）在该对话框中选择"acad.dwt"样板文件，单击 打开(0) ▼ 按钮，创建基于样板文件的图形文件。

（3）选择【工具】→【选项】命令，打开【选项】对话框，在【选项】对话框中单击【打开和保存】选项卡，如图 2.8 所示。

图 2.7　创建图形文件

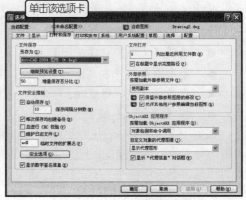

图 2.8　【打开和保存】选项卡

（4）在【文件安全措施】栏中单击 安全选项(0)... 按钮，打开【安全选项】对话框。

（5）在打开的如图 2.9 所示的【安全选项】对话框中单击【密码】选项卡，在【用于打开此图形的密码或短语】文本框中输入"autocad"，单击 确定 按钮，打开【确认密码】对话框。

（6）在【确认密码】对话框的【再次输入用于打开此图形的密码】文本框中输入打开图形时的密码"autocad"，单击 确定 按钮，如图 2.10 所示，返回【选项】对话框。

图 2.9　【安全选项】对话框

图 2.10　确认密码

（7）在【选项】对话框中单击 确定 按钮，返回 AutoCAD 的工作界面。

（8）选择【文件】→【保存】命令，打开【图形另存为】对话框，在【保存于】下拉列表框中选择保存位置，在【文件名】下拉列表框中输入图形文件的名称"练习"文本，单击 保存(S) 按钮，完成图形文件的保存，如图 2.11 所示。

图 2.11 保存文件

案例小结

本案例主要练习了保存图形文件，在保存文件的过程中，主要使用了文件的新建、文件的加密以及文件保存操作。通过本案例的练习，可巩固图形文件的创建、安全措施的使用以及文件保存知识的掌握。

2.2 理解 AutoCAD 坐标

机械图形都具有其特有的尺寸，使用 AutoCAD 绘制图形时就必须指定构成图形的点的坐标。通过坐标系指定点的位置是 AutoCAD 绘图的基础之一。

2.2.1 知识讲解

利用 AutoCAD 绘制图形时需要用坐标系来指定绘图点，用户可以通过图形点的坐标值来确定图形的尺寸。

1. 坐标系的概念

AutoCAD 的坐标系统分为两大类：世界坐标系（WCS）和用户坐标系（UCS）。在二维绘图中用户一般都是在世界坐标系（WCS）中进行绘图工作的，在世界坐标系中，X 轴是水平的，Y 轴是垂直的，Z 轴垂直于 XY 平面。当 Z 轴坐标为 0 时，XY 平面就是我们进行绘图的平面，它的原点是 X 轴和 Y 轴的交点（0,0）。

用户坐标系（UCS）是以世界坐标系（WCS）为基础，根据绘图需要，经过平移或旋转而得到的新的坐标系。它是不固定的、可移动的坐标系，用户可以在绘图过程中根据需要进行定义和删除。

在实际绘图工作中，使用世界坐标系就可以基本满足需要。但是在绘制复杂三维图形时，世界坐标系就难以满足全面观察和绘制的需要，必须依靠用户坐标系来解决这个问题。

2. 笛卡儿坐标系

笛卡儿坐标系就是直角坐标系，它有 3 个轴，X 轴、Y 轴、Z 轴，它们之间遵守右手定则。在二维绘图中一般都是平面二维坐标，X 轴沿水平向右，Y 轴沿垂直方向向上，原点是 X 轴与 Y 轴的交点，其坐标值为（0,0）。

3．极坐标系

极坐标系是用极径 R 和极角 θ 来定位点的坐标系。其中 R 为长度，表示点到原点的距离，因此 $R>0$；θ 为极角，代表与 X 轴的沿逆时针方向的夹角，有正负之分。极坐标的表示方式为"$R<\theta$"。例如："20<30"，如图 2.12 所示。

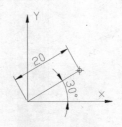

图 2.12　极坐标系

4．输入坐标的方式

在 AutoCAD 中绘制图形对象时，往往要求输入点的坐标来确定它们的位置、大小、方向。在指定任意一点时，可以通过输入绝对直角坐标、相对直角坐标、绝对极坐标、相对极坐标和动态输入 5 种方式来定位点。

1）绝对直角坐标

绝对直角坐标的输入方法是以坐标原点（0,0,0）为基点来定位其他所有的点，用户可以通过输入（x,y,z）坐标来确定点在坐标系中的位置。其中，x 值表示此点在 x 方向到原点间的距离；y 值表示此点在 y 方向到原点间的距离；z 值表示此点在 z 方向到原点间的距离。

如果输入的点是二维平面上的点，则可省略 z 坐标值，例如，输入坐标点（43,16,0）与输入（43,16）相同。

2）相对直角坐标

相对直角坐标的输入方法是以某点为参考点，然后输入相对位移坐标的值来确定点。相对直角坐标与坐标系的原点无关，只相对于参考点进行位移。

例如："@35,21"表示为输入点相对于前一点在 X 轴上移动 35 个绘图单位，在 Y 轴上移动 21 个绘图单位。

> **说明：** "@"字符表示当前为相对坐标输入，它相当于输入一个相对坐标值"@0,0"。

3）绝对极坐标

绝对极坐标输入法，就是以指定点距原点之间的距离和角度来确定线段，距离和角度之间用尖括号【<】分开。

例如：要指定点距原点的距离为 121，角度为 31°，输入"121<31"。

绝对极坐标中的角度按逆时针方向旋转为增大，按顺时针方向旋转则减小。要向顺时针方向移动，应输入负的角度值，例如，输入"13<-29"等价于输入"13<331"。

4）相对极坐标

相对极坐标与绝对极坐标较为类似，不同的是，绝对极坐标的距离是相对于原点的距离，而相对极坐标的距离则是指定点到参照点之间的距离，而且应该在相对极坐标值前加上"@"符号。

5）动态输入

使用动态输入功能可以在图形绘制时的动态文本框中输入坐标值，而不必在命令行中进行输入。

在绘制图形的过程中，绘图光标旁边显示的提示信息将随着绘图光标的移动而动态更新，当某个命令处于活动状态时，可以在动态文本框中输入值，但动态输入不会取代命令窗口。

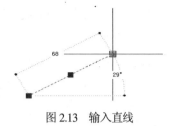

图 2.13　输入直线

例如，绘制角度为 29°，其长度为 68 的直线，只需先把绘图光标移动到 29°的位置，然后在动态文本框内输入"68"，即可完成直线的绘制，如图 2.13 所示。

> **说明：**可以通过单击状态栏上的DYN按钮来打开或关闭动态输入，也可以选择【工具】→【草图设置】命令，在打开的【草图设置】对话框中自定义动态输入。

2.2.2　典型案例——绘制凹型槽

案例目标

本案例将绘制凹型槽剖面轮廓，通过本实例的绘制，可掌握利用坐标点的方法绘制图形，如图 2.14 所示。

效果图位置：【\第 2 课\源文件\凹型槽.dwg】

操作思路：

（1）指定绘制图形的起点。

（2）然后在起点的基础上分别利用绝对直角坐标等坐标输入方式绘制图形。

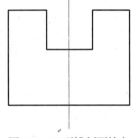

图 2.14　凹型槽剖面轮廓

操作步骤

本案例分为两个步骤：第一步，确定绘制图形的起点；第二步，使用坐标输入方式绘制凹型槽剖面轮廓。其具体操作如下。

选择【绘图】→【直线】命令，执行直线命令绘制凹型槽剖面轮廓，其命令操作如下：

命令: _line 指定第一点: 0,0,0	//执行直线命令并指定起点
指定下一点或 [放弃(U)]: 80,0	//以绝对坐标方式指定直线的第二点，如图 2.15 所示
指定下一点或 [放弃(U)]: 0,60	//以绝对坐标方式指定直线的下一点，如图 2.16 所示
指定下一点或 [闭合(C)/放弃(U)]: @-25,0	//以相对坐标方式指定直线的下一点，如图 2.17 所示
指定下一点或 [闭合(C)/放弃(U)]: 25	//鼠标下移，在动态文本框中输入直线长度，如图 2.18 所示
指定下一点或 [闭合(C)/放弃(U)]:30	//鼠标左移，在动态文本框中输入直线长度，如图 2.19 所示
指定下一点或 [闭合(C)/放弃(U)]: 25	//鼠标上移，在动态文本框中输入直线长度，如图 2.20 所示
指定下一点或 [闭合(C)/放弃(U)]: 25	//鼠标左移，在动态文本框中输入直线长度，如图 2.21 所示
指定下一点或 [闭合(C)/放弃(U)]: c	//选择【闭合】选项，完成绘制，如图 2.22 所示

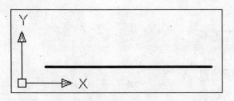

图 2.15　绘制长度值为 80 的水平直线

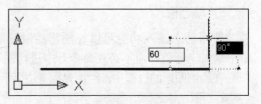

图 2.16　绘制竖直线

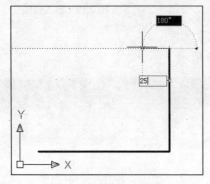

图 2.17　绘制水平直线

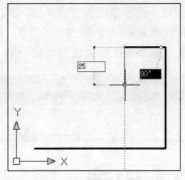

图 2.18　绘制竖直线

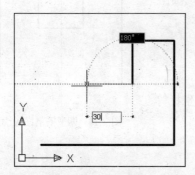

图 2.19　绘制水平直线

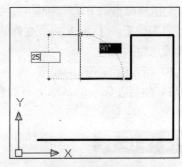

图 2.20　绘制竖直线

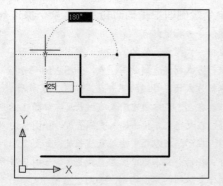

图 2.21　绘制水平直线

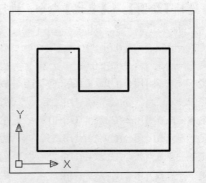

图 2.22　完成图形的绘制

案例小结

本案例主要练习了绘制凹型槽剖面轮廓，在绘制该图形的过程中，主要利用直线命令，并结合不同坐标输入方式绘制水平及垂直直线。通过本实例的绘制，可掌握坐标点的输入方法，以及利用鼠标的指向并在动态文本框中输入直线长度来绘制直线的方法。

2.3　控制图形显示

在 AutoCAD 中绘图时，有时只能显示图形的一部分，这时就需要对图形进行缩放与平移，以便能够方便、准确地绘图。

2.3.1　知识讲解

对视图进行放大、缩小以及移动处理时，图形在坐标系中的位置和大小并不改变，这样有利于准确绘图。

1．缩放视图

缩放视图可以增加或减少图形对象的屏幕显示尺寸，以便于观察图形的整体结构和局部细节。缩放视图不改变对象的真实尺寸，只改变显示的比例。在 AutoCAD 中，缩放视图有多种方法，下面介绍几种常用的缩放方法。

1）实时缩放

实时缩放是最常用的一种缩放模式。执行 Zoom 命令可以实现实时缩放，【实时缩放】是 Zoom 命令的默认选项，执行 Zoom 命令后，直接按【Enter】键即可使用该选项。选择【视图】→【缩放】→【实时】命令也可进行实时缩放，执行该命令后，在屏幕上出现 形状的绘图光标。按住鼠标左键不放，向上移动则放大视图；向下移动则缩小视图。若要退出缩放，则按【Esc】键或【Enter】键即可。

2）窗口缩放

窗口缩放通过指定的两角点定义一个需要缩放的窗口范围，放大该窗口内的图形至整个屏幕。执行 Zoom 命令后，选择【窗口】选项可以实现对视图的窗口缩放。

例如，将如图 2.23 所示的图形（【\第 2 课\素材\零件图.dwg】）以窗口方式进行显示，如图 2.24 所示，其命令操作如下：

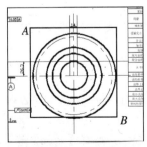

图 2.23　打开原始图形

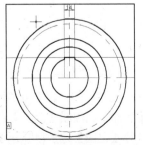

图 2.24　以窗口方式显示图形

命令:Zoom	//执行视图缩放命令
指定窗口的角点,输入比例因子 (nX 或 nXP),或者[全部(A)/中心(C)/	
动态(D)/范围(E)/上一个(P)/比例(S)/窗口(W)/对象(O)] <实时>: w	//选择【窗口】选项
指定第一个角点:	//指定窗口的第一点 A
指定对角点:	//指定对角点 B

注意: 窗口缩放主要用于对图形的某个区域进行放大显示,其操作过程类似于 Photoshop 中的框选图形,即在框选范围中的图形即被自动放大显示。

3) 按比例缩放

该方法主要是以一定的比例缩放视图。执行 Zoom 命令后,选择【比例】选项可以实现对视图的比例缩放。

例如,将如图 2.25 所示的图形,放大 3 倍进行显示,效果如图 2.26 所示。

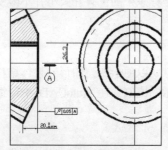

图 2.25　打开原始图形

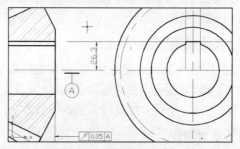

图 2.26　将图形放大 3 倍显示

其命令操作如下:

命令:Zoom	//执行视图缩放命令
指定窗口的角点,输入比例因子 (nX 或 nXP),或者[全部(A)/中心(C)/	
动态(D)/范围(E)/上一个(P)/比例(S)/窗口(W)/对象(O)] <实时>: 3	//指定缩放比例

在执行 Zoom 命令以及在执行的过程中选择【比例】选项,系统都将提示"输入比例因子 (nX 或 nXP):",这时可以指定一个值作为缩放比例因子。指定缩放比例值时,主要有以下几种情况:

● 仅输入一个数值,将根据绘图界限确定缩放比例。输入的数据必须为正值,且不能是零。大于 1,放大图形;小于 1,缩小图形。

● 若输入的值后面跟 "x",系统将根据当前视图确定比例。例如:输入 "3x",则屏幕上的图形将显示为原大小的 3 倍。

● 若输入的值后面跟 "xp",系统将根据图纸空间单位确定比例。例如:输入 "3xp",系统将以图纸空间单位的 3 倍显示模型空间。

4) 显示全部对象

在绘制图形的过程中或绘制完成后,如果需要浏览图形的全貌,可以执行 Zoom 命令,选择【全部】选项或【范围】选项显示全部对象。

选择【范围】缩放以显示图形范围并使所有对象最大显示;选择【全部】选项则在当前窗口中缩放显示整个图形,在平面视图中,所有图形将被缩放到栅格界限和当前范围两者较大的区域中。在三维视图中，【全部】与【范围】子命令等效。

　　例如，将如图 2.23 所示的图形以"全部"方式进行缩放显示，结果如图 2.27 所示。

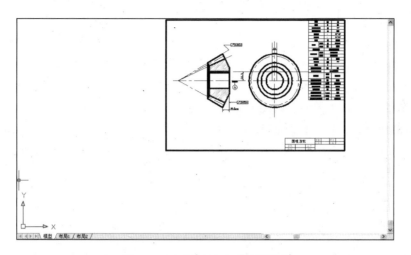

图 2.27　以【全部】方式缩放图形

　　其命令操作如下：

命令:Zoom	//执行视图缩放命令
指定窗口的角点，输入比例因子 (nX 或 nXP)，或者[全部(A)/中心(C)/	
动态(D)/范围(E)/上一个(P)/比例(S)/窗口(W)/对象(O)] <实时>: a	//选择【全部】选项

2．平移视图

　　平移视图可以改变图形在屏幕上的显示位置，而不改变图形中对象的位置或比例。用户可以在任何方向上移动观察图形，以便观察图形的其他部分。

　　Pan 命令可以实现视图的平移。执行 Pan 命令后，绘图光标变为 形状，如图 2.28 所示，系统命令行提示"按 Esc 键或 Enter 键退出，或单击右键弹出快捷菜单"，此时，用户可按住鼠标左键不放，拖动图形移动到所需位置，如图 2.29 所示，松开鼠标左键后，图形将被放置在该处，实现对图形的实时平移。

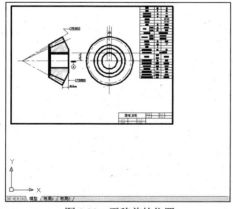

图 2.28　平移前的位置

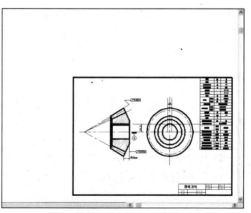

图 2.29　平移后的位置

2.3.2 典型案例——缩放图形

案例目标

本案例将对图形进行放大，并将其移动到适合查看图形的位置，如图 2.30 所示。

素材位置：【\第 2 课\素材\轴.dwg】

效果图位置：【\第 2 课\源文件\轴.dwg】

操作思路：

（1）打开要进行视图缩放的图形。

（2）执行视图缩放命令，将图形进行放大，再将图形移动到适当的位置。

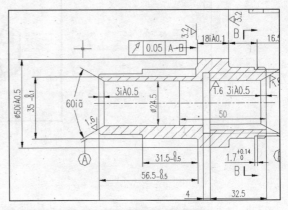

图 2.30 缩放图形

操作步骤

本案例分为三个步骤：第一步，打开需要进行缩放的图形；第二步，对图形进行放大处理；第三步，将图形进行平移。其具体操作如下：

（1）选择【文件】→【打开】命令，打开【选择文件】对话框，如图 2.31 所示。

（2）在【选择文件】对话框的【搜索】下拉列表框中选择文件所在的路径，然后选择要打开的图形文件"轴.dwg"，单击 打开⑩ 按钮，打开所选文件，效果如图 2.32 所示。

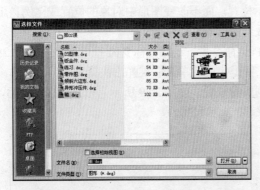

图 2.31 【选择文件】对话框

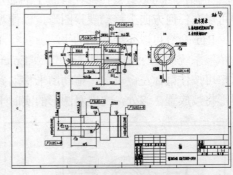

图 2.32 打开图形文件

（3）执行图形缩放命令，将图形放大 3 倍，如图 2.33 所示。

```
命令: Zoom                                                    //执行视图缩放命令
指定窗口的角点,输入比例因子 (nX 或 nXP),或者[全部(A)/中心(C)/
动态(D)/范围(E)/上一个(P)/比例(S)/窗口(W)/对象(O)] <实时>: 3x   //将图形放大 3 倍
```

（4）执行平移视图命令，将放大后的图形进行平移，如图 2.34 所示。

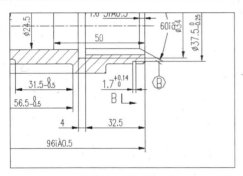

图 2.33　放大图形

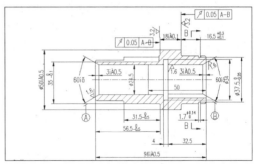

图 2.34　平移视图

案例小结

　　本案例主要练习了使用缩放以及平移命令，对视图进行操作，在操作的过程中，主要使用缩放命令对图形进行放大，然后使用平移命令对图形进行平移操作。通过本实例的练习，可进一步了解并掌握视图缩放等命令的使用。

2.4　精确绘图操作

　　在 AutoCAD 的图形绘制过程中，经常需要进行精确的绘图操作。AutoCAD 提供了强大的精确绘图辅助工具，如捕捉、栅格、正交、极轴、对象捕捉以及对象追踪等，可以使绘图更加快捷、精确。

2.4.1　知识讲解

　　捕捉、栅格、正交、极轴、对象捕捉以及对象追踪等辅助功能的启动与关闭非常简单，只需单击状态栏上相应的按钮即可。

1. 栅格与捕捉

　　"栅格"是显示在屏幕上的一个个等距点，使用栅格可以对齐对象并直接观察显示对象之间的距离，并可以直观地参照栅格绘制图形。点与点之间的距离称为栅格间距，可以根据需要重新定义；"捕捉"用于设定绘图光标移动的距离，其作用是准确地定位到设置的捕捉间距点上，主要用于准确定位和控制间距。

　　按【F7】键或单击状态栏上的 栅格 按钮可启动/关闭"栅格"功能；按【F9】键或单击状态栏上的 捕捉 按钮可启动/关闭"捕捉"功能。设置栅格间距与捕捉间距，其具体操作如下：

　　（1）选择【工具】→【草图设置】命令，或者在 栅格 按钮或 捕捉 按钮上单击鼠标右键，在弹出的快捷菜单中选择【设置】命令，打开【草图设置】对话框。

　　（2）在该对话框中单击【捕捉和栅格】选项卡，如图 2.35 所示。

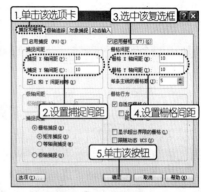

图 2.35　捕捉与栅格

（3）选中☑启用捕捉 (F9)(S)复选框，然后分别在【捕捉 X 轴间距】和【捕捉 Y 轴间距】文本框中输入捕捉间距的值。

（4）选中☑启用栅格 (F7)(G)复选框，然后分别在【栅格 X 轴间距】和【栅格 Y 轴间距】文本框中输入栅格间距值。

（5）完成设置后，单击 确定 按钮。

在【草图设置】对话框中各选项的含义分别如下。

● **启用捕捉**：选中该复选框，即可启用【捕捉】功能。
● **捕捉 X 轴间距**：指定 X 方向的捕捉间距。间距值必须为正实数。
● **捕捉 Y 轴间距**：指定 Y 方向的捕捉间距。间距值必须为正实数。
● **X 和 Y 间距相等**：为捕捉间距和栅格间距强制使用同一 X 和 Y 间距值。捕捉间距可以与栅格间距不同。
● **极轴间距**：控制极轴捕捉的增量距离。
● **栅格捕捉**：设置栅格捕捉类型。若指定点，光标将沿垂直或水平栅格点进行捕捉。
● **矩形捕捉**：将捕捉样式设置为标准【矩形】捕捉模式。当捕捉类型设置为【栅格】并且打开【捕捉】模式时，光标将捕捉矩形捕捉栅格。
● **等轴测捕捉**：将捕捉样式设置为【等轴测】捕捉模式。当捕捉类型设置为【栅格】并且打开【捕捉】模式时，光标将捕捉等轴测捕捉栅格。
● **极轴捕捉**：将捕捉类型设置为【极轴捕捉】。如果打开了【捕捉】模式并在极轴追踪打开的情况下指定点，光标将沿在【极轴追踪】选项卡上相对于极轴追踪起点设置的极轴对齐角度进行捕捉。

说明：栅格虽然显示在绘图窗口上，但它不属于图纸的一部分，在输出图纸时并不打印栅格。

2. 正交模式

正交是将绘图光标限制在水平或垂直方向上移动，以便能精确地创建和修改对象。使用正交功能，可在绘图区中使用绘图光标绘制绝对水平或垂直的直线。打开正交模式后，系统将限制绘图光标只能在两个方向上拾取点，即只能在平行于绘图光标的两个方向上拾取点。但【正交】模式不能控制键盘输入坐标点的位置，只能控制绘图光标拾取点的方位。

单击状态栏中的正交按钮，使其呈凹下状态，则表示启用了正交模式，此时，用户即可在绘图区中绘制水平或垂直的直线。再次单击正交按钮，使其呈凸出状态时，则表示关闭了正交功能。

说明：启动/关闭【正交】模式，也可以按【Ctrl+L】组合键或【F8】键进行。

3. 极轴模式

使用极轴功能可在绘图区中根据用户指定的极轴角度，绘制具有一定角度的直线。单击状态栏中的极轴按钮，使其呈凹下状态，当绘图光标靠近用户指定的极轴角度时，在绘图光标的一侧就会显示当前点距离前一点的长度、角度及极轴追踪的轨迹，如图 2.36 所示。

系统默认的极轴追踪角度为 90°，可通过如下方法来设定它的大小，其具体操作如下：

（1）在状态栏中的极轴按钮上单击鼠标右键，在弹出的快捷菜单中选择【设置】命令，

打开如图 2.37 所示的【草图设置】对话框。

（2）在【草图设置】对话框中选中☑启用极轴追踪 (F10)(P) 复选框，启用极轴功能。

（3）在【极轴角设置】栏的【增量角】下拉列表框中选择相应的角度值来指定极轴角的大小。

（4）单击 确定 按钮即可完成极轴角的设置。

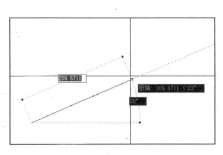

图 2.36　使用极轴功能绘图

图 2.37　【极轴追踪】选项卡中的设置

> **注意：**【正交】模式和极轴追踪不能同时打开。打开【正交】将关闭极轴追踪。同样，极轴捕捉和栅格捕捉不能同时打开。打开极轴捕捉将关闭栅格捕捉。

4．对象捕捉

对象捕捉是将指定的点限制在现有对象的特定位置上，如端点、中点、交点、圆心和切点等，而不需要知道这些点的坐标，通过对象捕捉可以确保绘图的精确性。

利用【对象捕捉】工具栏，可以快速、方便地进行对象捕捉，如图 2.38 所示，该工具栏按钮所对应的主要捕捉功能如下。

- ⊷（临时追踪点）：该种捕捉方式始终跟踪上一次单击的位置，并将其作为当前的目标点。使用 Tt 命令也可以调用【临时追踪点】捕捉选项。

图 2.38　【对象捕捉】工具栏

- （捕捉自）：该种捕捉方式可以根据指定的基点，然后偏移一定距离来捕捉特征点。使用 Fro 或 From 命令也可以调用【捕捉自】捕捉选项。

- （捕捉到端点）：该种捕捉方式可以捕捉到圆弧、直线、多线和多段线的端点，也可捕捉三维实体以及面域边的端点。使用 End 或 Endp 命令也可以调用【捕捉到端点】捕捉选项。

- （捕捉到中点）：该种捕捉方式可以捕捉到圆弧、椭圆弧、直线、多线、多段线和样条曲线等对象的中点，也可以捕捉三维实体和面域边的中点。使用 Mid 命令也可以调用【捕捉到中点】捕捉选项。

- ✕（捕捉到交点）：该种捕捉方式可以捕捉圆弧、圆、椭圆、直线、多线、多段线、射线和样条曲线或构造线等对象之间的交点。使用 Int 命令也可以调用【捕捉到交点】捕捉选项。

- ◻ （捕捉到外观交点）：该种捕捉方式在二维空间中与【捕捉到交点】的功能相同，但是，该种捕捉方式不可在三维空间中捕捉两个对象的视图交点（实际不相交，但在投影视图中显示相交）。使用 App 命令也可以调用【捕捉到外观交点】捕捉选项。

- ◻ （捕捉到延长线）：该种捕捉方式可以捕捉直线和圆弧的延伸交点。用户将绘图光标从几何对象的端点开始移动，系统沿该对象显示出捕捉辅助线及捕捉点的相对极坐标。使用 Ext 命令也可以调用【捕捉到延长线】捕捉选项。

- ◻ （捕捉到圆心）：该种捕捉方式可以捕捉到圆弧、圆或椭圆的圆心，还可以捕捉实体和面域中圆的圆心。使用 Cen 命令也可以调用【捕捉到圆心】捕捉选项。

- ◻ （捕捉到象限点）：该种捕捉方式可以捕捉所有圆弧或椭圆最近的象限点，如 0°、90°、180° 或 270° 等。使用 Qua 命令也可以调用【捕捉到象限点】捕捉选项。

- ◻ （捕捉到切点）：该种捕捉方式可以捕捉圆或圆弧的切点。使用 Tan 命令也可以调用【捕捉到切点】捕捉选项。

- ◻ （捕捉到垂足）：该种捕捉方式可以捕捉到与圆弧、圆、构造线、椭圆、椭圆弧、直线、多线、多段线、射线、实体或样条曲线等正交的点，也可捕捉到对象的外观延伸垂足。使用 Per 命令也可以调用【捕捉到垂足】捕捉选项。

- ◻ （捕捉到平行线）：该种捕捉方式可以用于绘制已知线条的平行线。使用 Par 命令也可以调用【捕捉到平行线】捕捉选项。

- ◻ （捕捉到插入点）：该种捕捉方式可以捕捉块、文字、属性或属性定义等对象的插入点。使用 Ins 命令也可以调用【捕捉到插入点】捕捉选项。

- ◻ （捕捉到节点）：该种捕捉方式可以捕捉到使用 Point 命令绘制的点以及使用 Divide 和 Measure 命令绘制的点对象。使用 Nod 命令也可以调用【捕捉到节点】捕捉选项。

- ◻ （捕捉到最近点）：该种捕捉方式可以捕捉对象与指定点距离最近的点。使用 Nea 命令也可以调用【捕捉到最近点】捕捉选项。

以上捕捉方式仅对当前操作有效，在命令结束之后，捕捉模式将自动关闭。为此，AutoCAD 还提供了自动捕捉功能。当打开自动捕捉功能后，AutoCAD 将根据设定的捕捉类型自动寻找相应的点。设置自动捕捉功能，其具体操作如下：

（1）选择【工具】→【草图设置】命令，或在状态栏的 对象捕捉 按钮上单击鼠标右键，在弹出的快捷菜单中选择【设置】命令，打开如图 2.39 所示的【草图设置】对话框。

（2）在【草图设置】对话框中单击【对象捕捉】选项卡。

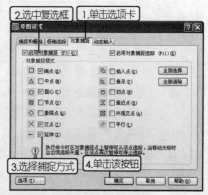

图 2.39　【草图设置】对话框

（3）选中 ☑启用对象捕捉 (F3)(O) 复选框，打开对象捕捉功能，并在【对象捕捉模式】栏中选中所需捕捉模式的复选框。

（4）单击 确定 按钮即可设置成功。

5. 对象追踪

对象追踪包括极轴追踪和对象捕捉追踪。启用对象追踪功能后，在绘图区拾取一点，当绘图光标在指定的极角或正交方向附近时，该方向上就会出现一条追踪线，并将用户拾取的点锁定在该追踪线上。

对象追踪方式在如图 2.37 所示的【极轴追踪】选项卡的【对象捕捉追踪设置】栏中设置，其中的两个单选按钮含义如下。

- ⦿仅正交追踪(L)**单选按钮**：选中该单选按钮，启用对象捕捉追踪时将显示获取对象捕捉点的正交（水平/垂直）对象捕捉追踪路径，如图 2.40 所示。
- ⦿用所有极轴角设置追踪(S)**单选按钮**：选中该单选按钮，启用对象捕捉追踪时，将从对象捕捉点起沿极轴对齐角度进行追踪，如图 2.41 所示。

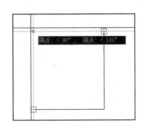

图 2.40　正交追踪

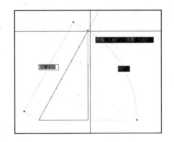

图 2.41　极轴追踪

2.4.2　典型案例——绘制钣金件

案例目标

本案例将绘制钣金件，通过本实例的绘制，可进一步掌握坐标点的输入、极轴和对象追踪等功能的使用，如图 2.42 所示。

效果图位置：【\第 2 课\源文件\钣金件.dwg】

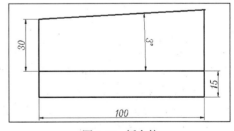

图 2.42　钣金件

操作思路：

（1）利用直线命令，绘制长度为 100 的水平直线，以确定钣金件的长度。

（2）再次使用直线命令，并结合极轴对象捕捉和对象追踪功能绘制钣金件的轮廓。

说明：在本例的绘制过程中，应着重练习坐标点、极轴、对象捕捉和追踪功能的使用。

操作步骤

本案例分为三个步骤：第一步，绘制长度值为 100 的水平直线；第二步，绘制钣金件折弯部分；第三步，完成钣金件其他部分的绘制。其具体操作如下。

（1）执行直线命令，绘制一条长度为 100 的水平直线，其命令操作如下：

命令:line	//执行直线命令
指定第一点:0,0	//指定直线的第一点
指定下一点或 [放弃(U)]: @100,0	//指定直线的第二点
指定下一点或 [放弃(U)]:	//按【Enter】键确定直线的绘制

（2）执行直线命令，完成构成折弯部分轮廓的其他 3 条直线，其命令操作如下：

命令:line	//执行直线命令
指定第一点:	//指定第一条直线的端点为起点
指定下一点或 [放弃(U)]: @0,15	//指定直线的第二点
指定下一点或 [放弃(U)]:	//利用对象追踪功能绘制直线，如图 2.43 所示
指定下一点或 [闭合(C)/放弃(U)]:	//使用捕捉功能捕捉到第一条直线的起点，如图 2.44 所示

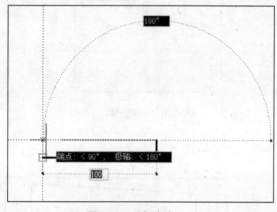

图 2.43　对象追踪

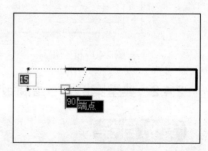

图 2.44　捕捉端点

（3）在状态栏的【极轴】按钮上单击鼠标右键，在弹出的快捷菜单中选择【设置】命令，打开【草图设置】对话框。

（4）在【草图设置】对话框中单击【极轴追踪】选项卡后，选中【启用极轴追踪】复选框，在【极轴角设置】栏中单击 新建(N) 按钮，并设置其角度为 3°，单击 确定 按钮，完成极轴设置，如图 2.45 所示。

（5）执行直线命令，绘制钣金件轮廓，其命令操作如下：

命令: line	//执行直线命令
指定第一点: end	//选择【端点】捕捉选项
于	//捕捉直线的左端端点 A，如图 2.46 所示
指定下一点或 [放弃(U)]: 30	//向上移动鼠标指针，并输入直线长度
指定下一点或 [放弃(U)]:	//利用极轴追踪功能绘制直线，如图 2.47 所示

指定下一点或 [放弃(U)]:　　　　　　　　　　//连接折弯部分直线的端点，如图 2.48 所示

图 2.45　【草图设置】对话框

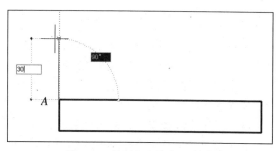

图 2.46　绘制高度值为 30 的直线

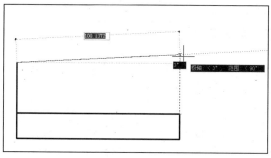

图 2.47　绘制斜线

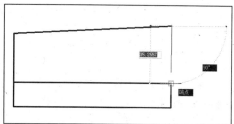

图 2.48　捕捉直线端点

案例小结

　　本案例主要练习了钣金件图形的绘制，在绘制过程中，主要使用对象捕捉、极轴以及对象追踪等功能。通过本实例的绘制，可了解极轴追踪功能的设置及使用方法，掌握对象追踪等功能的使用，巩固直线命令以及对象捕捉功能的使用。

2.5　上机练习

2.5.1　绘制异形冲压件

　　本练习将绘制如图 2.49 所示的异形冲压件，主要练习对象捕捉等功能的使用。

　　效果图位置：【\第 2 课\源文件\异形冲压件.dwg】

　　操作思路：

● 执行直线命令，绘制长度值为 50 的

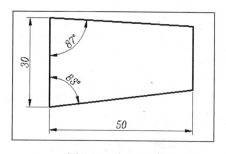

图 2.49　异形冲压件

辅助线。

● 设置极轴捕捉参数。

● 再次执行直线命令，并结合对象捕捉和极轴捕捉功能完成异形冲压件的绘制。

● 执行 Erase 命令擦除辅助线。

2.5.2 绘制倾斜六边形

本实例将绘制如图 2.50 所示的倾斜六边形。通过本次练习可掌握直线命令和极轴捕捉等功能的使用。

效果图位置：【\第 2 课\源文件\倾斜六边形.dwg】

操作思路：

● 执行直线命令，绘制任意长度的辅助线。

● 设置极轴捕捉参数，结合直线命令和极轴捕捉功能绘制六边形。

● 执行 Erase 命令擦除辅助线。

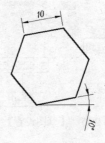

图 2.50　倾斜六边形

2.6　疑　难　解　答

问：为什么在输入坐标值时，却始终捕捉到离十字光标最近的点？我想捕捉其他非特征点该怎么办？

答：在 AutoCAD 中提供了很多种数据的输入方式，精确数据的输入主要包括坐标点的输入以及对象捕捉，在【选项】对话框【用户系统配置】选项卡的【坐标数据输入的优先级】栏中可以设置坐标的输入，选中单选按钮；也可以在输入坐标值之前，关闭对象捕捉功能。

问：为什么我在绘图的过程中，移动鼠标总是跳动的？

答：在 AutoCAD 中提供了捕捉与栅格功能，利用捕捉与栅格功能可以更好、更快地绘制图形，当单击状态栏中的 捕捉 按钮，使其呈凹下状态，即可按预设的捕捉间距进行捕捉，在移动绘图光标时，就会自动跳动到相应栅格点。取消捕捉功能，即可解决该问题。

2.7　课　后　练　习

1. 填空题

（1）如果输入的点是二维平面上的点，则可省略 z 坐标值，例如，输入坐标点（22,15,0）与输入＿＿＿＿＿＿＿＿相同。

（2）要指定点距原点的距离值为 75，角度为 55°，则输入＿＿＿＿＿＿＿＿即可。

（3）在 Zoom 命令提示中输入"比例（S）"选项时，当输入"0.2xp"时，"xp"之前的数值代表＿＿＿＿＿＿＿＿。

2. 选择题

（1）（　　）命令可以打开已经存在的图形文件。

A. New
B. Open
C. Save
D. Qsave

（2）按（　　）键，可开启【正交】绘图功能。

A. F7
B. F8
C. F9
D. F10

3．问答题

（1）如何创建、保存及打开 AutoCAD 图形文件？如何对图形文件进行加密操作？

（2）在 AutoCAD 中按照坐标值参考点的不同，可将坐标值分为哪几种？各种坐标有何不同？

（3）AutoCAD 中使用了哪些精确绘图辅助工具？

（4）如何设置 AutoCAD 提供的对象捕捉方式？对象捕捉与对象追踪有何不同？

4．上机题

参照本课所讲的知识，绘制连接件图形，其效果如图 2.51 所示。

效果图位置：【\第 2 课\源文件\连接件.dwg】

提示：该实例主要使用直线命令，并结合对象捕捉等功能对图形进行绘制，其中需要注意以下几点：

● 使用多段线命令，并结合坐标点输入方式绘制连接件轮廓。

● 使用直线命令，绘制连接件螺孔等不可见的线条。

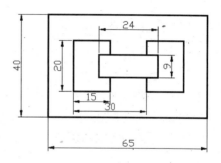

图 2.51　连接件

第 3 课

绘制点和直线

本课要点

- 绘点命令
- 绘线命令

具体要求

- 了解点的绘制和点样式的设置
- 掌握直线的绘制方法
- 掌握构造线的绘制方法
- 掌握多段线的绘制方法
- 掌握样条曲线的绘制方法

本课导读

在 AutoCAD 2008 中绘图时，点和线是基本命令，在进行绘图的过程中，这些命令是必不可少的，使用点和线命令，可完成机械设计中的定位线和轮廓线等图形的绘制。

- 定位辅助线：盘盖中心辅助线、轴套中心辅助线、叉架辅助线。
- 各种轮廓线：支架轮廓、筋板轮廓、吊钩轮廓。
- 各类孔洞：轴孔、螺孔、销孔。
- 各类剖切面：齿轮剖切面、阀盖剖切面。

3.1 绘点命令

机械制图中最基本的图形对象是点，作为节点或参照几何图形的点对象，对于对象捕捉和相对偏移非常有用。

3.1.1 知识讲解

点是组成图形最基本的一个图形元素，任何对象都是由多个点组成的，但在实际绘图过程中，点对象用得不太多，它主要起到一个标记功能。

1. 设置点样式

AutoCAD默认不显示绘制的点对象，在绘制点对象之前通常要对点的大小、样式进行设置，否则点将与线重合在一起，无法看到点的位置。执行点样式命令，主要有以下两种方法：

● 选择【格式】→【点样式】命令。

● 在命令行中执行Ddptype命令。

执行上述任何一种命令，都将打开如图3.1所示的【点样式】对话框。在【点样式】对话框中即可为所要绘制的点指定相应的样式及大小。

在对话框的上半部分列出了AutoCAD为用户提供的20种点样式，使用鼠标单击相应的样式图标即可设置点的样式，如单击⊞样式。在【点大小】文本框中可指定所要绘制的点的大小。

其中，各单选按钮的具体含义如下。

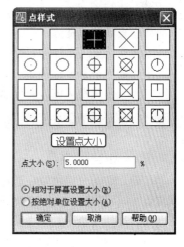

图3.1 【点样式】对话框

● ⊙相对于屏幕设置大小(R)单选按钮：选择该单选按钮，可以按屏幕尺寸的百分比设置点的显示大小。当进行缩放时，点的显示大小并不因此改变。

● ⊙按绝对单位设置大小(A)单选按钮：选择该单选按钮，可以按【点大小】文本框中指定的实际单位设置点的显示大小。当进行缩放时，绘图区中显示的点的大小也会随之改变。

2. 绘制单点和多点

完成点样式设置后，即可在绘图区域中绘制点对象。执行点命令，主要有以下几种方法：

● 选择【绘图】→【点】→【单点】/【多点】命令。

● 单击【绘图】工具栏中的【点】按钮 ·。

● 在命令行中执行Point（Po）命令。

> 注意：选择【绘图】→【点】→【单点】命令以及在命令行中输入Point命令，每次只能创建单个的点对象；选择【绘图】→【点】→【多点】命令或单击【绘图】工具栏的 · 【点】按钮，则每次可以创建多个点对象。

在命令行中执行创建点对象命令之后，具体命令操作如下：

命令 po	//执行 Point 命令
:POINT	
当前点模式： PDMODE=99 PDSIZE=0.0000	//系统提示当前的点模式
指定点：	//在绘图区拾取一点，完成单点的创建

执行命令的过程中系统提示了当前点的模式，分别用 PDMODE 和 PDSIZE 两个系统变量表示。重新指定 PDMODE 和 PDSIZE 变量的值后，将按设置的变量改变点的外观。这两个变量的意义分别如下。

- PDMODE：控制点样式，不同的值对应不同的点样式，其数值为 0～4、32～36、64～68、96～100，分别与【点样式】对话框中的第一行至第四行点样式相对应，其对应关系如图 3.2 所示。
- PDSIZE：控制点的大小，当该值为正时，表示点的绝对尺寸大小，相当于选中【点样式】对话框中的【按绝对单位设置大小】单选按钮；当该值为负时，表示点的相对尺寸大小，相当于选中【点样式】对话框中的【相对于屏幕设置大小】单选按钮；当该值为 0 时，点的大小为系统默认值，即屏幕大小的 5%。

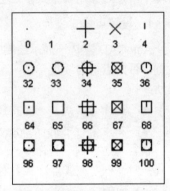

图3.2　点样式对应的 PDMODE 值

说明：当 PDMODE 的值为 0 时，显示为一个小圆点；值为 1 时不显示任何图形，但可以捕捉到该点。

3．绘制定数等分点

创建定数等分点可以在选定的对象上按指定的数目绘制等分点，并将点沿对象的长度或周长等间隔排列。执行定数等分点命令，主要有以下两种方法：

- 选择【绘图】→【点】→【定数等分】命令。
- 在命令行中执行 Divide（DIV）命令。

执行定数等分命令，将任意一条线段分为 5 份，如图 3.3 所示。

图3.3　5 等分后的线段

其命令操作如下：

命令:div	//执行定数等分命令
DIVIDE	
选择要定数等分的对象:	//选择要等分的线段
输入线段数目或 [块(B)]: 5	//输入要等分的数量并确认

注意：定数等分和定距等分分别是在选定对象上按指定点的数目和指定间距创建点。定数等分和定距等分只是标明等分的位置，作为几何参照点，而非真的将对象等分为独立的对象。

4. 绘制定距等分点

绘制定距等分点是指在选定的对象上以指定距离一次绘制多个点。执行定距等分点命令，主要有以下两种方法：

● 选择【绘图】→【点】→【定距等分】命令。

● 在命令行中执行 Measure（ME）命令。

定距等分命令的使用方法与定数等分命令相似，下面以每隔7个单位（毫米）插入一个点的方法定距等分线段，如图3.4所示。

图3.4 定距等分线段

其命令操作如下：

命令:me	//执行定距等分命令
MEASURE	
选择要定距等分的对象：	//拾取要等分的线段
输入线段长度或 [块(B)]: 7	//输入各点间的距离并确认

注意： 被等分的对象可以是直线、圆、圆弧和多段线等实体，等分点只是按要求在等分对象上做出点标记。在执行命令的过程中，如果选择【块】选项则可用指定的图块代替点，即在线段等分处插入所选的图块，关于图块的知识及插入等分图块的方法将在本书的相关章节进行介绍。

3.1.2 典型案例——以点等分圆

案例目标

本案例将把一个半径值为150的圆划分为7等份，并用点对象标出圆的圆心，如图3.5所示。

素材位置：【\第3课\素材\等分圆.dwg】

效果图位置：【\第3课\源文件\等分圆.dwg】

操作思路：

（1）设置划分圆的点样式，确定以何种点方式划分已知圆。

（2）用定数等分命令将圆划分为7等份。

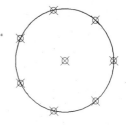

图3.5 以点划分圆

（3）执行绘制点命令，并捕捉圆的圆心，以点对象标出圆的圆心。

说明： 在本例制作的过程中，为了体现点对象的使用范围及使用方法，用到了对象捕捉命令。对于对象捕捉命令，将在本书的相关章节中进行详细讲解。

操作步骤

本案例分为三个步骤：第一步，设置点样式；第二步，以点对象将圆划分为7等份；第三步，以点对象标出圆心位置。其具体操作如下。

（1）打开"等分圆.dwg"图形文件，选择【格式】→【点样式】命令（如图3.6所示），打开【点样式】对话框。

（2）在【点样式】对话框中选择点的样式，选中 ⊙相对于屏幕设置大小(R) 单选按钮，再在【点大小】文本框中输入"8"，即设置点的大小相对于屏幕为8%，单击 确定 按钮，如图3.7所示。

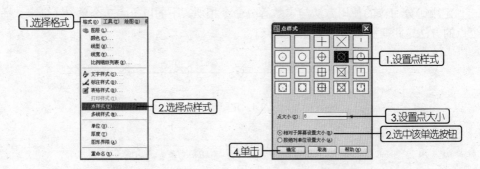

图3.6　执行【点样式】命令　　　　图3.7　【点样式】对话框

（3）执行定数等分命令Divide，将圆分为7等份，其命令操作如下：

命令:div	//执行定数等分命令
DIVIDE	
选择要定数等分的对象:	//拾取要等分的圆，如图3.8所示
输入线段数目或 [块(B)]: 7	//输入等分数量，如图3.9所示

（4）执行绘制点命令，并捕捉圆的圆心，以点对象标注圆的圆心，其命令操作如下：

命令: po	//执行绘制点命令
POINT	
当前点模式: PDMODE=35　PDSIZE=-8.0000	
指定点: cen	//选择【圆心】捕捉选项
于	//捕捉圆的圆心，如图3.10所示

　　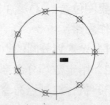

图3.8　拾取圆对象　　　图3.9　将圆划分为7等份　　　图3.10　捕捉圆心

案例小结

本案例主要练习了将圆划分为相同长度的几等份，在该过程中，主要使用了点样式的设置和定数等分命令。通过本实例的绘制，可了解并掌握定数等分命令的具体使用方法，巩固对象捕捉功能的运用。

3.2　绘线命令

线条是机械图形的主要组成部分，线条主要分为直线型和曲线型两种。

3.2.1　知识讲解

AutoCAD 也可以绘制多种线条类型，如直线、射线、构造线、多线、多段线和样条曲线等，下面具体介绍几种线条的绘制。

1. 绘制直线

直线一般由位置和长度两个参数确定，即只要指定了直线的起点和终点就可以确定直线。执行直线命令，主要有以下几种方法：

- 选择【绘图】→【直线】命令。
- 单击【绘图】工具栏中的【直线】按钮。
- 在命令行中执行 Line（L）命令。

当绘制一条线段后，可继续以该线段的终点作为起点，然后指定另一终点……从而绘制首尾相连的封闭图形。

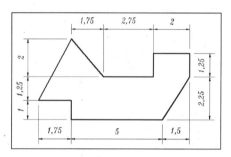

图 3.11　冲压件轮廓

下面使用前面讲解的输入坐标点的方法和正交模式，绘制如图 3.11 所示的机械剖面轮廓【\第 3 课\素材\冲压件轮廓.dwg】，其命令操作如下：

命令:l	//执行直线命令
LINE	
指定第一点:	//在屏幕上指定一点作为起点
指定下一点或 [放弃(U)]: <正交 开>1.75	//按【F8】键打开【正交】模式，并将鼠标向右移，输入直线的长度，如图 3.12 所示
指定下一点或 [闭合(C)/放弃(U)]:1	//将鼠标向下移，并输入直线的长度，如图 3.13 所示
指定下一点或 [闭合(C)/放弃(U)]:5	//将鼠标向右移，并输入直线的长度，如图 3.14 所示
指定下一点或 [闭合(C)/放弃(U)]:@1.5,2.25	//输入直线的相对坐标，如图 3.15 所示
指定下一点或 [闭合(C)/放弃(U)]: 1.25	//将鼠标向上移，并输入直线的长度，如图 3.16 所示
指定下一点或 [闭合(C)/放弃(U)]: 2	//将鼠标向左移，并输入直线的长度，如图 3.17 所示
指定下一点或 [闭合(C)/放弃(U)]: 1.25	//将鼠标向下移，并输入直线的长度，如图 3.18 所示
指定下一点或 [闭合(C)/放弃(U)]:2.75	//将鼠标向左移，并输入直线的长度，如图 3.19 所示
指定下一点或 [闭合(C)/放弃(U)]: @-1.75,2	//输入直线的相对坐标，如图 3.20 所示
指定下一点或 [闭合(C)/放弃(U)]: c	//选择【闭合】选项，如图 3.21 所示

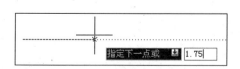

图 3.12　绘制水平线

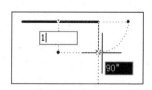

图 3.13　绘制竖直线

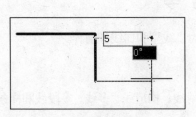

图 3.14 绘制水平线

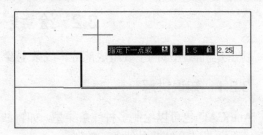

图 3.15 绘制斜线

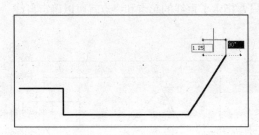

图 3.16 绘制竖直线

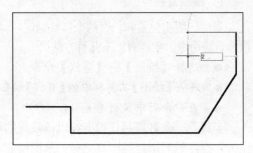

图 3.17 绘制水平线

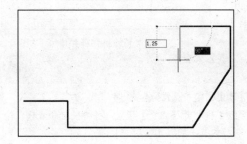

图 3.18 绘制竖直线

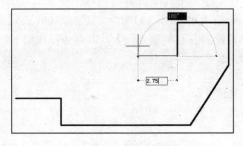

图 3.19 绘制水平线

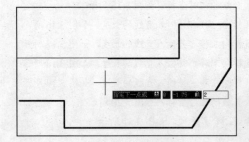

图 3.20 绘制斜线

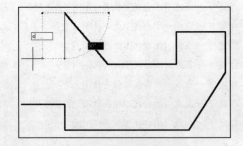

图 3.21 选择【闭合】选项

执行 Line 命令过程中的各选项含义分别如下。

● **放弃**：选择该选项将撤销刚才绘制的直线而不退出 Line 命令。

● **闭合**：如果绘制了多条线段，最后要形成一个封闭的图形时，选择该选项并按
【Enter】键可将最后确定的端点与第一个起点重合，形成一个封闭的图形。

2．绘制射线

射线是一端端点确定，另一端无限延伸的直线。它只有起点没有终点。执行射线命令，主要有以下两种方法：

● 选择【绘图】→【射线】命令。

● 在命令行中执行 Ray（R）命令。

在 AutoCAD 中，射线主要用于绘制辅助线。执行 Ray 命令，其命令操作如下：

命令:ray	//执行射线命令
指定起点	//指定射线起点
指定通过点:	//指定射线通过点
指定通过点:	//指定其他射线通过点
……	

指定射线的起点后，可以在【指定通过点】提示下指定多个通过点，来绘制以起点为端点的多条射线，直到按【Esc】键或单击鼠标右键结束射线绘制为止。

3．绘制构造线

构造线是两端无限延长的直线，在机械制图中的主要作用为绘制辅助线。执行构造线命令，主要有以下几种方法：

● 选择【绘图】→【构造线】命令。

● 单击【绘图】工具栏中的【构造线】按钮 ⁄。

● 在命令行中执行 Xline（XL）命令。

Xline 命令用于绘制两个方向无限延伸的构造线。下面以绘制∠ABC 的角平分线为例进行讲解，如图 3.22 所示，其命令操作如下：

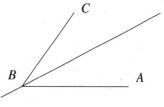

图 3.22　绘制角平分线

命令:xl	//执行构造线命令
XLINE	
指定点或 [水平(H)/垂直(V)/角度(A)/二等分(B)/偏移(O)]: b	//选择【二等分】选项
指定角的顶点:	//捕捉的顶点 B
指定角的起点:	//捕捉角的起点 A
指定角的端点:	//捕捉角的端点 C
指定角的端点:	//结束绘制构造线命令

综合使用命令行中的各个选项可为复杂的机械图形绘制构造线。执行 Xline 命令过程中的各选项含义分别如下。

● **两点法**：系统默认的方法，指定构造线上的起点和通过点创建构造线。

● **水平**：创建一条通过指定点且平行于 X 轴的构造线。

● **垂直**：创建一条通过指定点且平行于 Y 轴的构造线。

● **角度**：以指定的角度或参照某条已存在的直线以一定的角度创建一条构造线。在指定构造线的角度时，该角度是构造线与坐标系水平方向上的夹角，其中角度值为正值，绘制的构造线将逆时针旋转。

● **二等分**：创建角平分线。使用该选项创建的构造线平分指定的两条相交线之间的

夹角。

- **偏移**：通过另一条直线对象创建与此平行的构造线，创建的平行构造线可以偏移指定的距离与方向，也可以通过指定的点。

4. 绘制多段线

多段线就是由多条平行直线组成的对象。使用该命令可绘制包括由若干直线段组成的多段线，及由直线和圆弧组成的多段线等。执行多段线命令主要有以下几种方法：

- 选择【绘图】→【多段线】命令。
- 单击【绘图】工具栏中的【多段线】按钮 ↵。
- 在命令行中执行 Pline（PL）命令。

使用多段线命令可以绘制不同宽度的线条，也可以绘制既有直线又有曲线的线条，例如使用该命令，可绘制如图 3.23 所示的箭头，其命令操作如下：

图 3.23　箭头

命令: pl	//执行多段线命令
PLINE	
指定起点:	//在屏幕上指定箭头线的起点 A
当前线宽为 0.0000	//默认宽度值为 0
指定下一个点或 [圆弧(A)/半宽(H)/长度(L)/放弃(U)/宽度(W)]:w	//选择【宽度】选项
指定起点宽度 <0.0000>: 10	//指定起点（A 点）宽度值为 10
指定端点宽度 <10.0000>:	//指定端点（B 点）宽度值为 10
指定下一个点或 [圆弧(A)/半宽(H)/长度(L)/放弃(U)/宽度(W)]:　<正交 开>30	//打开【正交】模式，并将鼠标向右移，输入直线的长度，确定 B 点
指定下一点或 [圆弧(A)/闭合(C)/半宽(H)/长度(L)/放弃(U)/宽度(W)]: w	//选择【宽度】选项
指定起点宽度 <10.0000>: 20	//指定起点（B 点）宽度值为 20
指定端点宽度 <20.0000>: 0	//指定端点（C 点）宽度值为 0
指定下一个点或 [圆弧(A)/半宽(H)/长度(L)/放弃(U)/宽度(W)]: 45	//打开【正交】模式，并将鼠标向右移，输入直线的长度，确定 C 点
指定圆弧的端点或[角度(A)/圆心(CE)/闭合(CL)/方向(D)/半宽(H)/直线(L)/半径(R)/第二个点(S)/放弃(U)/宽度(W)]:	//按【Enter】键，结束多段线命令

执行 Pline 命令过程中的各选项含义分别如下。

- **圆弧**：将绘制直线的方式转变为绘制圆弧的方式。
- **半宽**：用于指定多段线的半宽值，AutoCAD 将提示用户输入多段线的起点半宽值与终点半宽值。
- **长度**：定义下一条多段线的长度，AutoCAD 将按照上一条线段的方向绘制这一条多段线。若上一段是圆弧，则将绘制与此圆弧相切的线段。

- **放弃**：取消在多段线绘制过程中上一步绘制的一段多段线。
- **宽度**：设置多段线的宽度值。

5. 绘制样条曲线

通过样条曲线命令可生成拟合光滑曲线，它可以通过起点、控制点、终点及偏差变量来控制曲线。执行样条曲线命令，主要有以下几种方法：

- 选择【绘图】→【样条曲线】命令。
- 单击【绘图】工具栏中的【样条曲线】按钮☑。
- 在命令行中执行 Spline（SPL）命令。

样条曲线在实际绘图中有广泛的应用，在机械图形中常表示机械零件图的剖断面。下面讲解样条曲线的绘制，如图 3.24 所示，其命令操作如下：

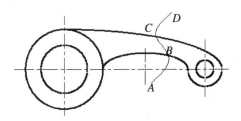

图 3.24 绘制剖断线

命令: spl	//执行样条曲线命令
SPLINE	
指定第一个点或 [对象(O)]:	//指定样条曲线的第一点 A
指定下一点:	//指定样条曲线的第二点 B
指定下一点或 [闭合(C)/拟合公差(F)] <起点切向>:	//指定样条曲线的第三点 C
指定下一点或 [闭合(C)/拟合公差(F)] <起点切向>:	//指定样条曲线的第四点 D
指定下一点或 [闭合(C)/拟合公差(F)] <起点切向>:	//按【Enter】键结束样条曲线的绘制
指定起点切向:	//按【Enter】键指定起点切向
指定端点切向:	//按【Enter】键指定端点切向

执行 Spline 命令过程中各选项的含义分别如下。

- **对象**：选择该选项，可将样条曲线拟合的多段线转换为样条曲线。
- **闭合**：选择该选项，可将样条曲线的端点与起点进行闭合，从而绘制出闭合的样条曲线。
- **拟合公差**：选择该选项，可定义曲线的偏差值。主要用于设置样条曲线拟合公差的数值。该数值的含义是指实际的样条曲线与输入的控制点之间允许的最大偏移距离，默认的拟合公差数值为 0。设置的公差数值越大，离控制点越远；公差数值越小，离控制点越近。
- **起点切向**：选择该选项，可定义样条曲线的起点和结束点的切线方向。当绘制完样条曲线后，系统提示输入起点的切线方向，可以输入切线方向角度或者用绘图光标确定。在给出起点的切向后，系统提示输入终点的切点方向。

3.2.2 典型案例——绘制支撑板主视图

案例目标

本案例将绘制支撑板主视图，在这个练习中将使用构造线、直线以及修剪等命令，重点练习构造线、直线等命令的使用。本实例绘制出的最终效果如图3.25 所示。

素材位置：【\第 3 课\素材\支撑板.dwg】

效果图位置：【\第 3 课\源文件\支撑板.dwg】

操作思路：

（1）在已有的支撑板俯视图中绘制构造线，并使用修剪命令对图形进行修剪处理，以完成支撑板主视图的绘制。

（2）使用直线等命令完成支撑板内孔的绘制。

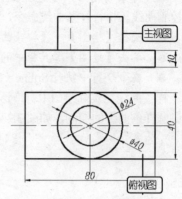

图 3.25 支撑板

说明： 在本例制作的过程中，为了体现构造线等命令的具体用法，使用了【修剪】命令，对于【修剪】命令的具体操作，可参照本书相关章节进行学习。

操作步骤

本案例分为两个步骤：第一步，绘制支撑板轮廓；第二步，绘制内孔。

1．绘制构造线

在绘制本案例的支撑板主视图时，需要打开支撑板俯视图进行绘制，其具体操作如下。

（1）打开"支撑板.dwg"文件，如图 3.26 所示。

（2）执行构造线命令，绘制垂直辅助线，如图 3.27 所示。

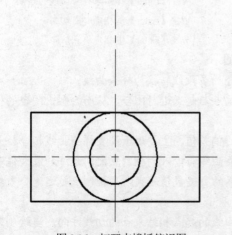

图 3.26 打开支撑板俯视图

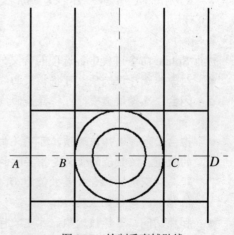

图 3.27 绘制垂直辅助线

其命令操作如下：

命令: xline	//执行构造线命令
指定点或 [水平(H)/垂直(V)/角度(A)/二等分(B)/偏移(O)]: v	//选择【垂直】选项
指定通过点:	//捕捉外轮廓线与水平辅助线的交点 A
指定通过点:	//捕捉圆与水平辅助线的交点 B
指定通过点:	//捕捉圆与水平辅助线的交点 C
指定通过点:	//捕捉外轮廓线与水平辅助线的交点 D
指定通过点:	//按【Enter】键结束构造线命令

（3）再次执行构造线命令，利用构造线命令的【水平】选项，绘制水平辅助线，如图 3.28 所示，其命令操作如下：

命令: xline	//执行构造线命令
指定点或 [水平(H)/垂直(V)/角度(A)/二等分(B)/偏移(O)]: h	//选择【水平】选项
指定通过点:	//在适当的位置拾取一点
指定通过点:	//按【Enter】键结束构造线命令

（4）再次执行构造线命令，利用构造线命令的【偏移】选项，对水平辅助线进行偏移，如图 3.29 所示，其命令操作如下：

命令: xline	//执行构造线命令
指定点或 [水平(H)/垂直(V)/角度(A)/二等分(B)/偏移(O)]: o	//选择【偏移】选项
指定偏移距离或 [通过(T)] <通过>:10	//指定偏移距离
选择直线对象:	//选择水平线
指定偏移的方向:	//在水平线上方拾取一点
选择直线对象:	//按【Enter】键结束构造线命令

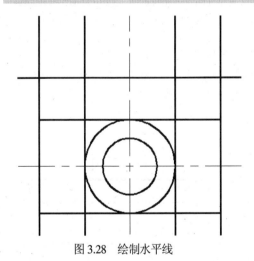

图 3.28　绘制水平线

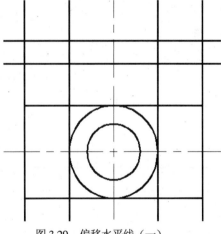

图 3.29　偏移水平线（一）

（5）再次执行构造线命令，利用构造线的【偏移】选项将偏移后的水平线向上进行偏移，其偏移距离值为 20，如图 3.30 所示。

（6）执行修剪命令，对水平以及垂直辅助线进行修剪处理，得到支撑板主视图轮廓，如图 3.31 所示。

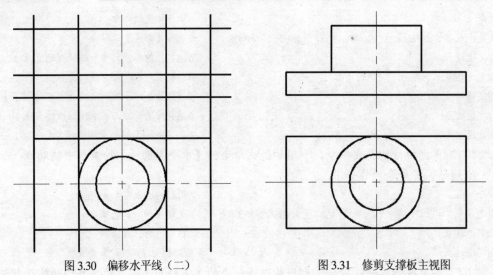

图 3.30   偏移水平线（二）　　　　　图 3.31   修剪支撑板主视图

2. 绘制内孔

完成支撑板主视图轮廓的绘制后，便可使用修剪命令，并结合坐标输入法完成轴孔以及螺孔的绘制，其具体操作如下。

（1）执行直线命令，绘制直线，如图 3.32 所示，其命令操作如下：

命令: line	//执行直线命令
指定第一点: from	//选择【捕捉自】对象捕捉模式
基点: end	//选择【端点】捕捉选项
于	//捕捉直线的端点 A
<偏移>: @8,0	//指定直线的第一点坐标 B
指定下一点或 [放弃(U)]: @0,-20	//指定直线的第二点 C
指定下一点或 [闭合(C)/放弃(U)]:	//按【Enter】键结束直线命令

（2）再次执行直线命令，绘制如图 3.33 所示的直线，其命令操作如下：

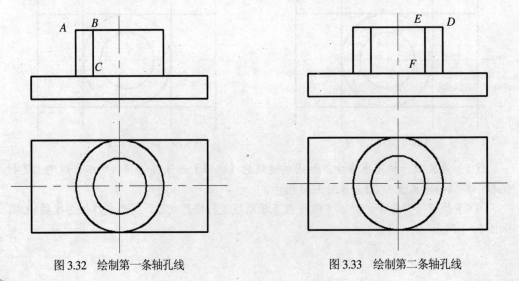

图 3.32   绘制第一条轴孔线　　　　　图 3.33   绘制第二条轴孔线

命令: line	//执行直线命令
指定第一点: from	//选择【捕捉自】对象捕捉模式
基点: end	//选择【端点】捕捉选项
于	//捕捉直线的端点 D
<偏移>: @-8,0	//指定直线的第一点坐标 E
指定下一点或 [放弃(U)]: @0,-20	//指定直线的第二点 F
指定下一点或 [闭合(C)/放弃(U)]:	//按【Enter】键结束直线命令

（3）将内孔不可见图形的线条以虚线表示，其线条类型分别为 DASHED2，如图 3.25 所示（线条线型的更改可参见本书相关章节）。

案例小结

本案例主要练习了绘制支撑板主视图，在绘制的过程中，主要使用了构造线命令，并结合对象捕捉命令，确定支撑板主视图的轮廓线，以及使用构造线命令的【偏移】选项功能，对绘制的辅助线执行偏移操作，从而完成主视图轮廓以及内孔的绘制，最后使用修剪命令对图形进行修剪处理。

3.3 上 机 练 习

3.3.1 绘制圆的等分点

本次练习将绘制如图 3.34 所示的圆的等分点，等分点将圆均等分为 5 部分，主要练习点的设置、绘制点命令的使用方法。

效果图位置：【\第 3 课\源文件\圆等分图.dwg】
操作思路：

● 设置点的大小样式。
● 执行点命令，绘制圆的等分点。

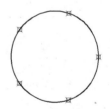

图 3.34　圆等分图

3.3.2 绘制压盖剖面轮廓

本次练习将绘制如图 3.35 所示的压盖剖面轮廓，主要练习构造线、多段线及直线等命令的使用方法。

效果图位置：【\第 3 课\源文件\压盖剖面轮廓.dwg】

操作思路：

● 使用构造线命令绘制水平与垂直辅助线。
● 执行多段线命令绘制压盖剖面轮廓。
● 执行直线命令绘制压盖剖面轮廓的轴孔。

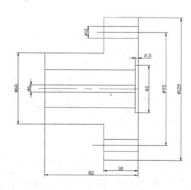

图 3.35　压盖剖面轮廓

3.4 疑难解答

问：为什么我在 AutoCAD 中绘制圆等分点和直线等分点的时候，指定相同的等分数但是绘制出来的等分点数目不一样？

答：在 AutoCAD 中绘制等分点时，输入的是等分数，而不是放置的点数，如果将直线对象分成 N 份，实际只生成 $N-1$ 个点。但是圆是首尾相连的图形，所以等分点数目等于等分数。另外，在等分操作中每次只能对一个对象进行操作，不能对多个对象进行操作。

问：利用构造线命令能够将任意角度的角进行二等分，还有什么命令或方法能将任意大小的角三等分，甚至更多吗？

答：使用构造线命令的【二等分】选项，可以将任意角度的角进行平均分配。如果要将一个角分为三等份，则可以用以下的方法：以角的顶点为圆心，绘制一条弧与角的两条边相交，圆弧的端点分别在角的两条边上；使用定数等分命令将圆弧划分为三等份，再使用直线命令连接顶点与等分点，最后删除圆弧与等分点即可。

3.5 课后练习

1．选择题

（1）使用 Point 命令可以执行（　　）操作。

　　A．等分角　　　　　　　　B．设置点的样式

　　C．绘制单点　　　　　　　D．设置点的大小

（2）多段线的命令是（　　）。

　　A．Line　　　　　　　　　B．Xline

　　C．Pline　　　　　　　　　D．Spline

2．问答题

（1）如何设置点的样式？如何不间断地在绘图区中绘制多个点对象？

（2）定数等分点与定距等分点有什么区别？各用于什么地方？

（3）直线与多段线有何区别？如何使用多段线来绘制宽度不同的对象？

3．上机题

参照本课所学的知识，绘制连接杆剖面轮廓图，其效果如图 3.36 所示。

效果图位置：【\第 3 课\源文件\
连接杆.dwg】

提示： 该实例主要使用构造线和直线等命令，其中需要注意以下几点：

● 使用构造线命令绘制连接
杆剖面轮廓图。

● 使用直线命令完成连接杆
内孔的绘制。

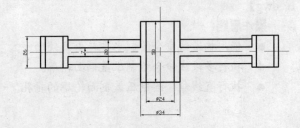

图 3.36　连接杆剖面轮廓图

第 4 课
绘制基本二维图形

本课要点

- 绘制圆弧图形
- 绘制多边形

具体要求

- 掌握圆、圆弧的绘制
- 掌握椭圆的绘制
- 掌握矩形的绘制
- 掌握正多边形的绘制

本课导读

利用 AutoCAD 2008 的圆、圆弧和多边形命令，可快速绘制如圆、矩形、椭圆以及正多边形等基本图形。AutoCAD 用户必须熟练掌握这些方法，提高绘图效率。

- 盘盖类图形的绘制：端盖、法兰盘和盘盖等。
- 规则图形的绘制：六角螺栓左视图等。
- 孔洞类图形的绘制：拨叉俯视图、底座俯视图和阀体主视图等。

4.1 绘制圆弧图形

图形是由基本的点、线构成的，在前面的章节中对点、线的绘制进行了介绍，本课将详细介绍构成面的基本图形的绘制，如圆、圆弧、椭圆、矩形和正多边形等。

4.1.1 知识讲解

在绘制机械图形的过程中，零件一般由平面及曲面构成，下面介绍圆、圆弧以及椭圆的绘制方法。

1. 绘制圆

圆是绘图中一种常见的基本图形对象，在机械制图中常用来表示轴、孔和轮等。执行圆命令，主要要有以下几种方法：

● 选择【绘图】→【圆】命令下相应的子菜单命令，如图 4.1 所示。

图 4.1 绘制圆菜单

● 单击【绘图】工具栏中的【圆】按钮⊙。
● 在命令行中执行 Circle（C）命令。

执行 Circle 命令后，系统默认通过指定圆心和半径进行圆的绘制。下面以（30,20）为圆心，绘制半径为 25 的圆，如图 4.2 所示，其命令操作如下：

```
命令: c                                              //执行圆命令
CIRCLE
指定圆的圆心或 [三点(3P)/两点(2P)/相切、相切、半径(T)]: 30,20    //指定圆的圆心
指定圆的半径或 [直径(D)]: 25                          //指定圆的半径
```

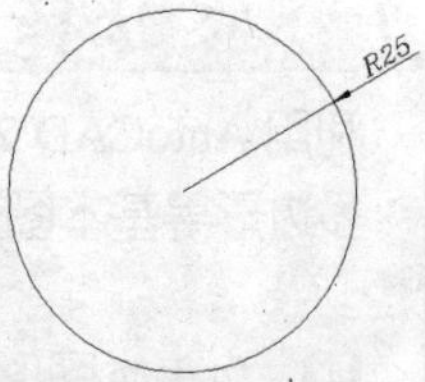

图 4.2 绘制圆

在 AutoCAD 2008 中，系统提供 6 种绘制圆的方法。

● **圆心、半径**：默认选项，通过指定圆心和半径来绘制圆。圆心位置可以通过输入一个坐标值或直接用绘图光标选取的方式来指定。
● **圆心、直径**：通过指定圆心，然后选择【直径】选项来绘制圆。直径可以直接输入或用绘图光标在屏幕上点选。
● **三点（3P）**：通过指定圆上的 3 个点来绘制圆，依次指定圆上的第一点、第二点和第三点。

- **两点（2P）**：通过指定圆上的两个点来绘制圆，由此两点确定圆的直径，依次指定圆直径的第一端点和第二端点。
- **相切、相切、半径（T）**：通过指定两条切线和半径绘制圆，依次指定对象与圆的第一切点、第二切点以及圆的半径。
- **相切、相切、相切（A）**：通过与圆相切的 3 个对象绘制圆。依次指定与圆相切的 3 个对象。

说明： 切点可以是对象上的任何一点，而相切的对象可以是圆、圆弧或直线。

2．绘制圆弧

圆弧也是图形中的常见对象之一。圆弧的形状主要是通过起点、方向、终点、包角、弦长和半径等参数来确定的。执行圆弧命令，主要有以下几种方法：

- 选择【绘图】→【圆弧】命令下相应的子菜单命令，如图 4.3 所示。

图 4.3　绘制圆弧菜单

- 单击【绘图】工具栏中的【圆弧】按钮 。
- 在命令行中执行 Arc（A）命令。

在 AutoCAD 中，可以使用多种方法进行圆弧的绘制，下面介绍几种常用的方法。

- **三点**：默认方法，通过依次指定圆弧的起点、圆弧上的任意一点和圆弧端点来绘制圆弧。
- **起点、圆心、端点**：通过指定圆弧的起点、圆心、终点来绘制圆弧。
- **起点、圆心、角度**：通过指定圆弧的起点、圆心和圆弧所对应的圆心角来绘制圆弧。当圆心角为正数时，圆弧沿逆时针方向绘制；当圆心角为负数时，圆弧沿顺时针方向绘制。
- **起点、圆心、长度**：通过指定圆弧的起点、圆心和圆弧所对应的弦长来绘制圆弧。
- **起点、端点、方向**：通过指定圆弧的起点、终点和圆弧起点外的切线方向来绘制圆弧。
- **起点、端点、半径**：通过指定圆弧的起点、终点和圆弧的半径来绘制圆弧。当半径为正数时绘制劣弧，当半径为负数时绘制优弧。
- **继续**：以上一次绘制的线段或终点作为新圆弧的起点，以最后所绘制线段的方向或圆弧终点处的切线方向作为新圆弧在起始点处的切线方向。

执行 Arc 命令后，系统默认通过指定 3 点方式进行绘制。下面以起点、圆心、端点方式绘制圆弧，其命令操作如下：

命令:a	//执行圆弧命令
ARC	
指定圆弧的起点或 [圆心 (C)]:	//指定圆弧的起点
指定圆弧的第二个点或 [圆心(C)/端点(E)]: c	//选择【圆心】选项
指定圆弧的圆心:	//指定圆弧的圆心
指定圆弧的端点或[角度(A)/弦长(L)]:	//指定圆弧的端点

注意： 切点可以是对象上的任何一点，而相切的对象可以是圆、圆弧或直线。

3．绘制椭圆

在绘图中，椭圆是另一种常用的基本图形对象。椭圆的形状主要由中心点、椭圆长轴与短轴 3 个参数来确定。如果长轴与短轴相等，则可以绘制出正圆形。执行椭圆命令，主要有以下几种方法：

● 选择【绘图】→【椭圆】命令下相应的子菜单命令，如图 4.4 所示。

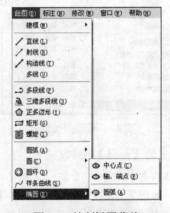

图 4.4　绘制椭圆菜单

● 单击【绘图】工具栏中的【椭圆】按钮。
● 在命令行中执行 Ellipse（EL）命令。

执行 Ellipse 命令后，系统默认绘制椭圆的方法为指定长轴与短轴的尺寸。下面以指定中心点、椭圆轴的端点和长度方式绘制如图 4.5 所示的椭圆，其命令操作如下：

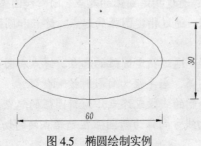

图 4.5　椭圆绘制实例

命令:el	//执行椭圆命令
ELLIPSE	
指定椭圆的轴端点或 [圆弧(A)/中心点(C)]:c	//选择【中心点】选项
指定椭圆的中心点:	//在屏幕上指定一点作为椭圆的中心点
指定轴的另一个端点:@30,0	//输入 X 方向半轴的端点
指定另一条半轴长度或 [旋转(R)]: 15	//输入另一条半轴长度

在 AutoCAD 中，系统提供的椭圆及椭圆弧的绘制方法如下。

- **中心点**：以指定椭圆圆心和两半轴的方式绘制椭圆或椭圆弧。
- **旋转**：通过绕第一条轴旋转圆的方式绘制椭圆或椭圆弧。输入的值越大，椭圆的离心率就越大，输入 0 时将绘制正圆形。
- **圆弧**：只绘制椭圆上的一段弧线，即椭圆弧，执行方法为选择【绘图】→【椭圆】→【圆弧】命令。

注意：绘制倾斜的椭圆时，还必须指定椭圆第一条轴线的角度。

4.1.2 典型案例——绘制底座俯视图

案例目标

本案例将绘制底座俯视图，如图 4.6 所示。通过本案例的绘制，可掌握圆、椭圆的绘制方法。

素材位置：【\第 4 课\素材\辅助线.dwg】

效果图位置：【\第 4 课\源文件\底座俯视图.dwg】

操作思路：

（1）打开素材文件夹中的文件【辅助线.dwg】。

（2）使用椭圆、圆命令绘制底座轮廓和轴孔。

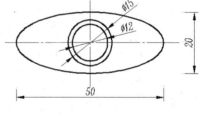

图 4.6 底座俯视图

操作步骤

本案例分为三个步骤：第一步，打开素材文件【辅助线.dwg】；第二步，使用椭圆命令绘制底座轮廓；第三步，使用圆命令绘制底座轴孔。其具体操作如下。

（1）打开素材文件【辅助线.dwg】，执行椭圆命令，以两条直线的交点为圆心，绘制长轴为 50、短轴为 20 的椭圆，其命令操作如下：

命令:el	//执行椭圆命令
ELLIPSE	
指定椭圆的轴端点或 [圆弧(A)/中心点(C)]:c	//选择【中心点】选项
指定椭圆的中心点:int	//选择【交点】捕捉选项
于	//捕捉直线的交点，如图 4.7 所示
指定轴的另一个端点:@25,0	//输入 X 方向半轴的端点
指定另一条半轴长度或 [旋转(R)]: 10	//输入另一条半轴长度，如图 4.8 所示

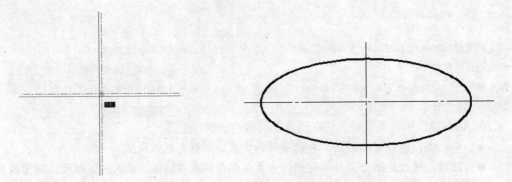

图 4.7　捕捉直线的交点　　　　　图 4.8　绘制长轴为 50、短轴为 20 的椭圆

（2）执行圆命令，以两条直线的交点为圆心，绘制直径为 15 的圆，其命令操作如下：

命令:c	//执行圆命令
CIRCLE	
指定圆的圆心或 [三点(3P)/两点(2P)/相切、相切、半径(T)]:	//捕捉两条直线的交点
指定圆的半径或 [直径(D)] <6.0000>: d	//选择【直径】选项
指定圆的直径 <12.0000>:15	//输入圆的直径，如图 4.9 所示

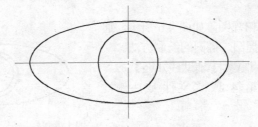

图 4.9　绘制直径为 15 的圆

（3）执行圆命令，以两条直线的交点为圆心，绘制直径为 12 的圆，其命令操作如下：

命令:c	//执行圆命令
CIRCLE	
指定圆的圆心或 [三点(3P)/两点(2P)/相切、相切、半径(T)]:	//捕捉两条直线的交点
指定圆的半径或 [直径(D)] <7.5000>: d	//选择【直径】选项
指定圆的直径<7.5000>:12	//输入圆的直径，如图 4.10 所示

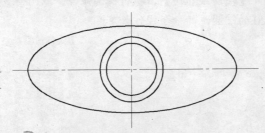

图 4.10　绘制直径为 12 的圆

案例小结

本案例主要练习了绘制底座俯视图。在绘制的过程中，主要使用了椭圆、圆命令，以及对象捕捉功能等知识。通过本实例的练习，除了可掌握圆弧类图形基本绘制命令的使用方法外，还可以结合辅助功能的使用，如对象捕捉、正交、极轴和对象追踪等，精确地进行图形的绘制。

4.2 绘制多边形

在绘制机械图形的过程中，经常需要绘制多边形对象，如矩形、正方形和正六边形等，熟练掌握多边形绘制命令，可以提高绘图效率。

4.2.1 知识讲解

在 AutoCAD 中，除了使用 Line、Pline 命令绘制矩形和多边形外，还可以用 Rectang、Polygon 命令实现矩形和正多边形的绘制。

1. 绘制矩形

在绘图过程中，矩形的使用是相当普遍的。正方形是长和宽相等的特殊矩形。执行矩形命令，主要有以下几种方法：

● 选择【绘图】→【矩形】命令。
● 单击【绘图】工具栏中的【矩形】按钮▢。
● 在命令行中执行 Rectang（REC）命令。

Rectang 命令还提供了很多选项，可以对矩形尺寸的倒角和圆角等进行设置。在绘制矩形时，可将它的四角设定为倒角或圆角。其中，还可以通过指定面积来创建矩形。

例如，绘制长为 10，宽为 6，倒角为 1×1 的矩形，如图 4.11 所示，其命令操作如下：

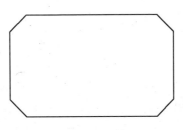

图 4.11 绘制矩形

命令: rec	//执行矩形命令
RECTANG	
指定第一个角点或 [倒角(C)/标高(E)/圆角(F)/厚度(T)/宽度(W)]: c	//选择【倒角】选项
指定矩形的第一个倒角距离 <0.0000>: 1	//指定矩形的第一个倒角距离
指定矩形的第二个倒角距离 <1.0000>: 1	//指定矩形的第二个倒角距离
指定第一个角点或 [倒角(C)/标高(E)/圆角(F)/厚度(T)/宽度(W)]:	//在屏幕上指定第一个角点
指定另一个角点或 [面积(A)/尺寸(D)/旋转(R)]:@10,6	//用相对坐标指定第二个角点

执行 Rectang 命令过程中的各选项含义分别如下。

- **倒角**：绘制具有倒角的矩形，设置矩形的倒角距离。当指定倒角距离后，绘制的 4 个角都是倒角。
- **标高**：指定矩形所在平面高度，用于三维对象的绘制。
- **圆角**：绘制具有圆角的矩形，需要设置矩形的圆角距离。当指定圆角半径后，绘制的 4 个角都是圆角。
- **厚度**：指定矩形的厚度绘制矩形，一般用于绘制三维图形对象。
- **宽度**：以指定的线条宽度绘制矩形。
- **面积**：通过指定面积和长度或宽度来绘制矩形。系统将根据先前输入的面积和长度或宽度值计算另一条边的长度并完成矩形的绘制。
- **旋转**：绘制具有一定旋转角度的矩形。

注意： 如果指定的圆角大于矩形的边长，那么绘制的矩形没有圆角。

2．绘制正多边形

正多边形命令是专门绘制正多边形的命令，利用该命令可绘制 3～1024 条边的正多边形，在机械设计中常用该命令来绘制螺母等机械部件。执行正多边形命令，主要有以下 3 种方法：

- 选择【绘图】→【正多边形】命令。
- 单击【绘图】工具栏中的【正多边形】按钮 ⬠。
- 在命令行中执行 Polygon（POL）命令。

执行正多边形命令与其他绘图命令有所不同，其他绘图命令一般都是指定图形的起点或中心点，而正多边形命令首先应确定正多边形的边数。

例如，绘制一个半径为 25 的圆的内接正五边形，如图 4.12 所示，其命令操作如下：

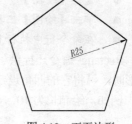

图 4.12　正五边形

命令: pol	//执行正多边形命令
POLYGON	
输入边的数目 <4>: 5	//输入正多边形的边数
指定正多边形的中心点或 [边(E)]:	//在屏幕上指定一点（中心点）
输入选项 [内接于圆(I)/外切于圆(C)] <I>: I:	//选择【内接于圆】选项
指定圆的半径: 25	//指定圆的半径

在执行 Polygon 命令过程中各选项的含义分别如下。

- **边**：通过指定多边形任意一条边的两端点来绘制正多边形。
- **内接于圆**：用内接圆的方式定义多边形。该方式以中心点到多边形顶部（点）的长度为半径。
- **外切于圆**：用外切圆的方式定义多边形。该方式以中心点到多边形任意一条边中点的长度为半径。

说明： 以指定边的方式绘制多边形，总是从第一个端点到第二个端点沿当前角度绘制正多边形。

4.2.2　典型案例——绘制六角螺栓左视图

案例目标

本案例将绘制六角螺栓左视图，如图 4.13 所示。通过本案例的学习，可掌握正多边形和圆形的绘制方法。

效果图位置：【\第 4 课\源文件\六角螺栓左视图.dwg】

操作思路：

（1）绘制六角螺栓的内接圆。

（2）使用正多边形命令绘制正六边形。

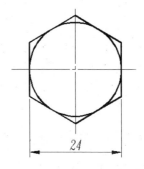

图 4.13　六角螺栓左视图

操作步骤

本案例分为两个步骤：第一步，使用圆命令，绘制直径为 24 的圆；第二步，执行正多边形命令，以圆的圆心为正多边形的中心点，并以外切于圆的方式绘制正六边形，其切点与直径为 24 的圆相交。其具体操作如下。

（1）首先执行圆命令，绘制直径为 24 的圆，如图 4.14 所示，其命令操作如下：

命令: c	//执行圆命令
CIRCLE	
指定圆的圆心或 [三点(3P)/两点(2P)/相切、相切、半径(T)]:	//在屏幕上指定一点作为圆心
指定圆的半径或 [直径(D)]: 12	//输入圆的半径

（2）执行正多边形命令，以直径为 24 的圆的圆心为正多边形的中心点，绘制正六边形，如图 4.15 所示，其命令操作如下：

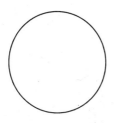

图 4.14　绘制直径为 24 的圆

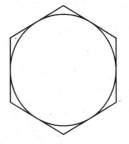

图 4.15　绘制正六边形

命令: pol	//执行正多边形命令
POLYGON	
输入边的数目 <4>: 6	//指定正多边形的边数
指定正多边形的中心点或 [边(E)]: cen	//选择【圆心】捕捉方式
于	//捕捉圆心，如图 4.16 所示
输入选项 [内接于圆(I)/外切于圆(C)] <C>: c	//选择【外切于圆】选项
指定圆的半径: per	//选择【垂足】捕捉方式

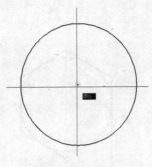
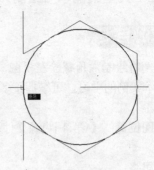

图 4.16 捕捉圆心　　　　　　　图 4.17 捕捉与圆的垂足

案例小结

　　本案例主要讲述了如何绘制六角螺栓左视图，在绘制图形的过程中，主要使用了正多边形和圆命令。通过本实例的练习，可巩固圆命令的操作，进一步掌握正多边形命令的使用方法。

4.3　上　机　练　习

4.3.1　绘制拨叉俯视图

　　本次练习将绘制如图 4.18 所示的拨叉俯视图，主要练习 AutoCAD 中圆以及圆弧等命令的使用。

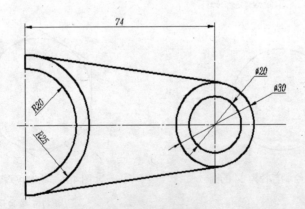

图 4.18　拨叉俯视图

　　效果图位置：【\第 4 课\源文件\拨叉俯视图.dwg】
　　操作思路：
● 　使用直线命令绘制 3 条辅助线。
● 　使用圆弧命令的【起点、端点、半径】方法，分别绘制半径为 20 和 25 的圆弧。

● 使用圆命令分别绘制直径为 20 和 30 的拨孔。
● 使用直线命令以切点捕捉方式绘制连接部位。

4.3.2 绘制纹理图

本次练习将绘制如图 4.19 所示的纹理图，主要练习 AutoCAD 中圆和圆弧的绘制。

效果图位置：【\第 4 课\源文件\纹理图.dwg】

操作思路：

● 使用圆命令绘制直径为 60 的圆。
● 使用多边形命令绘制圆内接六边形。
● 使用圆弧命令以【起点、圆心、端点】、【起点、端点、半径】和【继续】等方法绘制六段圆弧。
● 使用圆命令以【相切、相切、相切】方法绘制 6 个小圆。

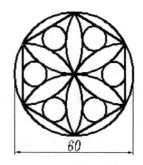

图 4.19   纹理图

4.4 疑 难 解 答

问： 为什么我使用圆命令绘制的圆，在屏幕上看起来像用正多边形命令绘制的多边形，有什么方法可以改变这种状态？

答： 在 AutoCAD 中提供了图形的显示精度，如果图形的显示精度设置得低，则绘制的圆弧和圆将以直线段的形式进行显示。所以，显示精度的值越高，图形越平滑。设置显示精度可选择【工具】→【选项】命令，打开【选项】对话框，在【显示】选项卡的【显示精度】栏中设置【圆弧和圆的平滑度】选项，该选项的有效取值范围为 1～20 000，默认设置为 1000。同时，为了减少计算机系统资源的耗费，可不调节显示精度，选择【视图】→【重生成】或【视图】→【全部重生成】命令改变显示效果。

问： 在 AutoCAD 中可以绘制和已知两条边相切的圆，那么能不能绘制与三条边相切的圆？如何实现？

答： 绘制圆的方法有多种，例如本课所讲的利用圆心、半径的方法绘制圆，也可以使用【相切、相切、半径】的方法绘制圆。另外，也可以绘制与三条边相切的圆，其方法为选择【绘图】→【圆】→【相切、相切、相切】命令，然后根据情况选择被切的三条直线；也可以在命令执行方式中选择【三点】选项，然后分别以相切捕捉方式选择相切的直线。

4.5 课 后 练 习

1. 填空题

（1）使用 Circle 命令绘制圆时，默认选项是指定_____和_____来绘制圆。

（2）矩形命令的_____选项，可以绘制具有倒角的矩形。

（3）以_____的方式绘制多边形时，多边形半径是指多边形中心点到多边形顶

点的长度。

2．选择题

（1）执行（　　）命令，可以绘制圆弧。

A．Circle B．Arc

C．Rectang D．Polygon

（2）可用 Polygon 命令绘制正多边形，首先要确定正多边形的＿＿＿＿＿＿＿＿。

A．边长 B．中点

C．边数 D．起点

3．问答题

（1）绘制与 3 个对象相切的圆，如何操作？可以通过键盘输入实现吗？

（2）简述绘制圆弧的方法，并思考各种方法在实际绘图中是如何应用的。

（3）可以根据矩形面积绘制矩形吗？如果能，该如何实现？

4．上机题

参照本课所讲的知识，并结合前几课所讲述的对象捕捉、直线等命令绘制连接件图形，其效果如图 4.20 所示。

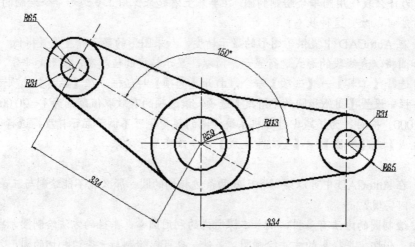

图 4.20　连接件

效果图位置：【\第 4 课\源文件\连接件.dwg】

提示： 该实例主要使用圆和直线等命令，并结合对象捕捉等功能对图形进行绘制，其中需要注意以下几点：

● 使用构造线命令绘制水平以及倾斜线条，从而确定图形的具体位置。

● 使用圆命令，分别在定位线的基础上绘制圆。

● 使用直线命令，并结合对象捕捉的切点捕捉功能绘制直线。

第 5 课

编辑图形对象

本课要点

- 复制和删除图形
- 修剪和延伸图形
- 对边、角、长度的编辑
- 图案填充

具体要求

- 熟悉复制和删除图形的方法
- 了解移动图形的操作
- 掌握图形的修剪和延伸操作
- 掌握对边、角、长度的编辑
- 了解不同图案填充的方法

本课导读

利用 AutoCAD 2008 的图形编辑命令，可快速完成图形的修改操作，如图形的复制、偏移、阵列和镜像等操作。

- 图形的复制：复制圆环和盘盖螺孔等对象。
- 图形的位移：移动图形及旋转螺栓等对象。
- 图形的修改：线条的修剪、延伸以及模型的倒角等。
- 图案填充：剖面图形的图案填充和图案填充编辑等。

5.1 复制和删除图形

在图形的绘制过程中，常遇到相同、相近的图形。对于相同的图形，可以使用复制的方法快速生成；对于相近的图形，可使用复制的方法对图形进行复制后，再对不同的部分进行修改、删除。

5.1.1 知识讲解

复制和删除图形对象的方法有多种，在实际操作时可以采用不同的方法。

1. 复制对象

在 AutoCAD 中，可以在当前图形内复制单个或多个对象，也可以在不同的图形间复制对象。复制命令常用在机械制图中要绘制多个相同的部件时。执行图形复制命令，主要有以下几种方法：

- 选择【修改】→【复制】命令。
- 单击【修改】工具栏中的【复制】按钮 🖺。
- 在命令行中执行 Copy（CO/CP）命令。

使用复制命令可连续绘制出多个与所选源对象完全相同的图形。例如，使用 Copy 命令复制如图 5.1 所示的四边形，效果如图 5.2 所示，其命令操作如下：

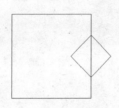

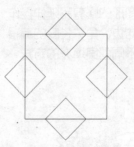

图 5.1　复制前的图形　　　　　　　　　图 5.2　复制后的图形

命令: co	//执行复制命令
COPY	
选择对象:	//选择要复制的四边形
选择对象:	//确定四边形的选择
指定基点或 [位移(D)] <位移>:	//捕捉矩形边的中点，如图 5.3 所示
指定第二个点或 [退出(E)/放弃(U)] <退出>:	//捕捉矩形边的中点，如图 5.4 所示
指定第二个点或 [退出(E)/放弃(U)] <退出>:	//捕捉其余矩形边的中点，
……	//用相同的方法完成其余四边形的复制
指定第二个点或 [退出(E)/放弃(U)] <退出>:	//按【Enter】键完成复制操作

说明： 在 AutoCAD 2008 中，取消了以前版本中的【重复】选项，默认方式可以多次复制选择的对象，在修改对象时，借助夹点模式，可以创建对象的多个副本。

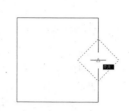

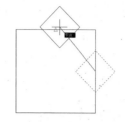

图 5.3　捕捉矩形边的中点　　　　　图 5.4　捕捉矩形上边的中点

2．删除对象

在绘图过程中图形的删除操作，可以是整个图形的删除，也可以是一组或单个对象的删除。执行删除命令，主要有以下几种方法：

- 选择【修改】→【删除】命令。
- 单击【修改】工具栏中的【删除】按钮 。
- 在命令行中执行 Erase（E）命令。
- 按键盘【Delete】键

Erase 命令比较简单，没有其他选项。执行删除命令后，需要先选择要删除的对象，然后按【Enter】键或单击鼠标右键完成对象选择，同时删除已选择的对象。

注意：使用 Oops 命令，可以恢复最后一次使用删除命令删除的对象。

3．镜像对象

镜像是对所选对象按照指定的对称线进行复制和对称变换。在实际绘图中，很多图形都是对称的，可以先绘制部分图形，然后使用镜像的方法完成图形的绘制。执行镜像命令，主要有以下几种方法：

- 选择【修改】→【镜像】命令。
- 单击【修改】工具栏中的【镜像】按钮 。
- 在命令行中执行 Mirror（MI）命令。

使用镜像命令，需要先选择镜像对象，然后指定其镜像对称轴线，对称轴线可以是任意方向的。完成镜像操作后，用户还可根据需要确定是否删除源对象。例如，将如图 5.5 所示的图形进行镜像复制操作，效果如图 5.6 所示，其命令操作如下：

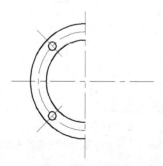

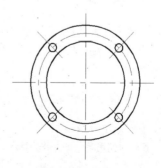

图 5.5　镜像前的图形　　　　　　图 5.6　镜像后的图形

命令: mi	//执行镜像命令
MIRROR	
选择对象:	//选择要镜像的圆和圆弧
选择对象:	//确定对象的选择，如图 5.7 所示
指定镜像线的第一点:	//捕捉圆弧的端点
指定镜像线的第二点:	//捕捉圆弧的另一端点，如图 5.8 所示
要删除源对象吗？[是(Y)/否(N)] <N>:	//镜像时默认为不删除源对象

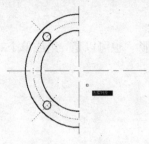
图 5.7 选择对象

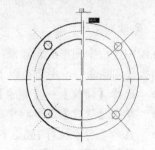
图 5.8 捕捉圆弧端点

4. 移动

Move 命令用于把单个对象或多个对象从当前位置移至新位置，这种移动并不改变对象的尺寸和方位，只是改变了实际坐标位置。执行移动命令，主要有以下几种方法：

● 选择【修改】→【移动】命令。
● 单击【修改】工具栏中的【移动】按钮 ✛。
● 在命令行中执行 Move（M）命令。

使用移动命令移动对象时，使用坐标输入、栅格捕捉和对象捕捉等工具可以精确地移动对象。例如，将如图 5.9 所示图形的圆从直线的左端点移到直线的右端点，如图 5.10 所示，其命令操作如下：

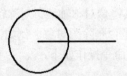
图 5.9 移动圆前的图形

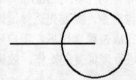
图 5.10 移动圆后的图形

命令: m	//执行移动命令
MOVE	
选择对象:	//选择圆
选择对象:	//按【Enter】键确定圆的选择
指定基点或 [位移(D)] <位移>:	//捕捉圆的圆心，如图 5.11 所示
指定第二个点或 <使用第一个点作为位移>:	//利用对象追踪功能，捕捉直线的右端点并将其移至该点处，如图 5.12 所示

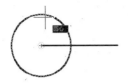

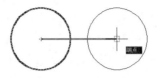

　　图 5.11　捕捉圆心　　　　　　　　　图 5.12　捕捉直线的右端点

5. 旋转

　　使用旋转命令，可以旋转单个或一组对象，并改变对象的位置。使用该命令旋转对象需要先确定一个基点，然后所选实体绕基点转动。执行旋转命令，主要有以下几种方法：

- 选择【修改】→【旋转】命令。
- 单击【修改】工具栏中的【旋转】按钮 。
- 在命令行中执行 Rotate（RO）命令。

　　旋转对象主要用于将对象与坐标轴或其他对象进行对齐，执行旋转操作后，对象实际尺寸不会改变，只有其实际位置及方向进行了改变。例如将如图 5.13 所示的图形进行旋转，旋转角度为-90°，其命令操作如下：

命令: ro	//执行旋转命令
ROTATE	
UCS 当前的正角方向: ANGDIR=逆时针 ANGBASE=0	
选择对象:	//选择要旋转的图形
选择对象:	//确定图形选择
指定基点:	//捕捉图形的端点，如图 5.14 所示
指定旋转角度，或 [复制(C)/参照(R)] <0>: -90	//指定旋转角度，如图 5.15 所示

　图 5.13　旋转前的图形　　图 5.14　捕捉图形端点　　图 5.15　旋转后的图形

注意： 指定旋转角度逆时针为正，顺时针为负。

　　在执行 Rotate 命令过程中各选项的含义分别如下。

- **复制：** 使用该选项，可在进行旋转图形的同时，对图形进行复制操作。
- **参照：** 该选项以参照方式旋转对象，需要依次指定参照方向的角度值和相对于参照方向的角度值。

6. 阵列对象

　　阵列命令是一种特殊复制对象的方法，可以快速复制出与已有对象相同且按一定规律分布的多个图形。在 AutoCAD 中，阵列分为矩形阵列和环形阵列，用户可根据实际情况

选择相应的阵列方式。执行阵列命令，主要有以下几种方法：

- 选择【修改】→【阵列】命令。
- 单击【修改】工具栏中的【阵列】按钮🔳。
- 在命令行中执行 Array（AR）命令。

使用阵列命令可将指定目标对象进行"矩形"或"环形"阵列，且阵列后的每个对象都可单独处理。

1）矩形阵列

执行阵列命令，打开【阵列】对话框，在【阵列】对话框中选中◉矩形阵列(R)单选按钮，如图 5.16 所示。在该对话框中可对图形进行矩形阵列复制。该对话框中各选项的含义分别如下。

- **行**：该文本框用于输入矩形阵列的行数。
- **列**：该文本框用于输入矩形阵列的列数。
- **行偏移**：该文本框用于输入矩形阵列的行间距。
- **列偏移**：该文本框用于输入矩形阵列的列间距。
- **阵列角度**：该文本框用于输入矩形阵列相对于 UCS 坐标系 X 轴旋转的角度。
- 🔳（选择对象）：该按钮可让用户在屏幕上选择将要进行矩形阵列的对象。

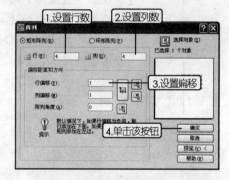

图 5.16　矩形阵列

- 🔳（拾取两个偏移）：该按钮可让用户在屏幕上选择一个矩形区域，以确定矩形阵列的行间距和列间距，长度方向为行间距，高度方向为列间距。
- 🔳（拾取行偏移）：该按钮可让用户在屏幕上单击两点以确定矩形阵列的行间距。
- 🔳（拾取列偏移）：该按钮可让用户在屏幕上单击两点以确定矩形阵列的列间距。
- 🔳（拾取阵列角度）：该按钮可让用户在屏幕上单击两点，以确定矩形阵列相对于 UCS 坐标系 X 轴旋转的角度。

> **注意：** 当行间距和列间距为正时，表示沿 X、Y 轴正方向进行阵列。当行间距和列间距为负时，表示沿 X、Y 轴负方向进行阵列。

例如，将如图 5.17 所示图形中的腰形孔进行矩形阵列复制，如图 5.18 所示，其具体操作如下：

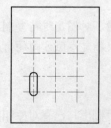

图 5.17　阵列前的图形

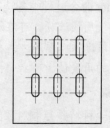

图 5.18　矩形阵列后的图形

（1）选择【修改】→【阵列】命令，打开如图5.19所示的【阵列】对话框。

图5.19 【阵列】对话框

（2）在【阵列】对话框中选中⊙矩形阵列(R)单选按钮，并在【行】和【列】文本框中分别输入阵列的行数为"2"，列数为"3"。

（3）在【偏移距离和方向】栏中单击【拾取两个偏移】按钮，返回绘图区选择偏移距离。捕捉要阵列的腰形孔上部分圆弧的圆心，如图5.20所示。

（4）捕捉辅助定位线的交点，如图5.21所示。

（5）单击【选择对象】按钮，返回绘图区中选择腰形孔，然后按【Enter】键返回【阵列】对话框。单击 确定 按钮进行矩形阵列。

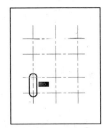

图5.20 捕捉圆心

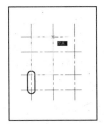

图5.21 捕捉交点

2）环形阵列

环形阵列是对选择对象在圆周方向阵列复制。其方法是在【阵列】对话框中选中⊙环形阵列(P)单选按钮，打开如图5.22所示的对话框。在该对话框中，各选项含义分别如下。

● **中心点**：该栏中的文本框用于输入环形阵列的中心点。

● **方法**：该下拉列表框用于选择【环形阵列】的阵列方式，它有3种可以选择的阵列方式，即项目总数和填充角度、项目总数和项目间的角度、填充角度和项目间的角度3种。

● **项目总数**：该文本框用于输入环形阵列复制的份数。

● **填充角度**：该文本框用于输入环形阵列的总角度。

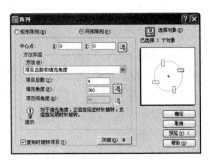

图5.22 环形阵列

● **项目间角度**：该文本框用于输入原始对象相对于中心点旋转或保持原始对象的原

有方向。

● ☑复制时旋转项目(T) **复选框**：该复选框用于确定是否在复制阵列时旋转图形对象。

7. 偏移

偏移是将直线、圆、多段线等对象作同心偏移复制，使用偏移命令复制对象时，复制结果不一定与源对象相同。若选择的对象为直线，则执行偏移操作后，新对象将对源对象进行平行复制；若选择对象为弧线或闭合图形，则执行偏移操作后，新对象将在源对象的基础上进行同心复制，即中心点与源对象相同。执行偏移命令，主要有以下几种方法：

● 选择【修改】→【偏移】命令。
● 单击【修改】工具栏中的【偏移】按钮 。
● 在命令行中执行 Offset（O）命令。

偏移命令可以在已有对象的基础上，根据用户指定的偏移距离，将所选对象按照指定方向进行平行或同心复制。例如，将如图 5.23 所示的圆向内进行偏移，其偏移距离为 10，如图 5.24 所示，其命令操作如下：

图 5.23　偏移前的图形　　　　图 5.24　偏移后的图形

命令: o	//执行偏移命令
OFFSET	
当前设置: 删除源=否　图层=源　OFFSETGAPTYPE=0	
指定偏移距离或 [通过(T)/删除(E)/图层(L)] <通过>:　10	//指定偏移距离
选择要偏移的对象，或 [退出(E)/放弃(U)] <退出>:	//选择圆
指定要偏移的那一侧上的点，或 [退出(E)/多个(M)/放弃(U)] <退出>:	//在圆内拾取一点
选择要偏移的对象，或 [退出(E)/放弃(U)] <退出>:	//按【Enter】键结束偏移命令

5.1.2　典型案例——绘制连接板

案例目标

本案例将绘制连接板，如图 5.25 所示。通过本案例的绘制，可进一步掌握复制、镜像等命令的使用方法。

素材位置：【\第 5 课\素材\连接板.dwg】
效果图位置：【\第 5 课\源文件\连接板.dwg】
操作思路：

（1）打开素材文件，执行直线命令，绘制连接板轮廓左半部分。

（2）执行圆命令，在螺孔水平与垂直辅助线的交点处绘制螺孔，使用复制命令对螺孔进行复制。

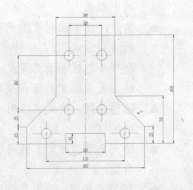

图 5.25　连接板

（3）执行镜像命令，对已绘制完成的图形镜像。

操作步骤

本案例分为三个步骤：第一步，绘制连接板轮廓的左半部分；第二步，使用圆及复制等命令完成连接板螺孔的绘制；第三步，使用镜像命令完成图形的绘制。其具体操作如下。

1. 绘制连接板左半部分轮廓

在打开的素材文件中，使用直线命令绘制图形左半部分轮廓，其命令操作如下：

命令:1	//执行直线命令
LINE	
line 指定第一点:_from	//选择【捕捉自】对象捕捉模式
基点:_int	//选择【交点】对象捕捉模式
于	//捕捉辅助线的交点，如图5.26所示
<偏移>:@25,30	//指定直线的起点A，如图5.27所示
指定下一点或 [放弃(U)]:<正交 开>45	//按【F8】键打开【正交】模式，并将鼠标向左移，输入直线的长度
指定下一点或 [闭合(C)/放弃(U)]:90	//将鼠标向下移，并输入直线的长度
指定下一点或 [闭合(C)/放弃(U)]:@-45,-45	//输入直线的相对坐标
指定下一点或 [闭合(C)/放弃(U)]:25	//将鼠标向下移，并输入直线的长度
指定下一点或 [闭合(C)/放弃(U)]:60	//将鼠标向右移，并输入直线的长度
指定下一点或 [闭合(C)/放弃(U)]:15	//将鼠标向上移，并输入直线的长度
指定下一点或 [闭合(C)/放弃(U)]:30	//将鼠标向右移，并输入直线的长度
指定下一点或 [闭合(C)/放弃(U)]:	//按【Enter】键结束直线命令，如图5.28所示

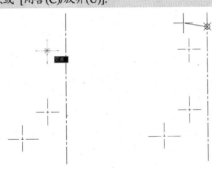 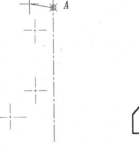 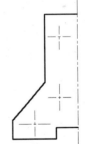

图5.26 捕捉交点　　　　图5.27 指定起点　　　　5.28 完成左半部分轮廓的绘制

2. 绘制螺孔

完成连接板左半部分轮廓的绘制后，便可使用圆以及复制等命令绘制螺孔，其具体操作如下。

（1）执行圆命令，在辅助线的交点处绘制直径为15的圆，其命令操作如下：

命令:c	//执行圆命令
CIRCLE	
指定圆的圆心或 [三点(3P)/两点(2P)/相切、相切、半径(T)]:	//捕捉辅助线的交点
指定圆的半径或 [直径(D)]: d	//选择【直径】选项
指定圆的直径:15	//指定圆的直径

（2）执行复制命令，在另两个辅助定位线上复制螺孔，其命令操作如下：

命令: co	//执行复制命令
COPY	
选择对象:	//选择要复制的螺孔
选择对象:	//按【Enter】键确定螺孔的选择
指定基点或 [位移(D)] <位移>:	//捕捉螺孔的圆心，如图 5.29 所示
指定第二个点或 [退出(E)/放弃(U)] <退出>:	//捕捉辅助线的交点，如图 5.30 所示
指定第二个点或 [退出(E)/放弃(U)] <退出>:	//捕捉辅助线的交点
指定第二个点或 [退出(E)/放弃(U)] <退出>:	//按【Enter】键完成复制操作，如图 5.31 所示

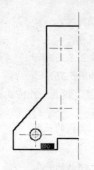　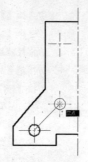　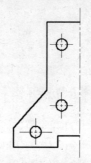

图 5.29　捕捉圆心　　　　　图 5.30　捕捉交点　　　　　图 5.31　完成复制

3. 绘制连接板右半部分轮廓

在完成连接板左半部分轮廓和螺孔的绘制之后，便可使用镜像命令完成连接板整体的绘制，其命令操作如下：

命令: mi	//执行镜像命令
MIRROR	
选择对象:	//选择要镜像的部分，如图 5.32 所示
选择对象:	//单击鼠标右键确定对象的选择
指定镜像线的第一点:	//捕捉中心线的上端点 A，
指定镜像线的第二点:	//捕捉中心线的下端点 B，如图 5.33 所示
要删除源对象吗? [是(Y)/否(N)] <N>:	//镜像时默认为不删除源对象，完成绘制，如图 5.34 所示

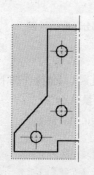　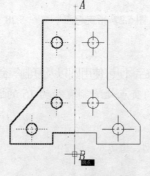　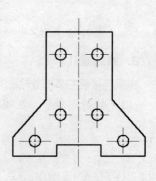

图 5.32　选择镜像对象　　　　图 5.33　指定镜像线　　　　图 5.34　完成绘制

注意：在选择对象时，可以用鼠标依次点选的方式。也可以用窗口方式，从左向右定义窗口，对象必须全部在窗口范围内才被选中；从右向左定义窗口，对象部分或全部在窗口范围内均被选中。

案例小结

本案例主要练习了连接板的绘制，在绘制过程中，主要使用了直线、圆、对象捕捉以及复制等命令。通过本实例的绘制，可掌握镜像等编辑命令的使用。

5.2　修剪和延伸图形

使用 AutoCAD 绘图命令可以完成各种图形的绘制，但有时很难一次性完成所有操作，因此系统还提供了很多种图形的修改和编辑。

5.2.1　知识讲解

为了精确、方便地对图形进行修改和编辑处理，修剪和延伸命令是经常使用的，使用者应熟练地掌握。

1. 修剪

修剪命令可以灵活地擦除多余的线段。使用修剪命令需要指定修剪边界中的某一部分，一般为超出指定边界的线条，被修剪的对象可以是直线、圆、弧、多段线、样条曲线、射线和构造线等对象。对象既可以作为修剪边界，也可以作为修剪对象。执行修剪命令，主要有以下几种方法：

- 选择【修改】→【修剪】命令。
- 单击【修改】工具栏中的【修剪】按钮。
- 在命令行中执行 Trim（TR）命令。

使用 Trim 命令修剪图形时，首先选择修剪边界，然后选择要剪裁的对象。例如使用修剪命令对如图 5.35 所示的图形进行修剪，效果如图 5.36 所示，其命令操作如下：

```
命令: tr                                          //执行修剪命令
TRIM
当前设置:投影=UCS，边=延伸
选择剪切边...
选择对象或 <全部选择>:                             //选择圆
选择要修剪的对象，或按住 Shift 键选择要延伸的对象，或    //从右向左框选要修剪的线条，如
[栏选(F)/窗交(C)/投影(P)/边(E)/删除(R)/放弃(U)]:        图 5.37 所示
选择要修剪的对象，或按住 Shift 键选择要延伸的对象，或    //按【Enter】键结束修剪命令
[栏选(F)/窗交(C)/投影(P)/边(E)/删除(R)/放弃(U)]:
```

说明：图形的选取方法很多，在机械设计中常用的主要有单选、窗选以及交叉选取法。单选主要是使用鼠标单击图形对象；窗选在 5.1.2 节中已介绍过；而交叉选择则是绘制一系列临时线段，与这些临时线段相交的所有图形对象将被选取。

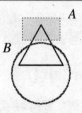

图 5.35 待修剪的图形　　　　图 5.36 修剪后的图形　　　　图 5.37 选择修剪对象

在执行 Trim 命令过程中各选项的含义分别如下。

- **全部选择**：使用该选项将选择所有可见图形，作为修剪边界。
- **按住【Shift】键选择要延伸的对象**：使用【Shift】键在修剪和延伸功能之间切换。
- **栏选**：使用该选项后，要在屏幕上绘制直线，与直线相交的线条将会被选中。
- **窗交**：AutoCAD 2008 提供了窗交选择方式，即可以直接使用交叉方式选择多条被修剪的线条。
- **投影**：指定修剪对象时使用的投影模式，在三维绘图中才会用到该选项。
- **边**：确定是在另一对象的隐含边处修剪对象，还是仅修剪对象到与它在三维空间中相交的对象处，在三维绘图中进行修剪时才会用到该选项。
- **删除**：删除选定的对象。

2．延伸

延伸命令与修剪命令非常相似。执行延伸命令，主要有以下几种方法：

- 选择【修改】→【延伸】命令。
- 单击【修改】工具栏中的【延伸】按钮 ─┤。
- 在命令行中执行 Extend（EX）命令。

使用 Extend 命令可把直线、圆弧和多段线的端点延长到指定的边界，这些边界可以是直线、圆弧或多段线等。延伸对象时也必须先指定要延伸到的边界，然后再选择要延伸的对象。例如，将如图 5.38 所示的直线进行延伸，效果如图 5.39 所示，其命令操作如下：

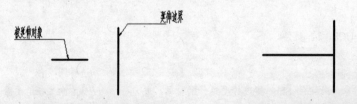

图 5.38 延伸线条前的图形　　　　图 5.39 延伸线条后的图形

```
命令: ex                                            //执行延伸命令
EXTEND
当前设置:投影=UCS，边=延伸
选择边界的边...
选择对象或 <全部选择>:                               //选择延伸边界线条
选择对象:                                           //按【Enter】键确定延伸边界的选择
选择要延伸的对象，或按住 Shift 键选择要修剪的对象，或
[栏选(F)/窗交(C)/投影(P)/边(E)/放弃(U)]:            //选择被延伸的线条
```

选择要延伸的对象，或按住 Shift 键选择要修剪的对象，或

[栏选(F)/窗交(C)/投影(P)/边(E)/放弃(U)]:　　　　　　　　　　　　　　　　//按【Enter】键结束延伸命令

5.2.2　典型案例——绘制手柄

案例目标

本案例将使用修剪、构造线、直线以及镜像等命令完成图形的绘制，如图 5.40 所示。通过本实例的绘制，可深入了解修剪、镜像等命令的使用方法。

素材位置：【\第 5 课\素材\手柄.dwg】

效果图位置：【\第 5 课\源文件\手柄.dwg】

操作思路：

（1）执行构造线命令，绘制中心辅助线。

（2）执行直线、圆、圆弧命令，以及修剪、延伸命令，完成手柄上半轮廓的绘制。

（3）使用镜像命令完成手柄的绘制。

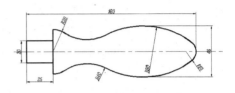

图 5.40　手柄

操作步骤

本案例主要分 4 个步骤，其具体操作如下。

1. 绘制已知线段

先用 Xline 命令绘制中心辅助线，然后用 Line、Circle 命令绘制手柄图形的已知线段，其具体操作如下。

（1）执行构造线命令，完成中心线的绘制，其命令操作如下：

命令: xl	//选择中心线层，执行构造线命令
XLINE	
指定点或 [水平(H)/垂直(V)/角度(A)/二等分(B)/偏移(O)]:h	//选择【水平】选项
指定通过点:1000,1000	//指定中心线通过点
指定通过点:	//按【Enter】键结束构造线命令

（2）执行直线及延伸命令，绘制左侧矩形部分，其命令行操作如下：

命令: line	//选择 0 层，执行直线命令
指定第一点:1000,1000	//指定直线的第一点
指定下一点或 [放弃(U)]: <正交 开>10	//按【F8】键打开"正交"状态，并将鼠标向上移，输入直线的长度
指定下一点或 [闭合(C)/放弃(U)]:25	//将鼠标向右移，并输入直线的长度
指定下一点或 [闭合(C)/放弃(U)]:10	//将鼠标向上移，并输入直线的长度
指定下一点或 [闭合(C)/放弃(U)]:	//按【Enter】键结束直线命令，效果如图 5.41 所示
命令: extend	//执行延伸命令
选择对象或 <全部选择>:	//选择中心线
选择对象:	//按【Enter】键结束对象的选择
选择要延伸的对象，或按住 Shift 键选择要修剪的对象，或	

[栏选(F)/窗交(C)/投影(P)/边(E)/放弃(U)]:	//选择最后绘制的那条直线
选择要延伸的对象，或按住 Shift 键选择要修剪的对象，或	
[栏选(F)/窗交(C)/投影(P)/边(E)/放弃(U)]:	//按【Enter】键结束延伸命令，效果如图 5.42 所示

（3）执行圆命令，绘制如图 5.43 所示的两个圆，其命令操作如下：

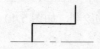
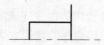

图 5.41　绘制直线　　　　图 5.42　延伸直线　　　　图 5.43　绘制圆

命令: CIRCLE↵	//执行 Circle 命令
指定圆的圆心或 [三点(3P)/两点(2P)/相切、相切、半径(T)]: 1150,1000	//指定圆心
指定圆的半径或 [直径(D)]:10	//指定圆的半径
命令: CIRCLE↵	//激活 Circle 命令
指定圆的圆心或 [三点(3P)/两点(2P)/相切、相切、半径(T)]:1025,1000	//指定圆心
指定圆的半径或 [直径(D)]:20	//指定圆的半径

2. 绘制中间线段

用 Offset 命令对中心辅助线的水平线进行偏移复制，然后用 Circle 命令绘制半径为 80 的中间线段，并用 Erase 命令删除辅助圆，其具体操作如下：

命令: OFFSET	//激活 Offset 命令
指定偏移距离或 [通过(T)] <通过>: 23	//输入偏移距离
选择要偏移的对象或 <退出>:	//选择中心辅助线的水平线
指定点以确定偏移所在一侧:	//在线的上端任意指定一点
选择要偏移的对象或 <退出>:	//按【Enter】键结束 Offset 命令
命令: OFFSET	//激活 Offset 命令
指定偏移距离或 [通过(T)] <23.0000>: 57	//输入偏移距离
选择要偏移的对象或 <退出>:	//选择中心辅助线的水平线
指定点以确定偏移所在一侧:	//在选取线段下方任意指定一点
选择要偏移的对象或 <退出>:	//按【Enter】键结束 Offset 命令
命令: CIRCLE	//激活 Circle 命令
指定圆的圆心或 [三点(3P)/两点(2P)/相切、相切、半径(T)]: 1150,1000	//指定圆心
指定圆的半径或 [直径(D)] <10.0000>: 70	//指定圆的半径
命令: CIRCLE	//激活 Circle 命令
指定圆的圆心或 [三点(3P)/两点(2P)/相切、相切、半径(T)]:	//捕捉半径为 70 的圆和偏移线的交点，如图 5.44 所示
指定圆的半径或 [直径(D)] <70.0000>: 80	//指定圆的半径，效果如图 5.45 所示
命令: ERASE	//激活 Erase 命令
选择对象:	//选择半径为 70 的圆
选择对象:	//按【Enter】键结束 Erase 命令，效果如图 5.46 所示

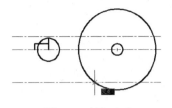

图 5.44 捕捉交点

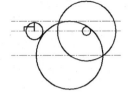

图 5.45 绘制圆

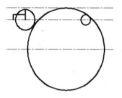

图 5.46 删除圆

3. 绘制连接线段

用 Circle 命令绘制手柄中半径为 40 的连接线段，然后用 Trim 命令对多余的段线进行修剪处理，其具体操作如下：

命令: CIRCLE	//激活 Circle 命令
指定圆的圆心或 [三点(3P)/两点(2P)/相切、相切、半径(T)]: 1025,1000	//指定圆心
指定圆的半径或 [直径(D)] <80.0000>: 60	//指定圆的半径
命令: CIRCLE	//激活 Circle 命令
指定圆的圆心或 [三点(3P)/两点(2P)/相切、相切、半径(T)]:	//捕捉半径为 80 的圆的圆心
指定圆的半径或 [直径(D)] <60.0000>: 120	//指定圆的半径
命令: CIRCLE	//激活 Circle 命令
指定圆的圆心或 [三点(3P)/两点(2P)/相切、相切、半径(T)]:	//捕捉如图 5.47 所示的交点
指定圆的半径或 [直径(D)] <60.0000>:40	//指定圆的半径
命令: TRIM	//激活 Trim 命令
当前设置:投影=UCS，边=无	
选择对象:	//选择所有圆及中心辅助线
选择对象:	//按【Enter】键结束选取
选择要修剪的对象,按住 Shift 键选择要延伸的对象,或 [投影(P)/边(E)/放弃(U)]:	//选择要修剪的对象
选择要修剪的对象,按住 Shift 键选择要延伸的对象,或 [投影(P)/边(E)/放弃(U)]:	//按【Enter】键。再删除不能修剪的部分,如图 5.48 所示

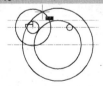

图 5.47 拾取交点

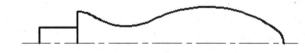

图 5.48 完成修剪及删除

4. 完成绘制

用 Mirror 命令镜像生成手柄的另一部分，结果如图 5.40 所示，其具体操作如下：

命令: MIRROR	//激活 Mirror 命令
选择对象:	//选择要镜像复制的对象
选择对象:	//结束镜像对象的选取
指定镜像线的第一点:1000,1000	//指定镜像复制的第一点
指定镜像线的第二点: 1160,0	//指定镜像复制的第二点
是否删除源对象? [是(Y)/否(N)] <N>:	//选择在镜像复制时不删除源对象

案例小结

本案例主要练习了手柄的绘制，在绘制过程中，主要使用了图形编辑命令中的修剪、延伸命令。通过本实例的绘制，可进一步掌握图形的修剪、延伸命令的使用，巩固直线、圆弧命令的使用，以及对象捕捉命令在图形编辑过程中的使用方法。

5.3 对边、角、长度的编辑

为了精确、方便地对图形对象的边、角、长度进行修改和编辑处理，AutoCAD 还提供了打断、圆角、倒角、拉伸以及缩放等命令。

5.3.1 知识讲解

编辑图形对象的方法有多种，在实际操作时可以根据需要采用不同的方法。

1. 打断对象

使用打断命令可以将一个对象打断为两个对象，对象之间可以具有间隙，也可以没有间隙。可以在大多数几何对象上创建打断，但不包括块、标注、多行文字和面域。执行打断命令，主要有以下几种方法：

- 选择【修改】→【打断】命令。
- 单击【修改】工具栏中的【打断】按钮。
- 在命令行中执行 Break（Br）命令。

使用 Break 命令在对象上创建一个间隙，这样将产生两个对象。Break 通常用于为块或文字创建空间。例如，使用打断命令，将如图 5.49 所示的图形在 1、2 点处进行打断处理，打断后的图形如图 5.51 所示。

其命令操作如下：

命令:br	//执行打断命令
BREAK	
选择对象:	//选择被打断的对象
指定第二个打断点 或 [第一点(F)]:f	//选择【第一点】选项
指定第一个打断点:	//指定点 1 为第一个打断点，如图 5.49 所示
指定第二个打断点:	//指定点 2 为第二个打断点，如图 5.50 所示

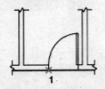 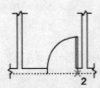 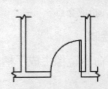

图 5.49　打断前的图形　　图 5.50　选择打断点　　图 5.51　打断后的图形

2. 圆角

圆角命令就是使用与对象相切并且具有指定半径的圆弧连接两个对象。在机械设计过程中，使用圆角的方法，可以使模型更光滑。执行圆角命令，主要有以下几种方法：

- 选择【修改】→【圆角】命令。
- 单击【修改】工具栏中的【圆角】按钮 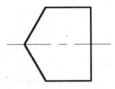。
- 在命令行中执行 Fillet（F）命令。

使用 Fillet 命令可以通过一个指定半径的圆弧来连接对象，利用该命令对实体执行圆角操作时应先设定圆角弧半径，再进行圆角操作。例如，使用圆角命令，将如图 5.52 所示的图形进行圆角处理，其圆角半径为 5，如图 5.53 所示，其命令操作如下：

图 5.52　圆角前的图形

图 5.53　圆角后的图形

```
命令: f                                          //执行圆角命令
FILLET
当前设置: 模式 = 修剪，半径 = 0.0000
选择第一个对象或 [放弃(U)/多段线(P)/半径(R)/修剪(T)/多个(M)]: r     //选择【半径】选项
指定圆角半径 <0.0000>: 5                         //指定圆角半径
选择第一个对象或 [放弃(U)/多段线(P)/半径(R)/修剪(T)/多个(M)]:      //选择水平线段，如图 5.54 所示
选择第二个对象，或按住 Shift 键选择要应用角点的对象:           //选择垂直线段，如图 5.55 所示
……                                             //用相同方法对另一角进行圆角
```

图 5.54　选择水平线段

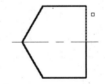

图 5.55　选择垂直线段

执行 Fillet 命令过程中各选项的含义分别如下。

- **多段线**：选择该选项，可对由多段线组成图形的所有角同时进行圆角操作。
- **半径**：该选项是设置连接被圆角对象的圆弧半径。修改圆角半径将影响后续的圆角操作。如果设置圆角半径为 0，则被圆角的对象将被修剪或延伸，直到它们相交，并不创建圆弧。
- **修剪**：该选项指定是否修剪选定的对象、将对象延伸到创建的弧的端点或不进行修改。
- **多个**：选择该选项，可连续对多个直线进行圆角处理，直至用户结束命令为止。

3. 倒角

倒角是指将两个对象以平角或倒角相接。倒角命令用于将两条非平行的直线或多段线作出有斜度的倒角。执行倒角命令，主要有以下几种方法：

- 选择【修改】→【倒角】命令。
- 单击【修改】工具栏中的【倒角】按钮。

● 在命令行中执行 Chamfer（CHA）命令。

使用 Chamfer 命令对图形进行倒角处理时，应先设定倒角距离，然后再指定倒角线。例如，使用倒角命令，将如图 5.56 所示的图形进行倒角处理，如图 5.58 所示。

其命令操作如下：

```
命令: cha                                              //执行倒角命令
CHAMFER
(【修剪】模式) 当前倒角距离 1 = 0.0000，距离 2 = 0.0000
选择第一条直线或 [放弃(U)/多段线(P)/距离(D)/角度(A)/修剪(T)/方
式(E)/多个(M)]: d                                      //选择【距离】选项
指定第一个倒角距离 <0.0000>: 5                          //指定第一个倒角距离
指定第二个倒角距离 <5.0000>:                            //指定第二个倒角距离
选择第一条直线或 [放弃(U)/多段线(P)/距离(D)/角度(A)/修剪(T)/方
式(E)/多个(M)]:                                        //捕捉水平线段，如图 5.56 所示
选择第二条直线，或按住 Shift 键选择要应用角点的直线:     //捕捉垂直线段，如图 5.57 所示
```

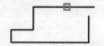　　　　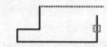　　　　

图 5.56　倒角前的图形　　　图 5.57　选择倒角对象　　　图 5.58　倒角后的图形

执行 Chamfer 命令过程中各选项的含义分别如下。

● **距离**：设置倒角的精确距离。倒角距离是每个对象与倒角线相接或与其他对象相交而进行修剪或延伸的长度。如果两个倒角距离都为 0，则倒角操作将修剪或延伸这两个对象，直至它们相交，但不创建倒角线。选择对象时可以按住【Shift】键，用 0 值替代当前的倒角距离。

● **角度**：通过指定第一个选定对象的倒角线起点及倒角线与该对象形成的角度来为两个对象倒角。

● **方式**：用于控制 AutoCAD 是用两个距离的方式倒角，还是用一个距离和一个角度的方式来倒角，即【距离】或【角度】方式。

> 说明：除【多段线】选项外，其他选项的设置不分先后顺序。在倒角时需要注意的是，要进行倒角的线段长度必须大于设置的倒角距离，否则无法进行倒角。

4. 拉伸对象

使用拉伸命令可以按指定的方向和角度拉长或缩短对象，在 AutoCAD 中，可被拉伸的对象有直线、圆弧、椭圆弧、多段线和样条曲线等，而点、圆、文本和图块则不能被拉伸。执行拉伸命令，主要有以下几种方法：

● 选择【修改】→【拉伸】命令。

● 单击【修改】工具栏中的【拉伸】按钮 。

● 在命令行中执行 Stretch（S）命令。

在执行拉伸命令的过程中，只能以交叉方式选择要拉伸的实体，与选择窗口相交的实体将被执行拉伸操作，选择窗口内的实体将随之移动。例如，将如图 5.59 所示的图形进行

拉伸处理，其拉伸长度为 25，效果如图 5.60 所示，其命令操作如下：

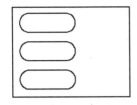

图 5.59　拉伸前的图形

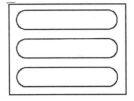

图 5.60　拉伸后的图形

命令: s　　　　　　　　　　　　　　　//执行拉伸命令
STRETCH
以交叉窗口或交叉多边形选择要拉伸的对象...
选择对象:　　　　　　　　　　　　　//以交叉方式选择腰形孔，如图 5.61 所示
选择对象:　　　　　　　　　　　　　//确定对象的选择
指定基点或 [位移(D)] <位移>:　　　　//在屏幕上选择一点
指定第二个点或 <使用第一个点作为位移>: 25　//鼠标向右移动，如图 5.62 所示，然后输入拉伸长度

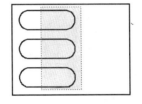

图 5.61　选择腰形孔

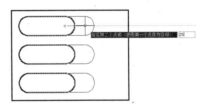

图 5.62　移动鼠标并指定拉伸长度

5. 缩放对象

使用缩放命令可以改变实体的尺寸大小，该命令可以把整个对象沿 X、Y、Z 方向以相同的比例放大或缩小。由于 3 个方向的缩放率相同，保证了缩放实体的形状不变。执行缩放命令，主要有以下几种方法：

- 选择【修改】→【缩放】命令。
- 单击【修改】工具栏中的【缩放】按钮 。
- 在命令行中执行 Scale（SC）命令。

使用 Scale 命令在缩放图形的过程中，用户需要指定缩放比例，若缩放比例值小于 1 且大于 0，则图形按相应的比例进行缩小；若缩放比例大于 1，则图形按相应的比例进行放大。使用缩放命令时需要指定一个基点，该基点在图形缩放时不变化。例如，将如图 5.63 所示图形中的圆进行放大，其放大比例为原图形的 3 倍，如图 5.64 所示，其命令操作如下：

命令: sc　　　　　　　　　　　　　//执行缩放命令
SCALE
选择对象:　　　　　　　　　　　　//选择圆
选择对象:　　　　　　　　　　　　//确定圆的选择
指定基点:　　　　　　　　　　　　//捕捉中点线的交点，如图 5.65 所示
指定比例因子或 [复制(C)/参照(R)] <1.0000>: 3　　//指定缩放比例

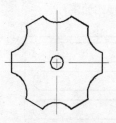

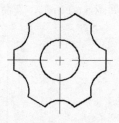

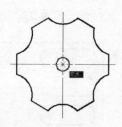

图 5.63 放大图形前　　　　图 5.64 放大图形后　　　　图 5.65 选择图形中心点

5.3.2 典型案例——绘制轴主视图

案例目标

本案例将绘制轴主视图，如图 5.66 所示。通过本实例的绘制，可深入了解并掌握圆角、倒角等修改命令的使用。

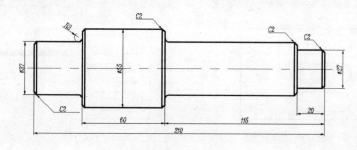

图 5.66 轴

效果图位置：【\第 5 课\源文件\轴.dwg】

操作思路：

（1）使用构造线命令，绘制水平的中心辅助线。

（2）执行直线等命令绘制轴体上部轮廓。

（3）使用圆角、倒角命令以及镜像命令完成轴体的绘制。

操作步骤

本案例分为两个步骤：第一步，使用构造线命令以及直线命令完成轴体上部轮廓的绘制；第二步，使用圆角、倒角以及镜像等命令完成轴体的绘制。其具体操作如下。

（1）执行构造线命令，完成中心线的绘制，其命令操作如下：

命令: xl	//执行构造线命令
XLINE	
指定点或 [水平(H)/垂直(V)/角度(A)/二等分(B)/偏移(O)]:h	//选择【水平】选项
指定通过点:	//在屏幕上指定一点
指定通过点:	//按【Enter】键结束构造线命令

（2）执行直线命令，绘制轴体轮廓直线部分，如图 5.67 所示，其命令操作如下：

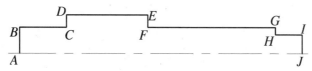

图 5.67　绘制直线

命令:1	//执行构造线命令
LINE	
line 指定第一点:_nea	//选择【捕捉到最近点】对象捕捉模式
于	//捕捉中心线的最近点
指定下一点或 [放弃(U)]:<正交 开>18.5	//按【F8】键打开【正交】模式,并将鼠标向上移,输入直线的长度
指定下一点或 [闭合(C)/放弃(U)]:35	//将鼠标向右移,并输入直线的长度
指定下一点或 [闭合(C)/放弃(U)]:9	//将鼠标向上移,并输入直线的长度
指定下一点或 [闭合(C)/放弃(U)]:60	//将鼠标向右移,并输入直线的长度
指定下一点或 [闭合(C)/放弃(U)]:9	//将鼠标向下移,并输入直线的长度
指定下一点或 [闭合(C)/放弃(U)]:95	//将鼠标向右移,并输入直线的长度
指定下一点或 [闭合(C)/放弃(U)]:5	//将鼠标向下移,并输入直线的长度
指定下一点或 [闭合(C)/放弃(U)]:20	//将鼠标向右移,并输入直线的长度
指定下一点或 [闭合(C)/放弃(U)]:_per	//选择【捕捉到垂足】对象捕捉模式
于	//捕捉中心线
指定下一点或 [闭合(C)/放弃(U)]:	//按【Enter】键结束直线命令

（3）执行圆角命令，对如图 5.67 所示的线段 BC、CD；EF、FG 进行圆角处理，效果如图 5.68 所示，其命令操作如下：

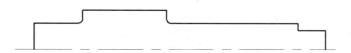

图 5.68　绘制圆角

命令:f	//执行圆角命令
FILLET	
当前设置: 模式 = 修剪, 半径 = 0.0000	
选择第一个对象或 [放弃(U)/多段线(P)/半径(R)/修剪(T)/多个(M)]: r	//选择【半径】选项
指定圆角半径 <0.0000>: 3	//指定圆角半径
选择第一个对象或 [放弃(U)/多段线(P)/半径(R)/修剪(T)/多个(M)]:m	//选择【多个】选项
选择第一个对象或 [放弃(U)/多段线(P)/半径(R)/修剪(T)/多个(M)]:	//选择线段 BC
选择第二个对象,或按住 Shift 键选择要应用角点的对象:	//选择线段 CD
选择第一个对象或 [放弃(U)/多段线(P)/半径(R)/修剪(T)/多个(M)]:	//选择线段 EF
选择第二个对象,或按住 Shift 键选择要应用角点的对象:	//选择线段 FG
选择第一个对象或 [放弃(U)/多段线(P)/半径(R)/修剪(T)/多个(M)]:	//按【Enter】键结束圆角命令

（4）执行倒角命令，对如图 5.67 所示的线段 AB、BC；CD、DE；DE、EF；FG、GH；HI、IJ 进行倒角处理，效果如图 5.69 所示，其命令操作如下：

命令:cha	//执行倒角命令

CHAMFER

(【修剪】模式) 当前倒角距离 1 = 0.0000，距离 2 = 0.0000

选择第一条直线或 [放弃(U)/多段线(P)/距离(D)/角度(A)/修剪(T)/方式(E)/多个(M)]: d   //选择【距离】选项

指定第一个倒角距离 <0.0000>: 2   //指定第一个倒角距离

指定第二个倒角距离 <5.0000>:2   //指定第二个倒角距离

选择第一条直线或 [放弃(U)/多段线(P)/距离(D)/角度(A)/修剪(T)/方式(E)/多个(M)]:m   //选择【多个】选项

选择第一条直线或 [放弃(U)/多段线(P)/距离(D)/角度(A)/修剪(T)/方式(E)/多个(M)]:   //选择线段 AB

选择第二条直线，或按住 Shift 键选择要应用角点的直线: //选择线段 BC

选择第一条直线或 [放弃(U)/多段线(P)/距离(D)/角度(A)/修剪(T)/方式(E)/多个(M)]:   //选择线段 CD

选择第二条直线，或按住 Shift 键选择要应用角点的直线: //选择线段 DE

选择第一条直线或 [放弃(U)/多段线(P)/距离(D)/角度(A)/修剪(T)/方式(E)/多个(M)]:   //选择线段 DE

选择第二条直线，或按住 Shift 键选择要应用角点的直线: //选择线段 EF

选择第一条直线或 [放弃(U)/多段线(P)/距离(D)/角度(A)/修剪(T)/方式(E)/多个(M)]:   //选择线段 FG

选择第二条直线，或按住 Shift 键选择要应用角点的直线: //选择线段 GH。之后选择HI、IJ

选择第一条直线或[放弃(U)/多段线(P)/距离(D)/角度(A)/修剪(T)/方式(E)/多个(M)]:   进行倒角设置 //按【Enter】键结束命令

（5）执行直线命令，绘制各轴段的直线，如图 5.70 所示。

（6）执行镜像命令，以中心线为镜像线，镜像复制轴体上半轮廓，完成绘制，如图 5.66 所示。

图 5.69　倒角处理   图 5.70　绘制轴段直线

案例小结

本案例主要练习了轴主视图的绘制，在绘制过程中，主要使用了构造线、直线以及倒角等命令。通过本实例的绘制，可进一步掌握圆角以及镜像等编辑命令的使用，了解编辑功能的强大优势。

5.4 图案填充

图案填充是一种指定以图案或颜色来充满定义的封闭边界的操作和在机械绘图中表达剖切面和不同类型物体的外观纹理。

5.4.1　知识讲解

对图形区域进行填充，主要包括确定填充边界、选择填充图案和定义填充方式等。首先应确定填充图形的区域，即填充边界，然后再指定填充图形时的填充图案。

1. 创建图案填充

使用图案填充命令可以在指定的填充边界内填充一定样式的图案。在进行填充时，可对填充图案的样式、比例和旋转角度等选项进行设置。

执行图案填充命令，主要有以下几种方法：

- 选择【绘图】→【图案填充】命令。
- 单击【绘图】工具栏的【图案填充】按钮 ▨。
- 在命令行中执行 Bhatch/Hatch（BH）命令。

执行【图案填充】命令，将打开如图 5.71 所示的【图案填充和渐变色】对话框，单击【图案填充】选项卡，在该选项卡中可以创建图案填充操作，其中各选项含义分别如下。

图 5.71　图案填充

- **类型**：该选项用于设置填充的图案类型，AutoCAD 2008 提供了【预定义】、【用户定义】和【自定义】3 种类型，默认为【预定义】选项。

- **图案**：该下拉列表框用于选择要填充的图案，也可单击下拉列表框后的 ┄ 按钮，打开【填充图案选项板】对话框选择要填充的图案。当在【类型】下拉列表框选择【预定义】选项时，该下拉列表框才可用。

- **样例**：显示用户选择的填充图案的缩略图。

- **自定义图案**：当在【类型】下拉列表框中选择了【自定义】选项时，将激活该下拉列表框，其中列出了可用的自定义图案。列表框顶部将显示最近使用过的 6 个自定义图案。

- **角度**：该下拉列表框用于选择图案填充时的填充角度，默认角度为 0。

- **比例**：该下拉列表框用于设置填充图案的填充比例。

- **双向**：当在【图案填充】选项卡的【类型】下拉列表框中选择了【用户定义】选项时，选中此复选框可以绘制与初始直线垂直的第二组直线，从而构成交叉填充。

- **相对图纸空间**：选中该复选框将相对于图纸空间单位缩放填充图案。该选项只有在图纸空间中才起作用。

- **间距**：当在【类型】下拉列表框中选择了【用户定义】选项时，可以在该文本框中设置用户定义图案中的直线间距。

- **ISO 笔宽**：当选择了【预定义】选项，并在【图案】下拉列表框中选择为 ISO 图案时，可以基于设置的笔宽缩放 ISO 预定义图案。

- **【添加：拾取点】按钮** ▨：单击该按钮可返回绘图区，并以拾取点的方式指定填充区域。

- 【添加：选择对象】按钮　：单击该按钮可返回绘图区，并以选择对象的方式指定填充区域。
- 【查看选择集】按钮　：显示绘图区中将要用做边界的对象，只有新建了边界集之后，该按钮才能被激活。
- 【继承特性】按钮　：单击该按钮可以将现有图案填充或填充对象的特性应用到其他图案填充或填充对象上。

例如，对如图 5.72 所示的机械图形的剖面进行图案填充，其填充图案为 ANSI31，填充比例为 1.5，效果如图 5.73 所示，其具体操作如下：

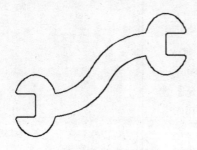
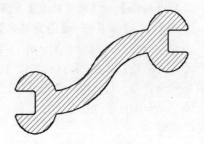

图 5.72　填充图案前　　　　　　　　图 5.73　填充图案后

（1）选择【绘图】→【图案填充】命令，打开如图 5.74 所示的【图案填充和渐变色】对话框。

（2）单击【图案】下拉列表框右侧的　按钮，打开【填充图案选项板】对话框，如图 5.75 所示。

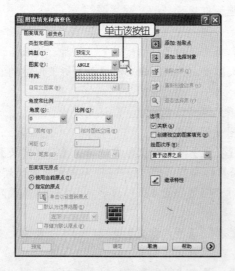
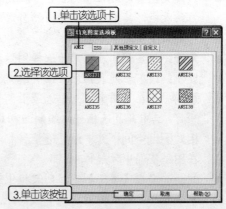

图 5.74　【图案填充和渐变色】对话框　　　　图 5.75　【填充图案选项板】对话框

（3）在【填充图案选项板】对话框中单击【ANSI】选项卡，在打开的对话框中选择【ANSI31】选项，单击　确定　按钮，返回【图案填充和渐变色】对话框，如图 5.76 所示。

（4）在【图案填充和渐变色】对话框的【边界】栏中单击【添加：拾取点】按钮，返回绘图区，在绘图区中选择要填充的图形区域，如图5.77所示。

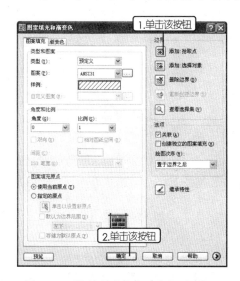

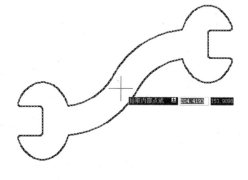

图5.76 【图案填充和渐变色】对话框   图5.77 选择填充区域

（5）选择完填充区域之后，按【Enter】键返回【图案填充和渐变色】对话框，单击 确定 按钮，完成图案填充操作。

2. 创建渐变色填充

在图形的设计过程中，除了使用固定的图案对图形进行填充外，还可以使用渐变色的方式对图形进行填充，其方法是在【图案填充和渐变色】对话框中单击【渐变色】选项卡，如图5.78所示，其中各选项含义分别如下。

- **单色**：创建由一种颜色产生的渐变色来填充图案。

- **双色**：创建由两种颜色产生的渐变色来填充图案。

- **居中**：选中该复选框，可以创建对称的渐变配置；取消此复选框的选择，则渐变填充将朝左上方变化，创建出光源从对象左边照射的图案效果。

- **角度**：用于设置渐变填充时颜色的填充角度。

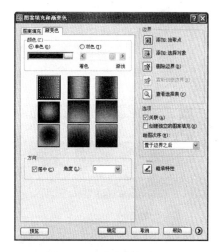

图5.78 【渐变色】选项卡

- **渐变图案**：该列表框中显示了用于渐变填充的9种固定图案，单击某种图案的示例框即可使用该图案。

3. 编辑图案填充

为图形填充图案后，还可通过图案填充编辑命令对其进行编辑，其编辑过程中的参数设置包括填充比例、旋转角度和填充图案等。执行编辑图案填充命令，主要有以下几种方式：

- 选择【修改】→【对象】→【图案填充】命令。
- 单击【修改Ⅱ】工具栏的【编辑图案填充】按钮。
- 在命令行中执行 Hatchedit（He）命令。

要进行图案填充的编辑时，首先应选中要编辑的填充图案，然后才能对其进行编辑、更改，例如将如图 5.72 所示的图形更改为渐变色，效果如图 5.79 所示，其具体操作如下：

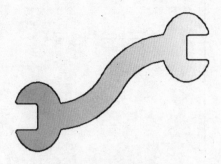

图 5.79　编辑图案填充

（1）选择如图 5.79 所示的填充图案，再选择【修改】→【对象】→【图案填充】命令，打开【图案填充编辑】对话框。

（2）在【图案填充编辑】对话框中单击【渐变色】选项卡，再单击【颜色】栏中的 按钮，打开【选择颜色】对话框。

（3）在【选择颜色】对话框中单击【索引颜色】选项卡，并选择灰色，单击 确定 按钮，返回【图案填充编辑】对话框，如图 5.80 所示。

（4）在【图案填充编辑】对话框中选择第一排第二列填充样式，单击 确定 按钮，完成图案填充编辑操作，如图 5.81 所示。

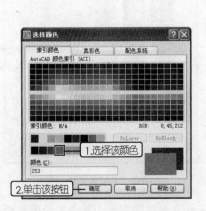

图 5.80　选择颜色

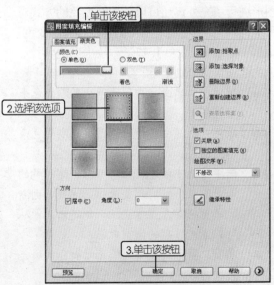

图 5.81　选择填充样式

5.4.2　典型案例——填充皮带轮剖面

案例目标

本案例将练习皮带轮剖面图形的图案填充操作，效果如图 5.82 所示。通过本案例的绘制，可掌握使用图案填充命令对图形填充的操作。

素材位置：【\第 5 课\素材\皮带轮剖面.dwg】
效果图位置：【\第 5 课\源文件\皮带轮剖面.dwg】
操作思路：

（1）打开素材"皮带轮剖面.dwg"图形文件。
（2）执行图案填充命令，对皮带轮剖面进行图案填充处理。

操作步骤

其具体操作如下：

（1）选择【文件】→【打开】命令，打开"皮带轮剖面.dwg"文件，如图 5.83 所示。

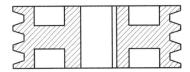

图 5.82　皮带轮剖面

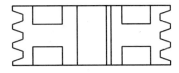

图 5.83　打开图形文件

（2）选择【绘图】→【图案填充】命令，打开如图 5.84 所示的【图案填充和渐变色】对话框。

（3）单击【图案填充】选项卡，在【类型和图案】栏的【图案】下拉列表框中选择【ANSI31】选项。

（4）单击【边界】栏的【添加：拾取点】按钮进入绘图区选择填充区域，如图 5.85 所示。

图 5.84　【图案填充和渐变色】对话框

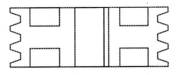

图 5.85　选择填充区域

（5）按【Enter】键返回【图案填充和渐变色】对话框，单击 [确定] 按钮，完成图案填充操作。

案例小结

本案例主要练习了绘制皮带轮剖面的填充操作，在本案例的执行过程中，主要用到了图案填充命令。通过本案例的练习，可了解并掌握图案填充命令的使用及技巧。

5.5 上机练习

5.5.1 绘制端盖

本次练习将绘制如图 5.86 所示的端盖，主要练习 AutoCAD 中圆弧、修剪等命令的使用。

效果图位置：【\第 5 课\源文件\端盖.dwg】

操作思路：

- 使用圆命令，以辅助线交点为圆心绘制直径分别为 100、40 的圆。
- 使用圆命令，以水平辅助线与直径为 100 的圆的交点为圆心绘制直径分别为 24、12 的圆。
- 使用阵列命令阵列半径为 12、6 的圆，然后执行修剪命令，对绘制的圆进行修剪处理。

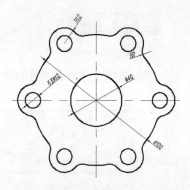

图 5.86 端盖

5.5.2 绘制连接件

本次练习将绘制如图 5.87 所示的连接件图形，主要练习 AutoCAD 中圆弧、圆以及修剪等命令的使用。

效果图位置：【\第 5 课\源文件\连接件.dwg】

操作思路：

- 使用构造线命令、圆命令并结合捕捉命令绘制辅助线。
- 使用椭圆命令绘制长轴为 7、短轴为 4 的椭圆。使用圆命令绘制直径为 8、15、17、36 的圆。
- 使用圆弧命令选择【相切、相切、半径】方式绘制连接圆弧。

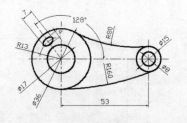

图 5.87 连接件

5.6 疑 难 解 答

问：为什么在使用阵列命令进行环形阵列时，阵列后的图形与第一个图形一样，为什么没有随阵列的角度变化而变化？

答：绘制图形时，使用复制、偏移、镜像以及阵列等命令可以加快图形的绘制速度，

在进行复制、偏移以及矩形阵列时，与原图形都是平行的，但是进行环形阵列时，其阵列的图形可以与原图形平行，也可以围绕中心点旋转，其方法是在【阵列】对话框中选中☑复制时旋转项目(T)复选框。

问：使用镜像命令对文字进行镜像处理后，为什么文字是反的呢？

答：当镜像操作对象中有文本属性时，用户如果希望镜像后的文本、属性等对象具有可读性，则应当将系统变量 Mirrtext 的值设置为 0，镜像后的文本才具有可读性。

5.7 课后练习

1．填空题

（1）阵列命令的缩写是_____，阵列有_____和_____两种方式。

（2）使用_____命令，可以创建与原图形对称的图形。

（3）在执行拉伸命令时，_____不能被拉伸。

2．选择题

（1）使用（　　）命令，可以恢复最后一次用删除命令删除的对象。

  A．Circle   B．Copy

  C．Oops   D．Offset

（2）下列（　　）命令是阵列命令。

  A．Mirror   B．Copy

  C．Array   D．Move

3．问答题

（1）简述偏移对象与复制对象的区别。

（2）简述镜像命令的作用，如何使用该命令。

（3）简述如何设置图案填充。

4．上机题

参照本课所讲的知识，绘制如图 5.88 所示的拉杆图形，通过本次上机操作，可进一步了解并掌握直线、圆、偏移和修剪等命令的使用。

效果图位置：【\第 5 课\源文件\拉杆.dwg】

提示：该实例主要使用直线、构造线、圆、偏移和修剪等命令，需要注意以下几点：

● 使用构造线和偏移等命令绘制吊钩定位尺寸线。

● 使用圆、圆弧、圆角、偏移以及修剪等命令绘制拉杆圆弧。

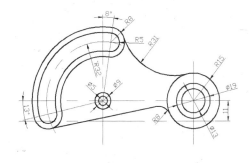

图 5.88 拉杆

第 6 课
文字与表格的应用

○ **本课导读**

利用 AutoCAD 2008 的文字标注功能，可对图形进行清楚的标注和说明，让用户对图形的设计进行更好的认识，如对图形进行必要的材料说明和结构说明等。

- 图形说明：螺栓、螺母和齿轮等图形名称的说明等。
- 书写技术要求：机械部件的配合和绘图中未注明的倒角大小、粗糙度要求等。
- 表格：制作标题栏和明细栏等表格说明。

6.1　创建与编辑文字

使用 AutoCAD 进行机械设计时，通常用少量的文字为图样增加一些注释性的说明，包括标题栏、明细栏和技术要求等。

6.1.1　知识讲解

文字注释分为单行文字和多行文字两种。对机械图形进行文字注释前，一般需要对标注文字的字体、字高和效果等进行设置，这样才能做到统一、标准地使用文字注释。

1. 设置文字样式

在 AutoCAD 中，系统默认使用 Standard 文字样式作为标准文字样式。用户可以根据自己的需要定义不同的文字样式，AutoCAD 可以创建文字样式。执行文字样式命令，主要有以下几种方法：

* 选择【格式】→【文字样式】命令。
* 单击【样式】工具栏中的【文字样式】按钮。
* 在命令行中执行 Style 命令。

文字样式主要用于控制与文字有关的字体文件、字符宽度、文字倾斜角度和高度等。下面建立一个名为"标准"的文字样式，其具体操作如下：

（1）选择【格式】→【文字样式】命令或执行 Style 命令，打开如图 6.1 所示的【文字样式】对话框。

（2）在【文字样式】对话框中单击 新建(N)... 按钮，打开如图 6.2 所示的【新建文字样式】对话框。

图 6.1　【文字样式】对话框　　　图 6.2　【新建文字样式】对话框

（3）在【新建文字样式】对话框的【样式名】文本框中输入文字样式的名称，如"标准"文字。

（4）单击 确定 按钮，返回【文字样式】对话框。

（5）在【SHX 字体】下拉列表框中选择【italic.shx】选项，在【高度】文本框中输入"0"，在【宽度因子】文本框中输入"0.7"，如图 6.3 所示。

（6）单击 应用(A) 按钮完成设置，再单击 关闭(C) 按钮，完成文字样式的设置。

在【文字样式】对话框中各选项的含义分别如下。

- **当前文字样式**：列出当前正在使用的文字样式。
- **样式**：该列表框显示图形中的所有文字样式。列表包括已定义的样式名并默认显示选择的当前样式。
- **样式列表过滤器**：该下拉列表框指定样式列表中显示所有样式还是仅显示使用中的样式。

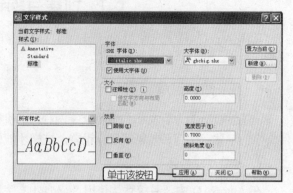

- **预览**：该窗口的显示随着字
体的改变和效果的修改而动态更改样例文字的预览。

图 6.3　设置文字样式

- **SHX 字体**：该下拉列表框中列出了所有后缀名为 SHX 的字体。其中带有双 "T" 标志的字体是 TrueType 字体，其他字体是 AutoCAD 自带的字体。选择带@符号的字体，输出的文字与正常文字相比，将旋转-90°。
- **大字体**：该下拉列表框显示了所有的大字体文字样式名称，用于选择大字体文件。用户可从中选择一个样式，使其成为当前样式。
- **使用大字体**：该复选框用于选择是否使用大字体。选中则变为"大字体"。
- **高度**：在该文本框中输入字体的高度。如果用户在该文本框内指定了文字的高度，则使用 Text（单行文字）命令时，系统将不提示【指定高度】选项。
- **颠倒**：选中该复选框，可以将文字进行上下颠倒显示，该选项只影响单行文字。
- **反向**：选中该复选框，可以将文字进行首尾反向显示，该选项只影响单行文字。
- **垂直**：选中该复选框，可以将文字沿竖直方向显示，该选项只影响单行文字。
- **宽度因子**：设置字符间距。输入小于 1.0 的值将紧缩文字，输入大于 1.0 的值则加宽文字。
- **倾斜角度**：该选项用于指定文字的倾斜角度。其中角度值为正时，向右倾斜；角度值为负时，向左倾斜。

2. 创建单行文字

单行文字一般用于创建文字内容较少的文字对象，可以使用单行文字创建一行或多行文字，其中，每行文字都是独立的对象，可对其进行重定位、调整格式或进行其他修改。

创建单行文字比较简单，执行单行文字命令，主要有以下几种方法：

- 选择【绘图】→【文字】→【单行文字】命令。
- 单击【文字】工具栏中的【单行文字】按钮 A 。
- 在命令行中执行 Text 或 Dtext 命令。

> **说明**：Text 是创建文字的原始命令，Dtext 是该命令的一个更新。在实际绘图中，Text 和 Dtext 命令的作用是一样的。

使用 Text 和 Dtext 命令创建的文字是一个单独的对象，可以单独对其进行编辑。例如，

使用单行文字标注命令创建如图 6.4 所示的标注文字，其命令操作如下：

技术要求：

1. 未注圆角为R3~R5；

2. 热处理，调质220~240HB。

图 6.4　创建单行文字

命令: text	//执行创建单行文字命令
当前文字样式: Standard　当前文字高度: 2.5000	
指定文字的起点或 [对正(J)/样式(S)]:	//指定文字的起点
指定高度 <2.5000>:	//指定文字的高度
指定文字的旋转角度 <0>:	//指定文字的旋转角度
……	//输入文字，完成后在文字外拾取一点

使用 Text 命令进行文字标注时，可以看到有【对正】选项，该选项指的是文字相对于起点的位置，该选项中各选项的含义分别如下。

- **对齐**：通过指定基线端点来指定文字的高度和方向。
- **调整**：指定文字按照由两点定义的方向和一个高度值布满一个区域。只适用于水平方向的文字。
- **中心**：标注文字的中心点与所指定的点对齐。
- **中间**：标注文字的文字中心和高度中心与指定点对齐。
- **右**：使标注文字右对齐。
- **左上**：在指定为文字顶点的点上靠左对齐文字。只适用于水平方向的文字。
- **左中**：在指定为文字中间点的点上靠左对齐文字。只适用于水平方向的文字。
- **左下**：以指定为基线的点靠左对齐文字。只适用于水平方向的文字。
- **中上、正中、中下、右上、右中、右下**：分别和左上、左中和左下选项相类似，只是指定的文字顶点的点有所不同，都只用于水平方向的文字。

在机械制图中经常需要输入一些特殊字符，如直径符号或角度符号等，这些符号都不能在键盘上直接找到，因此，这些符号可通过 AutoCAD 提供的特定插入方法来完成。使用单行文字或多行文字时，都可以使用相应的代码输入，其方法如表 6.1 所示。

表 6.1　特殊字符的输入及其含义

代 码 输 入	字　　符	说　　明
%%d	°	度
%%p	±	绘制正/负公差符号
%%c	Ø	直径符号
%%%	%	百分比符号

3. 编辑单行文字

对于已经输入的单行文字内容，可以通过编辑文字命令进行修改。编辑单行文字主要包括文字内容、缩放比例和对正方式。

1) 编辑单行文字内容

编辑单行文字内容主要是对文字内容进行修改。执行编辑单行文字内容命令，主要有以下几种方法：

- 选择【修改】→【对象】→【文字】→【编辑】命令。
- 单击【文字】工具栏中的【编辑】按钮 A✓。
- 在命令行中执行 Ddedit 命令。
- 直接选择要修改的文字，单击鼠标右键，在弹出的快捷菜单中选择【编辑】命令。
- 直接双击要修改的文字。

执行 Ddedit 命令编辑文字内容，其命令操作如下：

命令: ddedit	//执行编辑单行文字内容命令
选择注释对象或 [放弃(U)]:	//选择要编辑的单行文字对象，并进行编辑
选择注释对象或 [放弃(U)]:	//按【Enter】键结束编辑

2) 按比例缩放文字

在 AutoCAD 中，还可以对单行文字按指定比例进行缩放，对应命令为 ScaleText。执行缩放命令，主要有以下几种方式：

- 选择【修改】→【对象】→【文字】→【比例】命令。
- 单击【文字】工具栏中的【比例】按钮 A。
- 在命令行中执行 ScaleText 命令。

ScaleText 命令可以指定相对比例系数或绝对文字高度以编辑现有文字高度。执行 ScaleText 命令，其命令操作如下：

命令: scaletext	//执行文字缩放命令
选择对象:	//选择要编辑的单行文字对象
选择对象:	//按【Enter】键确定选择
输入缩放的基点选项	
[现有(E)/左(L)/中心(C)/中间(M)/右(R)/左上(TL)/中上(TC)/右上(TR)/左中(ML)/正中(MC)/右中(MR)/左下(BL)/中下(BC)/右下(BR)] <现有>:	//指定缩放的基点
指定新模型高度或 [图纸高度(P)/匹配对象(M)/比例因子(S)] <2.5>:	//选择缩放方式，按【Enter】键结束编辑

3) 编辑对正方式

在编辑文字的对正方式时有时需要修改文字对象的对正方式而不修改其位置。编辑对正方式命令可以重定义文字的插入点而不移动文字。执行编辑对正方式命令，主要有以下几种方法：

- 选择【修改】→【对象】→【文字】→【对正】命令。
- 单击【文字】工具栏中的【对正】按钮 A。
- 在命令行中执行 JustifyText 命令。

执行 JustifyText 命令编辑文字内容，其命令操作如下：

命令: justifytext	//执行文字对正命令
选择对象:	//选择要编辑的单行文字对象
选择对象:	//按【Enter】键结束选择

输入对正选项

| [左(L)/对齐(A)/调整(F)/中心(C)/中间(M)/右(R)/左上(TL)/中上(TC)/右
上(TR)/左中(ML)/正中(MC)/右中(MR)/左下(BL)/中下(BC)/右下(BR)]
<左>:L | //选择对正方式,按【Enter】键
结束编辑 |

4. 创建多行文字

多行文字是由任意数目的文字行和段落组成的,其功能比单行文字强大得多。多行文字一次输入的文字是一个对象,可以进行移动、复制、拉伸和缩放等操作。执行多行文字命令,主要有以下几种方法:

● 选择【绘图】→【文字】→【多行文字】命令。

● 单击【文字】工具栏或【绘图】工具栏中的【多行文字】按钮▲。

● 在命令行中执行 Mtext(MT/T)命令。

使用 Mtext 命令创建多行文字时,用户可在创建过程中直接修改任何一个文字的大小和字体等参数。例如使用 Mtext 命令创建如图 6.5 所示的多行文字,其具体操作如下。

(1)在命令行中执行 Mt 命令,执行多行文字命令,其命令操作如下:

命令 mt	//执行创建多行文字命令
MTEXT	
当前文字样式:"Standard"　当前文字高度:2.5	
指定第一角点:	//在绘图区中拾取一点
指定对角点或 [高度(H)/对正(J)/行距(L)/旋转(R)/样式(S)/宽度(W)]:	//指定对角点,打开【文字格式】 工具栏

(2)在【文字格式】工具栏下的文本框中输入文字,再单击【文字格式】工具栏的 确定 按钮,完成多行文字的输入操作,如图 6.6 所示。

| 说明

蝴蝶阀是管道中用于截断流体的部件。
当外力推动连杆移动时,与连杆啮合的
齿轮带动阀杆旋转,开启或关闭阀门。 | |

图 6.5 多行文字　　　　　　　　　　图 6.6 【文字格式】工具栏

注意: 如果输入的文字大于定义窗口的边框,将用虚线表示定义的窗口边框的高度和宽度。

执行 Mtext 命令过程中各选项的含义分别如下。

● **高度:** 可指定所要创建的多行文字的高度。

● **对正:** 可指定多行文字的对齐方式,与创建单行文字时的【对正】选项功能相同。

● **行距:** 当创建两行以上的多行文字时,可以设置多行文字的行间距。

● **旋转:** 选择该选项,可设置多行文字的旋转角度。

● **样式:** 选择该选项,可指定多行文字要采用的文字样式。

● **宽度:** 选择该选项,可设置多行文字所能显示的单行文字宽度。

说明： 在使用 Mtext 命令时，单击【文字格式】工具栏的【符号】按钮 @ ，在弹出的下拉菜单中选择相应的命令，也可输入表 6.1 中所列的特殊符号。

配合公差、分数与尺寸公差等内容在 AutoCAD 中无法直接输入，可通过【文字格式】工具栏上的【堆叠】按钮 来完成。堆叠按钮只对 "^"、"/" 和 "#" 3 种分隔符号的文字适用，其各项具体功能分别如下。

- "^" 符号：选中含 "^" 符号的文字并单击 按钮，则将 "^" 左边的文字设为上标，右边的文字设为下标。例如，选中 71 后的 "+0.01^-0.02" 文字再单击 按钮，将创建如图 6.7 所示的尺寸公差效果。

- "#" 符号：选中含 "#" 符号的文字并单击 按钮，则将 "#" 左边的文字设为分子，右边的文字设为分母，并采取斜排方式进行排列。例如，选中 "4#7" 文字再单击 按钮，将创建如图 6.8 所示的分数效果。

- "/" 符号：选中含 "/" 符号的文字并单击 按钮，则将 "/" 左边的文字设置为分子，右边的文字设置为分母，并采取上下排列方式排列。例如，选中 "H9/I8" 文字再单击 按钮，将创建如图 6.9 所示的配合公差效果。

$$71^{+0.01}_{-0.02}$$ 图 6.7 尺寸公差 $$\frac{4}{7}$$ 图 6.8 分数 $$\frac{H9}{I8}$$ 图 6.9 配合公差

5. 编辑多行文字

编辑多行文字和编辑单行文字类似，比较简单。执行编辑多行文字内容命令，主要有以下几种方法：

- 选择【修改】→【对象】→【文字】→【编辑】命令。
- 单击【文字】工具栏中的【编辑】按钮 。
- 在命令行中执行 Ddedit 命令。
- 直接选择要修改的文字，单击鼠标右键，在弹出的快捷菜单中选择【编辑多行文字】命令。
- 直接双击要修改的多行文字。

执行 Ddedit 命令编辑文字内容，其命令操作如下：

命令: ddedit	//执行编辑多行文字内容命令
选择注释对象或 [放弃(U)]:	//选择要编辑的多行文字对象，并进行编辑
选择注释对象或 [放弃(U)]:	//单击 确定 按钮结束编辑

6. 应用拼写检查

拼写检查可以检查图形中所有文字的拼写，也可以指定已使用的特定语言的词典并自定义和管理多个自定义拼写词典。执行拼写检查命令，主要有以下几种方法：

- 选择【工具】→【拼写检查】命令。
- 在命令行中执行 Spell 命令。

执行 Spell 命令后，系统将打开【拼写检查】对话框，如图 6.10 所示，系统将会把它所认为错误的单词列出来，并给出与其相近的单词供用户修改时进行参考和选用。Spell

命令可以检查单行文字、多行文字以及属性文字的拼写。

图6.10　【拼写检查】对话框

6.1.2　典型案例——编写工作原理

案例目标

本案例将练习书写千斤顶的工作原理，如图 6.11 所示。通过本案例的练习，可掌握编写文字的基本方法及技巧。

素材位置：【\第6课\素材\文字样式.dwg】
效果图位置：【\第6课\源文件\工作原理.dwg】
操作思路：

（1）打开设置好文字样式的图形文件【文字样式.dwg】。

（2）执行多行文字命令，在【文字格式】工具栏下的文本框中输入文字内容。

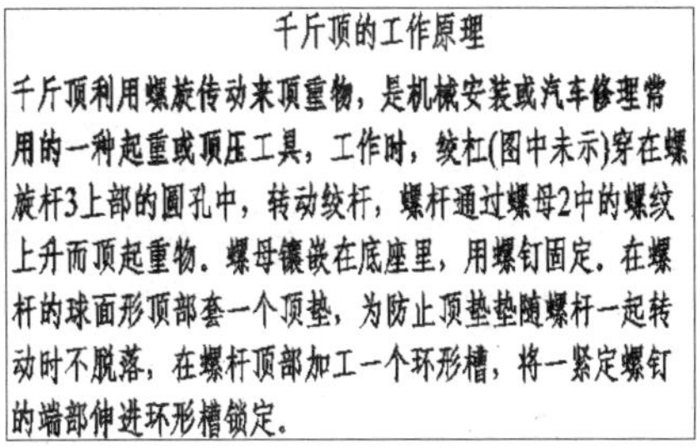

> **千斤顶的工作原理**
>
> 千斤顶利用螺旋传动来顶重物，是机械安装或汽车修理常用的一种起重或顶压工具。工作时，绞杠(图中未示)穿在螺旋杆3上部的圆孔中，转动绞杠，螺杆通过螺母2中的螺纹上升而顶起重物。螺母镶嵌在底座里，用螺钉固定。在螺杆的球面形顶部套一个顶垫，为防止顶垫垫随螺杆一起转动时不脱落，在螺杆顶部加工一个环形槽，将一紧定螺钉的端部伸进环形槽锁定。

图6.11　工作原理

操作步骤

本案例分为两个步骤：第一步，打开具有文字样式的图形文件；第二步，使用多行文字命令创建工作原理文字内容。其具体操作如下。

（1）选择【文件】→【打开】命令，打开"文字样式.dwg"图形文件。

（2）执行 Mt 命令，执行多行文字命令，其命令操作如下：

```
命令:mt                                              //执行创建多行文字命令
MTEXT
当前文字样式:"中文字体"  文字高度:2.5  注释性: 否
指定第一角点:                                        //在绘图区中拾取一点
指定对角点或 [高度(H)/对正(J)/行距(L)/旋转(R)/样式(S)/宽度(W)/  //指定对角点
栏(C)]:
```

（3）指定多行文字的对角点后，在绘图区中打开【文字格式】工具栏，在工具栏下的文本框中输入如图 6.12 所示的内容。

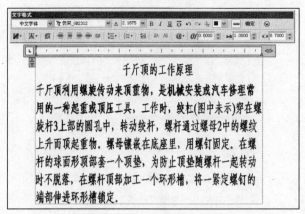

图 6.12 【文字格式】工具栏

（4）单击【文字格式】工具栏上的 确定 按钮，完成工作原理文字的书写。

案例小结

本案例主要练习书写千斤顶的工作原理，书写文字时主要使用了多行文字命令。通过本案例的练习，可了解文字标注命令的使用。

6.2 使用表格

在机械制图中，对于零件图和装配图等图形，常常需要绘制各类表格，如标题栏或明细栏。在低版本的 AutoCAD 中，用户只能通过直线和修剪等命令来绘制表格，但是在 AutoCAD 2008 中，用户可以通过表格的方式来插入表格，从而快速、准确地完成表格的绘制。

6.2.1 知识讲解

绘制表格之前，首先应设置表格样式，在完成表格样式设置后，即可根据表格样式绘制表格并输入相应表格的内容。

1. 创建表格样式

表格样式可以控制一个表格的外观。AutoCAD 2008 默认创建了一个名为 Standard 的表格样式，用户可直接对表格样式的参数进行修改。执行表格样式命令，主要有以下几种方法：

- 选择【格式】→【表格样式】命令。
- 单击【样式】工具栏中的【表格样式】按钮 。
- 在命令行中执行 Tablestyle（Ts）命令。

执行表格样式命令后，用户便可对表格样式进行创建或对已有的表格样式进行修改。下面以创建表格样式为例，介绍表格样式的创建，其具体操作如下：

（1）选择【格式】→【表格样式】命令，打开如图 6.13 所示的【表格样式】对话框。

（2）在【表格样式】对话框中单击 新建(N)... 按钮，打开如图 6.14 所示的【创建新的

表格样式】对话框。

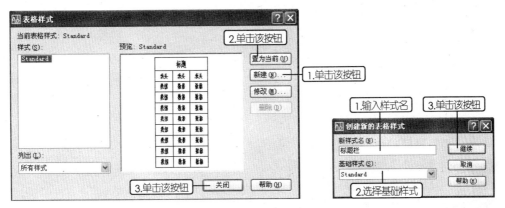

图 6.13　【表格样式】对话框　　　　　图 6.14　【创建新的表格样式】对话框

（3）在【新样式名】文本框中输入新的表格样式的名称，在【基础样式】下拉列表框中选择新表格样式，系统默认选择 Standard 样式。

（4）单击　继续　按钮，打开如图 6.15 所示【新建表格样式：标题栏】对话框。

（5）在【新建表格样式：标题栏】对话框中分别对【基本】、【文字】以及【边框】选项卡中的【特性】和【页边距】进行设置。

（6）完成设置后，单击　确定　按钮，返回【表格样式】对话框，此时，在该对话框左侧的列表框中即显示了新创建的样式名称。

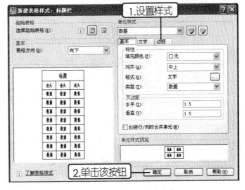

图 6.15　设置表格样式

（7）选择创建的表格样式，单击　置为当前(U)　按钮，将表格样式设置为当前表格样式。

（8）单击　关闭　按钮，完成表格样式的创建。

2．绘制表格

完成表格样式的设置后，即可根据设置的表格样式绘制表格并输入相应的表格内容。执行绘制表格命令，主要有以下几种方法：

● 选择【绘图】→【表格】命令。

● 单击【绘图】工具栏中的【表格】按钮 ▦。

● 在命令行中执行 Table 命令。

执行创建表格命令后，打开如图 6.16 所示的【插入表格】对话框，在该对话框中可对所创建表格的列和行以及插入方式进行设置，其中各选项的含义分别如下。

● **表格样式：** 该下拉列表框用于选择表格样式。通过单击下拉列表框旁边的【启动"表

格样式"对话框】按钮 ，用户可以创建新的表格样式。

● **从空表格开始**：创建可以手动填充数据的空表格。

● **自数据链接**：从外部电子表格中的数据创建表格。

● **预览**：该窗口显示当前表格样式的样例。

● **指定插入点**：用于指定表格左上角的位置。如果表格样式将表格的方向设置为由下而上读取，则插入点位于表格的左下角。

图6.16 【插入表格】对话框

● **指定窗口**：用于指定表格的大小和位置。选中该单选按钮时，行数、列数、列宽和行高取决于窗口的大小以及列和行的设置。

● **列**：该数值框用于设置表格的列数。

● **列宽**：该数值框用于设置插入表格每一列的宽度值。

● **数据行**：该数值框用于设置插入表格时总共的数据行。

● **行高**：该数值框用于设置插入表格每一行的高度值。

● **第一行单元样式**：该下拉列表框用于设置表格中第一行的单元样式。默认情况下，使用标题单元样式。

● **第二行单元样式**：该下拉列表框用于设置表格中第二行的单元样式。默认情况下，使用表头单元样式。

● **所有其他行单元样式**：该下拉列表框用于设置表格中所有其他行的单元样式。默认情况下，使用数据单元样式。

> **说明**：若要在其他单元格中输入内容，则可按键盘上的方向键依次在各个单元格之间切换，然后输入相应的内容即可。

6.2.2 典型案例——编写直齿圆柱齿轮参数表

案例目标

本案例将通过表格方式编写直齿圆柱齿轮参数表，效果如图6.17所示。通过本案例的练习，可掌握表格的创建方法。

直齿圆柱齿轮参数表（mm）				
	模数	齿数	轴孔直径	键槽宽
大齿轮	5	30	25	5
小齿轮	6	20	10	5

图6.17 直齿圆柱齿轮参数表

效果图位置： 【\第6课\源文件\直齿圆柱齿轮参数表.dwg】

操作思路：

（1）使用表格命令创建明细表表格。

（2）在表格中填写表格内容。

操作步骤

本案例分为两个步骤：第一步，创建表格；第二步，填写表格内容。其具体操作如下：

（1）选择【绘图】→【表格】命令，打开如图6.18所示的【插入表格】对话框。

（2）在【插入表格】对话框中选中【指定插入点】单选按钮。

（3）在【列和行设置】栏的【列】数值框中输入"5"，在【列宽】数值框中输入"35"。

（4）在【数据行】数值框中输入"2"，在【行高】数值框中输入"1"。

（5）单击 确定 按钮返回绘图区，在绘图区中拾取一点，打开如图6.19所示的【文字格式】工具栏。

图6.18 【插入表格】对话框

图6.19 【文字格式】工具栏

（6）在表格的标题栏输入"直齿圆柱齿轮参数表（mm）"文字，然后按键盘上的方向键切换到其他单元格，并在单元格中输入相应的内容。

案例小结

本案例主要绘制直齿圆柱齿轮参数表，在创建参数表的过程中，主要使用了表格和文字创建命令。通过本案例的绘制，可进一步了解表格命令的使用，掌握如明细表、标题栏等表格的绘制方法。

6.3 上 机 练 习

6.3.1 编写技术要求

本次练习将书写如图6.20所示的技术要求，通过本次练习，可掌握和巩固文字标注样式的设置方法以及多行文字的创建。

效果图位置： 【\第6课\源文件\技术要求.dwg】

操作思路：

- 设置文字样式，其中主要包括中文字体以及英文字体的设置。
- 执行创建多行文字命令，对技术要求的内容进行书写。

技 术 要 求

1.未注倒角C2。

2.调质250-285HBS。

3.棱角倒钝。

4.Ø5H7两圆柱销孔装配时钻。

图 6.20 编写技术要求

6.3.2 制作减速器装配明细表

本次练习将制作如图 6.21 所示的减速器装配明细表，主要练习在 AutoCAD 2008 中表格的使用。

14	端盖	1	HT150	
13	端盖	1	HT150	
12	定距环	1	Q235A	
11	大齿轮	1	40	
10	键 16x70	1	Q275	FB 1095-79
9	轴	1	45	
8	轴承	2		30208
7	端盖	1	HT200	
6	轴承	2		30211
5	轴	1	45	
4	键 8x50	1	Q275	
3	端盖	1	HT200	
2	调整垫片	2组	08F	FB 1095-79
1	减速器箱体	1	HT200	
序号	名称	数量	材料	备注
减速器装配明细表				

图 6.21 减速器装配明细表

效果图位置：【\第 6 课\源文件\减速器装配明细表.dwg】

操作思路：

- 选择【格式】→【表格样式】命令，新建表格样式并对表格的样式进行设置，如文字高度和字体。
- 选择【绘图】→【表格】命令，利用表格方式绘制减速器装配明细表。

6.4 疑难解答

问：在进行文字创建的过程中，为什么使用%%c 和%%d 等特殊代码输入的字符显示的是一个方框，如何解决？

答：这主要是由于插入特殊符号时，设置的字体不匹配引起的，由于特殊符号要有特定的字体才能正确显示。选择输入的特殊符号的代码，然后在字体下拉列表框中选择 txt.shx

字体，即可解决该问题。

问：在绘制表格时，为什么所输入的文字位置总是无法对正单元格的中心？

答：在输入表格文字时，AutoCAD 默认文字在单元格中的位置是上中对正的，所以文字处于单元格的中上位置。选择【格式】→【表格样式】命令，在打开的【表格样式】对话框中单击[修改⑩...]按钮，随后打开【修改表格样式】对话框，单击【基本】选项卡，在【对齐】下拉列表框中选择【正中】选项即可。

6.5 课后练习

1. 选择题

（1）在 AutoCAD 中，系统默认使用（　　）文字样式。

　　A．机械　　　　　　　　　　B．TEXT

　　C．Standard　　　　　　　　D．宋体

（2）在 AutoCAD 中【φ】符号属于特殊符号，其输入方法是（　　）。

　　A．%%o　　　　　　　　　　B．%%c

　　C．%%d　　　　　　　　　　D．%%p

2. 问答题

（1）如何创建新的文字样式？如何设置文字样式的字体、高度和宽度等参数？

（2）如何创建单行文字和多行文字？如何编辑单行文字和多行文字？

（3）简述创建表格样式的基本操作步骤。

3. 上机题

参照本课所讲的知识，创建如图 6.22 所示的表格，通过本次上机操作，可进一步了解并掌握表格的创建方法。

			比例		
			数量		
制图			重量		共　张　第　张
描图					
审核					

图 6.22　表格练习

效果图位置：【\第 6 课\源文件\表格练习.dwg】

提示：该实例主要是练习表格命令的使用。该上机练习首先应设置好表格的样式，然后使用创建表格命令绘制表格。

第 **7** 课
机械图形尺寸标注

○ **本课要点**

- 📖 设置尺寸标注样式
- 📖 标注尺寸
- 📖 公差标注
- 📖 标注的编辑与修改

○ **具体要求**

- 📖 掌握标注样式的创建
- 📖 熟悉尺寸标注命令的使用
- 📖 了解尺寸标注的编辑操作
- 📖 熟悉公差标注的使用

○ **本课导读**

利用 AutoCAD 2008 的标注命令，可快速对图形的尺寸、规格进行定义，可以指定零件加工时的长度、厚度、圆角与倒角等。

- 📖 尺寸标注依据：齿轮孔、吊钩等零件的生产、加工规格。
- 📖 了解机器零件大小：用户可了解扳手和轴等零件的大小及规格。

7.1 设置尺寸标注样式

尺寸标注是机械图形的一个重要组成部分，它表达了机械产品的真实大小和相互间的位置关系。尺寸标注不但是机械设计的一项重要内容，也是加工时的重要依据。

7.1.1 知识讲解

标注是向图形中添加测量注释的过程，也是绘制图形的一个重要步骤，是加工制造机械零部件的一个重要依据。

1. 创建尺寸标注样式

对图形的尺寸进行标注前，应先对尺寸的标注样式进行设置，如尺寸标注的标注文字和箭头大小等，尺寸标注样式可通过【标注样式管理器】对话框来完成。执行尺寸标注样式命令，主要有以下几种方法：

● 选择【格式】→【标注样式】命令。

● 单击【样式】工具栏中的【标注样式】按钮 ✎。

● 在命令行中执行 Dimstyle 命令。

在【标注样式管理器】对话框中可以创建尺寸标注样式、修改尺寸标注样式、置为当前标注样式以及替代样式等。例如创建一个名为"图形标注"的标注样式，其具体操作如下：

（1）选择【格式】→【标注样式】命令，打开如图 7.1 所示的【标注样式管理器】对话框。

（2）在【标注样式管理器】对话框中单击 新建(N)... 按钮，打开如图 7.2 所示的【创建新标注样式】对话框。

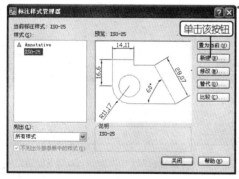

图 7.1 【标注样式管理器】对话框

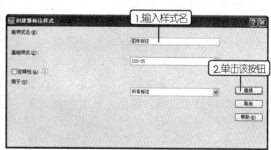

图 7.2 【创建新标注样式】对话框

（3）在【创建新标注样式】对话框的【新样式名】文本框中输入尺寸标注的样式名，这里输入"图形标注"文字。

（4）单击 继续 按钮，打开【新建标注样式：图形标注】对话框，在该对话框中可对创建的标注样式进行设置，如图 7.3 所示。

（5）完成设置后，单击 确定 按钮返回【标注样式管理器】对话框，如图 7.4 所示。

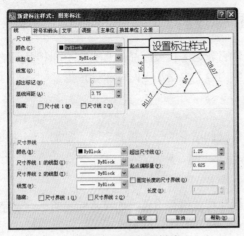

图 7.3　设置标注样式

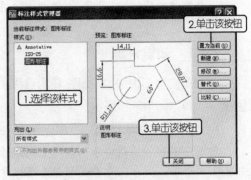

图 7.4　设置当前标注样式

（6）在【标注样式管理器】对话框的【样式】列表框中选择【图形标注】选项，然后单击 置为当前(U) 按钮，将【图形标注】样式设置为当前标注样式。

（7）单击 关闭 按钮，关闭【标注样式管理器】对话框。

2. 设置标注线条

创建尺寸标注样式时，可以对标注线条，即尺寸线、尺寸界线、箭头等进行设置；也可以在创建之后，对其进行修改。例如对"图形标注"标注样式进行修改，其具体操作如下：

（1）在【标注样式管理器】对话框中选择要修改的标注样式【图形标注】选项，然后单击 修改(M)... 按钮，打开如图 7.5 所示的【修改标注样式：图形标注】对话框。

（2）在【修改标注样式：图形标注】对话框中单击【线】选项卡，在【尺寸线】栏中设置标注尺寸线的颜色、线型和线宽等参数。

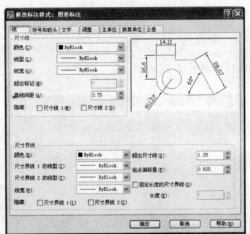

图 7.5　【修改标注样式：图形标注】对话框

（3）在【尺寸界线】栏中设置尺寸界线的颜色、线型和线宽以及是否对尺寸界线进行隐藏，并设置超出尺寸线的位置、是否使用固定长度的尺寸界线等参数。

（4）完成设置后，单击 确定 按钮即可完成修改。

在【线】选项卡中，其部分选项含义分别如下。

● **颜色**：单击该下拉列表框，可以设置标注尺寸线的颜色。

● **线型**：单击该下拉列表框，可以设置标注尺寸线的线型。

● **线宽**：用于设置标注尺寸线的线条宽度。

● **超出标记**：设置尺寸线超出尺寸界线的长度。若用户设置的标注箭头是箭头形式，则该选项不可用；若设置箭头形式为【倾斜】样式或取消尺寸箭头，则该选项可用。

- **基线间距**：设定基线尺寸标注中尺寸线之间的间距。
- **隐藏**：控制尺寸线的可见性。若选中☑尺寸界线1⑴复选框，则在标注对象时，会隐藏尺寸线1的显示；选中尺寸界线2⑵复选框，则标注时隐藏尺寸线2的显示；若同时选中两个复选框，则在标注时不显示尺寸线。
- **超出尺寸线**：设定尺寸界线超出尺寸线的距离。
- **起点偏移量**：设定尺寸界线距离标注对象端点的距离，通常应将尺寸界线与标注对象之间保留一定距离，以便于区分所绘图形实体。
- **固定长度的尺寸界线**：该选项设定在标注尺寸时，所有的尺寸线都一样长，其长度可在【长度】文本框中指定。

3. 设置标注箭头

对图形进行尺寸标注时，其箭头有很多种类型，如实心闭合、空心闭合、点、直角、30°角等。下面对【图形标注】标注样式中的箭头进行修改，其具体操作如下：

（1）在【标注样式管理器】对话框中选择标注样式【图形标注】选项，单击 修改(M)... 按钮，打开【修改标注样式：图形标注】对话框。

（2）在【修改标注样式：图形标注】对话框中单击【符号和箭头】选项卡，在【箭头】栏中设置箭头的样式以及箭头大小，如图7.6所示。

（3）在【圆心标记】栏中设置圆心的标记类型及标记大小。

（4）在【弧长符号】和【半径折弯标注】栏中分别设置弧长的符号以及半径标注时折弯的角度。

（5）完成设置后，单击 确定 按钮完成设置。

在【符号和箭头】选项卡中，其中各选项的含义分别如下。

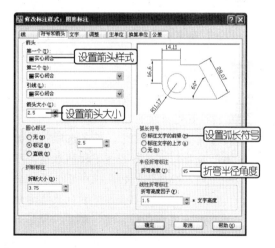

图7.6 设置标注箭头

- **第一个**：系统默认尺寸标注有两个标注箭头，单击该下拉列表框设置第一条尺寸线的箭头类型。当改变第一个箭头类型时，第二个箭头类型自动改变成与第一个箭头相同的类型。
- **第二个**：单击该下拉列表框设置第二条尺寸线的箭头类型。
- **引线**：设定引线标注时的箭头类型。
- **箭头大小**：设定标注箭头的显示大小。
- **圆心标记**：设定圆心标记的类型。在该栏中有3个单选按钮：选中⊙无(N)单选按钮，取消圆心标注功能；选中⊙标记(M)单选按钮，则标注出的圆心标记为┼；选中⊙直线(E)单选按钮，则标注出的圆心标记为中心线。其后的数值框用于控制圆心标

记的显示大小。

- **弧长符号**：该栏主要用于选择要标注弧长时，其弧长符号标注在文字上方、前方或不标注弧长符号。
- **半径折弯标注**：该栏主要用于设置折弯半径的折弯角度。

4. 设置尺寸标注文字

图形的尺寸标注，还有一个重要的组成部分，即标注文字，如果标注字体太小或太大，都将影响图形的表达。下面对【图形标注】标注样式中的标注字体进行设置，其具体操作如下：

（1）在【标注样式管理器】对话框中选择标注样式【图形标注】选项，单击 修改(M)... 按钮，打开【修改标注样式：图形标注】对话框。

（2）在【修改标注样式：图形标注】对话框中单击【文字】选项卡，在【文字外观】栏中设置文字的外观，如文字样式、文字颜色和填充颜色等，如图 7.7 所示。

（3）在【文字位置】栏中设置文字的放置位置，如垂直、水平等方向位置，以及文字位置从尺寸线偏移的距离。

（4）在【文字对齐】栏中设置文字的对齐方式，主要有【水平】、【与尺寸线对齐】和【ISO 标准】。

（5）完成文字设置之后，单击 确定 按钮完成设置。

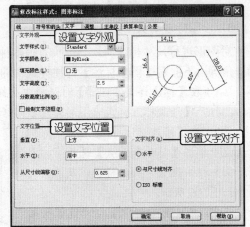

图 7.7　设置标注文字

在【文字】选项卡中，其各选项功能如下。

- **文字样式**：单击该下拉列表框，可以设置文字的样式。当图形中有多个文字样式时，在该下拉列表框中可选择相应的文字样式。若用户需要重新创建一个新的文字样式，可单击该下拉列表框右侧的 按钮，在打开的【文字样式】对话框中进行文字样式的创建，然后按照第 6 课介绍的方法进行设置。
- **文字颜色**：设置标注文字的颜色。
- **填充颜色**：该下拉列表框可选择文字的背景颜色。
- **文字高度**：设置标注文字的高度。若用户已在文字样式中设置了文字高度，则该数值框中的值无效。
- **分数高度比例**：设定分数形式字符与其他字符的比例。当在【主单位】选项卡选择【分数】作为【单位格式】时，此选项才可用。
- **绘制文字边框**：选中该复选框可为标注文本添加边框。
- **垂直**：控制标注文字相对于尺寸线的垂直对齐位置。
- **水平**：控制标注文字在尺寸线方向上相对于尺寸界线的水平位置。

- **从尺寸线偏移**：指定尺寸线到标注文字间的距离。
- **水平**：将所有标注文字水平放置。
- **与尺寸线对齐**：将所有标注文字与尺寸线对齐，文字倾斜度与尺寸线倾斜度相同。
- **ISO标准**：当标注文字在尺寸界线内部时，文字与尺寸线平行；当标注文字在尺寸线外部时，文字水平排列。

5．设置尺寸标注单位及精度

进行尺寸标注时，系统默认的精度很难满足绘图者的要求，在如图7.8所示的对话框中单击【主单位】选项卡，在打开的对话框中可设置线性及角度标注单位的格式和精度。下面对【图形标注】标注样式中的精度进行设置，其具体操作如下：

（1）在【标注样式管理器】对话框中选择标注样式【图形标注】选项，再单击 修改(M)... 按钮，打开【修改标注样式：图形标注】对话框。

（2）在【修改标注样式：图形标注】对话框中单击【主单位】选项卡，如图7.8所示。

（3）在【线性标注】栏中设置线性标注的单位格式及精度等参数。

（4）在【角度标注】栏中设置角度型尺寸标注的单位格式及精度等参数。

（5）完成标注样式精度的设置之后，单击 确定 按钮完成设置。

在【主单位】选项卡中，其中各选项的含义分别如下。

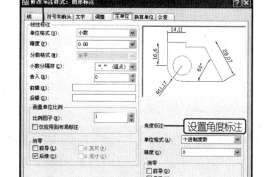

图7.8　【主单位】选项卡

- **单位格式**：设置标注的单位格式，角度标注除外。
- **精度**：设置标注文字的尺寸精度，角度标注除外。
- **分数格式**：在该下拉列表框中可设置分数单位的格式，包括水平、对角和非堆叠3种方式。当用户在【线性标注】栏的【单位格式】下拉列表框中选择【分数】选项时，该下拉列表框变为可用。
- **小数分隔符**：设置小数格式的分隔符，包括句点、逗号和空格3种分隔符。
- **舍入**：设置非角度标注测量值的舍入规则。例如，若设置舍入的值为0.5，系统则将0.6舍入为1。
- **前缀**：在标注文字前面添加一个前缀，可在该文本框中输入文字或特殊符号。若用户为标注文字指定了前缀，它将替代标注中任何默认的前缀。
- **后缀**：在标注文字后面添加后缀内容。
- **比例因子**：设置线性标注测量值的比例因子。AutoCAD将标注测量值与此处输入的值相乘。例如，如果输入"2"，AutoCAD将把1毫米的测量值显示为2毫米。
- **仅应用到布局标注**：只对在布局中创建的标注应用线性比例值。除特殊情况外，该设置应处于关闭状态。

- **前导**：消除所有小数标注中的前导零。例如，0.4500 变为.4500。
- **后续**：消除所有小数标注中的后续零。例如，1.9000 变为1.9。

6. 设置公差

公差选项卡可以对是否标注尺寸的公差进行设置。下面对【图形标注】标注样式中的公差进行设置，其具体操作如下：

（1）在【标注样式管理器】对话框中选择标注样式【图形标注】选项，再单击 修改(M)... 按钮，打开【修改标注样式：图形标注】对话框。

（2）在【修改标注样式：图形标注】对话框中单击【公差】选项卡，如图 7.9 所示。

（3）在【公差格式】栏中设置公差显示的方式，如方式、精度、上偏差、下偏差和高度比例等参数。

（4）在【换算单位公差】栏中设置换算单位公差的精度，以及前导和后续等。

（5）完成标注样式公差的设置之后，单击 确定 按钮完成设置。

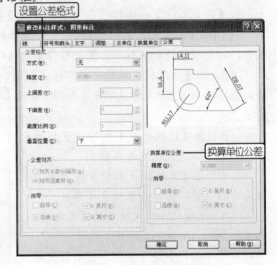

图 7.9 【公差】选项卡

> **注意**：如果在【公差】选项卡里设置了尺寸的公差，则所有使用该尺寸样式标注的尺寸都会包含公差。

在【公差】选项卡中，其主要选项含义分别如下。

- **方式**：设置尺寸标注的公差方式，其中包括无、对称、极限偏差、极限尺寸和基本尺寸。
- **精度**：设置公差值的小数位数。
- **上偏差和下偏差**：指定上下偏差值。
- **高度比例**：设置公差文字的当前高度。
- **垂直位置**：控制对称公差和极限公差的文字对正方式，包括上、中、下3种方式。
- **精度**：设置换算公差单位的小数位数。
- **消零**：在该栏中设置是否消除公差值的前导零和后续零。

7. 设置尺寸标注的子样式

在【创建新标注样式】对话框中，以上的定义样式是对于所有标注进行的。单击【用于】下拉列表框，可以定义只应用于一类尺寸的标注样式，这就是基于某种标注样式的子样式，如图 7.10 所示为基于"图形标注"样式、用于引线和公差标注的子样式。单击 继续 按钮，将打开

图7.10 创建尺寸标注的子样式

【新建标注样式】对话框，其操作与新建标注时相同。

7.1.2 典型案例——创建标注样式

案例目标

本案例将创建用于标注机械名称为"机械"的标注样式，通过本实例的练习，可了解在 AutoCAD 2008 中设置尺寸标注样式的方法。

效果图位置：【\第7课\源文件\机械.dwg】

操作思路：

（1）创建"机械"标注样式，并设置所有标注的样式。

（2）设置"机械"标注样式中的半径及直径标注。

操作步骤

其具体操作如下：

（1）选择【格式】→【标注样式】命令，打开【标注样式管理器】对话框。

（2）在【标注样式管理器】对话框中单击 新建(N)... 按钮，打开如图 7.11 所示的【创建新标注样式】对话框。

（3）在【新样式名】文本框中输入"机械"文字，然后单击 继续 按钮，打开【新建标注样式：机械】对话框。

（4）在【新建标注样式：机械】对话框中单击【线】选项卡，在【尺寸界线】栏的【超出尺寸线】数值框中输入"1.5"，在【起点偏移量】数值框中输入"1"，其余参数保持不变，如图 7.12 所示。

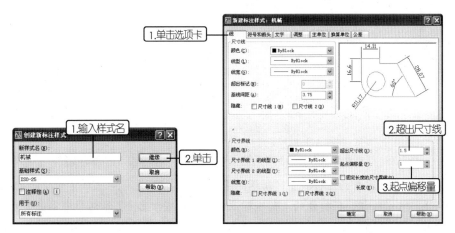

图 7.11 创建新标注样式　　　　　图 7.12 【线】选项卡

（5）单击【符号和箭头】选项卡，在【箭头】栏的【箭头大小】数值框中输入"1.5"，将【圆心标记】设置为"直线"，其余参数保持不变，如图 7.13 所示。

（6）单击【文字】选项卡，在【文字外观】栏的【填充颜色】下拉列表框中，选择【青】色选项，在【文字高度】数值框中输入"2.5"。

（7）在【文字位置】栏的【从尺寸线偏移】数值框中输入"1.2"。

（8）在【文字对齐】栏中选中 ⊙与尺寸线对齐 单选按钮，其余参数设置保持不变，如图 7.14 所示。

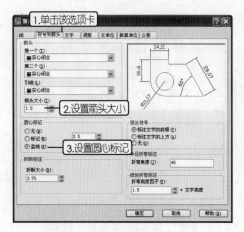

图 7.13　【符号和箭头】选项卡

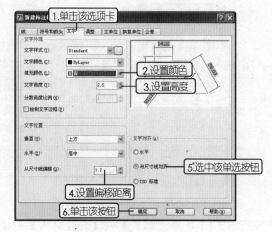

图 7.14　设置标注文字

（9）单击 确定 按钮，返回【标注样式管理器】对话框，如图 7.15 所示。

（10）在【标注样式管理器】对话框的【样式】列表框中选择【机械】标注样式，然后单击 置为当前⑾ 按钮，将【机械】标注样式设置为当前标注样式。

（11）单击 新建⑽… 按钮，打开如图 7.16 所示的【创建新标注样式】对话框。

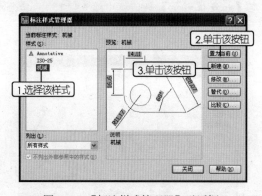

图 7.15　【标注样式管理器】对话框

图 7.16　创建半径标注样式

（12）在【创建新标注样式】对话框的【用于】下拉列表框中选择【直径标注】选项，然后单击 继续 按钮。在打开的【新建标注样式：机械：直径】对话框中单击【文字】选项卡，如图 7.17 所示。

（13）在【文字对齐】栏中选中 ⊙ISO 标准 单选按钮，再单击 确定 按钮返回【标注样式管理器】对话框，如图 7.18 所示。

（14）单击 关闭 按钮，关闭【标注样式管理器】对话框，完成设置。

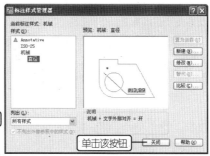

图 7.17　【文字】选项卡　　　　　图 7.18　【标注样式管理器】对话框

案例小结

本案例主要练习创建机械标注样式。在创建标注样式的过程中，主要对标注的直线、箭头和文字进行了设置。通过本案例的练习，可掌握尺寸标注的创建以及设置的具体方法。

7.2　标注尺寸

在完成尺寸标注样式设置以后，就可以用 AutoCAD 提供的尺寸标注功能对图形对象进行尺寸标注，并用相应尺寸标注的编辑命令对尺寸标注进行编辑。

7.2.1　知识讲解

AutoCAD 针对不同类型的对象提供了不同的标注命令，如线性、对齐、角度、半径/直径、弧长、折弯半径、基线、连续和引线标注等。

1．线性标注

在 AutoCAD 中使用线性标注命令来标注图形对象的水平和垂直线性尺寸。使用该命令标注对象时，不能创建倾斜的线性尺寸。执行线性标注命令，主要有以下几种方法：

● 　选择【标注】→【线性】命令。

● 　单击【标注】工具栏中的线性按钮。

● 　在命令行中执行 Dimlinear（Dimlin）命令。

Dimlinear 命令用于对水平尺寸和垂直尺寸类尺寸进行标注。例如，标注如图 7.19 所示的直角三角形的长度，如图 7.20 所示，其命令操作如下：

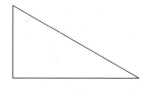

图 7.19　标注尺寸前的图形

图 7.20　尺寸标注图形

命令: dimlin	//执行线性标注命令
DIMLINEAR	
指定第一条尺寸界线原点或 <选择对象>:	//捕捉三角形端点，如图 7.21 所示
指定第二条尺寸界线原点:	//捕捉三角形端点，如图 7.22 所示
指定尺寸线位置或[多行文字(M)/文字(T)/角度(A)/水平(H)/垂直(V)/旋转(R)]:	//在标注下方拾一点
标注文字 = 27	

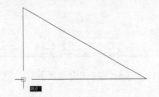
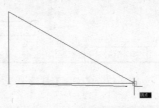

图 7.21　捕捉直边端点　　　　　　　　图 7.22　捕捉另一端点

在执行 Dimlinear 命令过程中各选项的含义分别如下。

- **尺寸线位置**：默认情况下，AutoCAD 使用指定点定位尺寸线并且确定绘制尺寸界线的方向。指定位置之后，将绘制尺寸标注。
- **多行文字**：选择该选项将打开【文字格式】工具栏及其下的文本框，在其中可以修改系统测定尺寸数值，且标注文字的文字类型为多行文字。
- **文字**：选择该选项可改变当前标注文字，且标注文字的文字类型为单行文字。
- **角度**：选择该选项后，用户可输入角度值来设置标注文字的旋转角度。
- **水平**：创建水平线性标注。
- **垂直**：创建垂直线性标注。
- **旋转**：选择该选项可以创建旋转型尺寸标注，此时可在命令行的提示下输入所需的旋转角度。

2．对齐标注

对齐标注命令用于创建非水平或非垂直的直线型尺寸标注，其尺寸线平行于两尺寸界线的源点连线。执行对齐标注命令，主要有以下几种方法：

- 选择【标注】→【对齐】命令。
- 单击【标注】工具栏中的【对齐】按钮 。
- 在命令行中执行 Dimaligned 命令。

使用 Dimaligned 命令进行的对齐标注，其尺寸线始终与标注对象平行；若是圆弧，则尺寸线与圆弧的两个端点所产生的圆弧保持平行。例如，使用对齐标注命令，标注如图 7.22 所示三角形斜边的长度，如图 7.23 所示，其命令操作如下：

命令: dimaligned	//执行对齐标注命令
指定第一条尺寸界线原点或 <选择对象>:	//捕捉斜边端点，如图 7.24 所示
指定第二条尺寸界线原点:	//捕捉另一端点，如图 7.25 所示
指定尺寸线位置或[多行文字(M)/文字(T)/角度(A)]:	//指定尺寸线位置，如图 7.26 所示
标注文字 = 30.89	

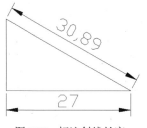

图 7.23 标注斜线长度

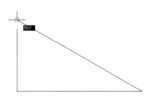

图 7.24 捕捉斜线端点

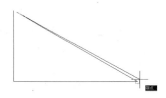

图 7.25 捕捉斜线另一端点

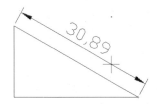

图 7.26 指定标注位置

3. 角度标注

角度标注命令用于测量两条直线或 3 个点之间的角度。执行角度标注命令，主要有以下几种方法：

- 选择【标注】→【角度】命令。
- 单击【标注】工具栏中的【角度】按钮△。
- 在命令行中执行 Dimangular（Dimang）命令。

要测量圆的两条半径之间的角度，可以选择此圆，然后指定角度端点。对于其他对象，需要选择对象，然后指定标注位置。例如，使用角度标注命令，标注如图 7.27 所示三角形的角度，效果如图 7.29 所示，其命令操作如下：

```
命令: dimang                                    //执行角度标注命令
DIMANGULAR
选择圆弧、圆、直线或 <指定顶点>:                  //选择第一条边，如图 7.27 所示
选择第二条直线:                                  //选择另一条边，如图 7.28 所示
指定标注弧线位置或 [多行文字(M)/文字(T)/角度(A)]:   //指定角度标注的位置，如图 7.29 所示
标注文字 = 29
```

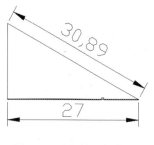

图 7.27 选择第一条边

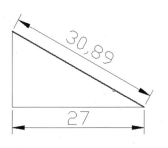

图 7.28 选择第二条边

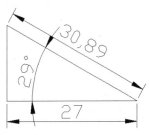

图 7.29 指定标注位置

4. 半径/直径标注

半径/直径标注用于标注圆或圆弧的半径/直径尺寸。执行半径/直径标注命令，主要有以下几种方式：

- 选择【标注】→【半径】/【直径】命令。
- 单击【标注】工具栏中的【半径】按钮 ◎/【直径】按钮 ◎。
- 在命令行中执行 Dimradius（Dimrad）/Dimdiameter（Dimdia）命令。

下面使用半径标注以及直径标注命令，对如图 7.30 所示图形中的圆以及圆弧进行标注，其命令操作如下：

命令: dimrad	//执行半径标注命令
DIMRADIUS	
选择圆弧或圆:	//选择圆
标注文字 =6	
指定尺寸线位置或 [多行文字(M)/文字(T)/角度(A)]:	//指定标注位置，如图 7.31 所示
命令: dimdia	//执行直径标注命令
DIMDIAMETER	
选择圆弧或圆:	//选择圆
标注文字 =5	
指定尺寸线位置或 [多行文字(M)/文字(T)/角度(A)]:	//指定标注位置，如图 7.32 所示

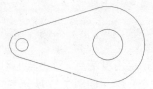
图 7.30 标注前的图形

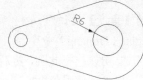
图 7.31 半径标注

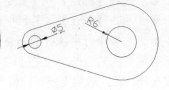
图 7.32 直径标注

5. 弧长标注

弧长标注用于测量圆弧或多段线弧线段的弧长。执行弧长标注命令，主要有以下几种方法：

- 选择【标注】→【弧长】命令。
- 单击【标注】工具栏中的【弧长】按钮 ⌒。
- 在命令行中执行 Dimarc 命令。

使用弧长标注命令可以标注出弧线的长度，为区别弧长标注是线性标注还是角度标注，默认情况下，弧长标注将显示一个圆弧符号。下面标注如图 7.33 所示图形的圆弧长度，效果如图 7.34 所示，其命令操作如下：

命令: dimarc	//执行弧长标注命令
选择弧线段或多段线弧线段:	//选择圆弧
指定弧长标注位置或 [多行文字(M)/文字(T)/角度(A)/部分(P)/引线(L)]:	//指定弧长标注位置
标注文字 =12.81	

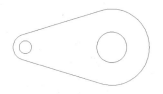

图 7.33　标注弧长前

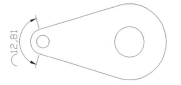

图 7.34　标注弧长

6．折弯半径标注

当圆弧或圆的中心位于布局外并且无法在其实际位置显示时，使用折弯半径标注命令可以创建折弯半径标注。执行折弯半径标注命令，主要有以下几种方法：

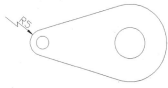

- 选择【标注】→【折弯】命令。
- 单击【标注】工具栏中的【折弯】按钮 。
- 在命令行中执行 Dimjogged 命令。

下面使用折弯半径标注命令标注圆弧，如图 7.35 所示，其命令操作如下：

图 7.35　折弯半径标注

```
命令: dimjogged                                    //执行折弯半径标注命令
选择圆弧或圆:                                        //选择标注的圆弧
指定中心位置替代:                                    //指定中心位置
标注文字 =5
指定尺寸线位置或 [多行文字(M)/文字(T)/角度(A)]:        //指定尺寸线位置，如图 7.36 所示
指定折弯位置:                                        //指定折弯位置，如图 7.37 所示
```

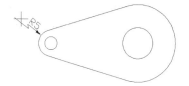

图 7.36　指定尺寸线位置

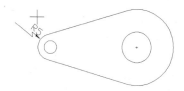

图 7.37　指定折弯位置

7．基线标注

基线标注是自同一基线处测量的多个标注，即创建自相同基线测量的一系列相关标注，而且为避免覆盖上一条尺寸线，AutoCAD 使用基线增量值偏移每一条新的尺寸线。执行基线标注命令，主要有以下几种方法：

- 选择【标注】→【基线】命令。
- 单击【标注】工具栏中的【基线】按钮 。
- 在命令行中执行 Dimbaseline（Dimbase）命令。

使用基线标注命令对图形进行基线标注时，必须在已经进行线性或角度标注的基础上进行。下面使用基线标注命令，对如图 7.38 所示的图形进行标注，其命令操作如下：

```
命令: _dimlin                                                    //执行线性标注命令
DIMLINEAR
指定第一条尺寸界线原点或 <选择对象>:                              //捕捉直线端点A
指定第二条尺寸界线原点:                                          //捕捉直线端点B
指定尺寸线位置或[多行文字(M)/文字(T)/角度(A)/水平(H)/垂直
(V)/旋转(R)]:                                                   //指定尺寸线位置，如图7.39所示
标注文字 =5.2
命令: _dimbase                                                  //执行基线标注命令
DIMBASELINE
指定第二条尺寸界线原点或 [放弃(U)/选择(S)] <选择>:               //捕捉直线端点C
标注文字 = 10.3
指定第二条尺寸界线原点或 [放弃(U)/选择(S)] <选择>:               //捕捉各台阶点D、E
……
指定第二条尺寸界线原点或 [放弃(U)/选择(S)] <选择>:               //按【Enter】键取消选择
选择基准标注:                                                   //按【Enter】键结束基线标注命令，
                                                              如图7.40所示
```

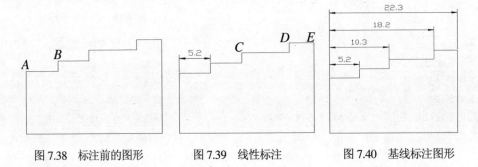

图7.38 标注前的图形　　图7.39 线性标注　　图7.40 基线标注图形

8. 连续标注

连续标注命令用于标注同一方向上的连续线性尺寸或角度尺寸，它是根据已有尺寸标注为基准标注，然后快速创建一系列首尾相连的多个标注。执行连续标注命令，主要有以下几种方法：

- 选择【标注】→【连续】命令。
- 单击【标注】工具栏中的【连续】按钮。
- 在命令行中执行 Dimcontinue（Dimcont）命令。

连续标注命令的操作方法与基线标注命令类似，只是该命令从上一个或选定标注的第二尺寸界线处创建线性标注或角度标注。下面将如图7.38所示的图形以连续标注命令进行标注，如图7.41所示，其命令操作如下：

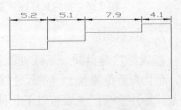

图7.41 折弯半径标注

命令: dimlin	//执行线性标注命令
DIMLINEAR	
指定第一条尺寸界线原点或 <选择对象>:	//捕捉直线端点A
指定第二条尺寸界线原点:	//捕捉直线端点B
指定尺寸线位置或[多行文字(M)/文字(T)/角度(A)/水平(H)/垂直(V)/旋转(R)]:	//指定标注位置
标注文字 = 5.2	
命令: dimcont	//执行连续标注命令
DIMCONTINUE	
指定第二条尺寸界线原点或 [放弃(U)/选择(S)] <选择>:	//捕捉直线端点C
标注文字 = 5.1	
指定第二条尺寸界线原点或 [放弃(U)/选择(S)] <选择>:	//捕捉直线端点D
标注文字 = 7.9	
指定第二条尺寸界线原点或 [放弃(U)/选择(S)] <选择>:	//捕捉直线端点E
标注文字 = 4.1	
指定第二条尺寸界线原点或 [放弃(U)/选择(S)] <选择>:	//按【Enter】键取消选择
选择连续标注:	//按【Enter】键结束连续标注命令

9. 引线标注

引线标注常应用于标注某对象的说明信息，该命令并非是系统产生的尺寸信息，而是由用户指定标注的文字信息。执行引线标注命令，主要有以下两种方法：

- 选择【标注】→【多重引线】命令。
- 在命令行中执行 Qleader 命令。

下面使用引线标注命令，对如图7.42所示的倒角矩形进行标注，效果如图7.43所示，其命令操作如下：

命令: qleader	//执行引线标注命令
指定第一个引线点或 [设置(S)] <设置>:	//捕捉中心线与水平线的交点
指定下一点:	//指定引线的下一点
指定下一点:	//在水平方向上指定一点
指定文字宽度 <0>:	//指定文字宽度
输入注释文字的第一行 <多行文字(M)>: 2×45%%d	//输入文字信息
输入注释文字的下一行:	//按【Enter】键完成操作

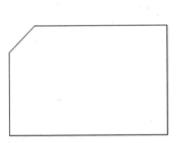

图 7.42　倒角矩形

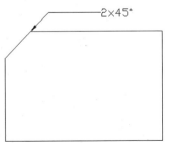

图 7.43　引线标注

执行 Qleader 命令的过程后，当命令行出现提示信息时，选择【设置】选项，将打开如图 7.44 所示的【引线设置】对话框，通过该对话框可对引线标注的各个参数进行设置，其中各个选项卡的作用分别如下。

- **注释**：用于设置引线注释的类型、指定多行文字选项，并指明是否需要重复使用注释，如只需要绘制引线，则选中◉无(0)单选按钮。
- **引线和箭头**：在该选项卡中，可以控制引线及箭头外观特征。
- **附着**：设置多行文字相对于引线的位置。

图 7.44　【引线设置】对话框

10. 快速标注

当有多个图形对象要标注相同的尺寸标注形式时，可以使用快速标注功能来实现。执行快速标注命令，主要有以下几种方法：

- 选择【标注】→【快速标注】命令。
- 单击【标注】工具栏中的【快速标注】按钮。
- 在命令行中执行 Qdim 命令。

使用快速标注时，系统会自动识别用户选择的元素段，以确定采用何种标注方式，快速、方便地创建一系列的标注。下面使用快速标注命令，对如图 7.45 所示的图形进行标注，其命令操作如下：

```
命令: qdim                                          //执行快速标注命令
关联标注优先级 = 端点
选择要标注的几何图形: 找到 1 个                       //选择要标注的对象，
选择要标注的几何图形: 找到 1 个，总计 2 个            //选择要标注的对象，如图 7.46 所示
选择要标注的几何图形:                                //按【Enter】键结束选择，并指定尺
                                                    寸标注的位置，如图 7.47 所示。

指定尺寸线位置或 [连续(C)/并列(S)/基线(B)/坐标(O)/半径(R)/
直径(D)/基准点(P)/编辑(E)/设置(T)] <连续>           //系统当前提示
```

 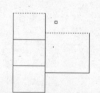 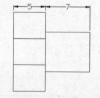

图 7.45　标注前的图形　　　图 7.46　选择标注对象　　　图 7.47　快速标注图形

执行 Qdim 命令过程中各选项的含义分别如下。

- **连续/并列/基线/坐标**：设置标注形式为连续/并列/基线/坐标标注。
- **半径/直径**：设置标注形式为半径/直径标注。
- **基准点**：为基线标注和坐标标注设置新的基准点。
- **编辑**：指定要删除或添加的标注点。
- **设置**：设置关联标注优先级是端点还是交点。

7.2.2　典型案例——标注吊钩尺寸

案例目标

　　本案例将练习使用尺寸标注命令对吊钩图形进行标注，如图7.48所示。通过本案例的练习，可了解并掌握尺寸标注命令的使用方法。

　　素材位置：【\第7课\素材\吊钩.dwg】

　　效果图位置：【\第7课\源文件\吊钩.dwg】

　　操作思路：

　　（1）打开"吊钩.dwg"图形文件。

　　（2）执行线性标注命令，首先对吊钩长度型尺寸、辅助线定位尺寸进行标注。

　　（3）使用直径标注命令对圆弧类图形进行标注。

　　（4）使用引线标注命令对倒角进行标注。

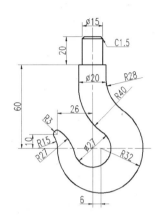

图7.48　吊钩

操作步骤

　　本案例分为三个步骤：第一步，打开"吊钩.dwg"图形文件；第二步，使用线性标注对图形的长度型尺寸进行标注；第三步，使用直径、半径及引线标注对圆、圆弧和倒角进行标注。其具体操作如下。

　　（1）选择【文件】→【打开】命令，打开"吊钩.dwg"图形文件，如图7.49所示。

　　（2）执行线性标注命令，对图形进行线性标注，如图7.50所示，其命令操作如下：

命令: dimlin	//执行线性标注命令
DIMLINEAR	
指定第一条尺寸界线原点或 <选择对象>:	//捕捉直线的端点 A
指定第二条尺寸界线原点:	//捕捉直线的端点 B
指定尺寸线位置或	
[多行文字(M)/文字(T)/角度(A)/水平(H)/垂直(V)/旋转(R)]:	//指定线性标注的位置
标注文字 = 15	

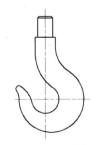

图7.49　打开吊钩图形

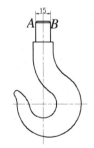

图7.50　标注吊钩

　　（3）再次执行线性标注命令，用相同的方法对其余长度型尺寸进行标注，如图7.51所示。

（4）执行直径标注命令，对中心圆弧进行标注，如图 7.52 所示，其命令操作如下：

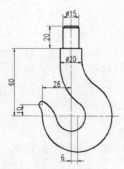

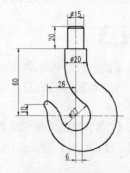

图 7.51　线性标注　　　　　　　　　图 7.52　标注直径

命令: dimdia	//执行直径标注命令
DIMDIAMETER	
选择圆弧或圆:	//选择中心圆弧
标注文字 = 27	
指定尺寸线位置或 [多行文字(M)/文字(T)/角度(A)]:	//指定直径标注位置

（5）执行半径标注命令，标注半径为 28 的圆弧，如图 7.53 所示，其命令操作如下：

命令: dimrad	//执行半径标注命令
DIMRADIUS	
选择圆弧或圆:	//选择圆弧
标注文字 = 28	
指定尺寸线位置或 [多行文字(M)/文字(T)/角度(A)]:	//指定半径标注位置

（6）再次执行半径标注命令，用相同的方法对其余圆弧型尺寸进行标注，如图 7.54 所示。

（7）执行引线标注命令，对倒角进行标注，其命令操作如下：

命令: qleader	//执行引线标注
指定第一个引线点或 [设置(S)] <设置>:	//指定引线标注的第一点
指定下一点:	//指定第二点
指定下一点:	//指定第三点
指定文字宽度 <0>:	//指定文字宽度
输入注释文字的第一行 <多行文字(M)>: 1.5×45%%d	//输入注释文字
输入注释文字的下一行:	//按【Enter】键结束引线标注命令

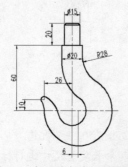

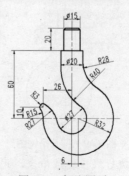

图 7.53　标注半径为 28 的圆弧　　　　　图 7.54　标注圆弧

案例小结

本案例对吊钩图形进行了尺寸标注。在标注图形的过程中，主要使用了线性标注、直径标注以及引线标注等命令。通过本案例的绘制，可进一步掌握尺寸标注命令的使用方法。

7.3 公差标注

公差在机械制图中说明机械零件允许的尺寸与误差范围，是加工生产和装配零件必须具有的要求，也是保证零件具有通用性的手段。

7.3.1 知识讲解

公差在机械设计中非常重要，是机械图形不可或缺的一部分。公差标注一般可分为尺寸公差标注和形位公差标注两种形式。

1．尺寸公差标注

尺寸公差标注指定可以变动的数目。通过指定生产中的公差，可以控制部件所需的精度等级。执行尺寸公差标注命令，主要有以下几种方法：

● 选择【格式】→【标注样式】命令，调用【标注样式管理器】，在【公差】选项卡中设置公差选项，然后进行标注。

● 单击要标注公差的尺寸标注，打开【特性】选项板修改标注公差。

在【标注样式管理器】中设置的公差针对全部尺寸，而在【特性】选项板修改标注公差只针对单个尺寸本身，所以用途更广泛一些，如图7.55所示。修改公差，直接在公差上偏差、公差下偏差文本框中输入公差数值即可。

图7.55 【特性】选项板

2．形位公差标注

形位公差是指机械零件某些表面形状和有关部位相对位置的一个允许变动范围。形位公差分形状公差和位置公差。执行形位公差标注命令，主要有以下几种方法：

● 选择【标注】→【公差】命令。

● 单击【标注】工具栏中的【公差】按钮。

● 在命令行中执行Tolerance命令。

下面绘制如图7.56所示的形位公差标注，其具体操作如下：

（1）执行Qleader命令，在出现的提示信息中选择【设置】选项。在打开的【引线设置】对话框的【注释】选项卡中选中⊙公差①单选按钮，如图7.57所示。

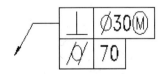

图7.56 形位公差

（2）单击 ▭确定▭ 按钮，并绘制出引线位置，打开【形位公差】对话框。

（3）在【形位公差】对话框中对形位公差进行设置，然后单击 ▭确定▭ 按钮，完成标注，如图 7.58 所示。

图 7.57　【引线设置】对话框　　　　　　　　图 7.58　【形位公差】对话框

在【形位公差】对话框中各选项的含义分别如下。

● **符号**：选择形位公差符号。

● **公差 1 和公差 2**：设置公差样式。每个选项下对应三个框，第一个黑色框设定是否选用直径符号 ϕ，第二个空白框设定公差值，第三个黑色框设定附加符号。

● **基准 1、基准 2 和基准 3**：第一个空白框设定形位公差的基准代号，第二个黑色框设定附加符号。

● **高度**：该选项设置特征控制框的投影公差零值。

● **延伸公差带**：该选项用于插入延伸公差带符号。

● **基准标识符**：该选项用于插入由参照字幕组成的基准标识符。

7.3.2　典型案例——标注齿轮孔尺寸

案例目标

本案例将使用公差标注命令对齿轮孔进行标注，如图 7.59 所示。通过本案例的练习，可掌握公差标注命令的使用。

素材位置：【\第 7 课\素材\齿轮孔.dwg】

效果图位置：【\第 7 课\源文件\齿轮孔.dwg】

操作思路：

（1）打开"齿轮孔.dwg"图形文件。

（2）执行线性标注命令，首先对齿轮孔的线性尺寸进行标注。

（3）执行公差标注命令进行公差标注。

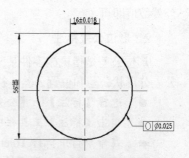

图 7.59　标注齿轮孔的尺寸

操作步骤

本案例分为三个步骤：第一步，打开"齿轮孔.dwg"图形文件；第二步，使用线性标注命令对图形的基本尺寸进行标注；第三步，使用公差标注命令对图形尺寸进行公差标注。其具体操作如下。

（1）选择【文件】→【打开】命令，打开"齿轮孔.dwg"图形文件，如图7.60所示。

（2）执行线性标注命令，对图形进行标注，如图7.61所示，其命令操作如下：

命令: dimlin	//执行线性标注命令
DIMLINEAR	
指定第一条尺寸界线原点或 <选择对象>:	//捕捉直线的端点A
指定第二条尺寸界线原点:	//捕捉直线的端点B
指定尺寸线位置或	
[多行文字(M)/文字(T)/角度(A)/水平(H)/垂直(V)/旋转(R)]:t	//选择【文字】选项
输入标注文字 <16>: 16%%p0.018	//输入文字
指定尺寸线位置或	
[多行文字(M)/文字(T)/角度(A)/水平(H)/垂直(V)/旋转(R)]:	//指定线性标注位置
标注文字 = 16	

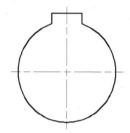

图7.60　打开"齿轮孔"图形

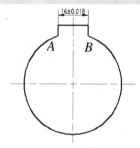

图7.61　标注齿轮孔

（3）再次执行线性标注命令，对图7.59所示的长度型尺寸进行标注。

（4）选择尺寸标注为56的尺寸，打开【特性】选项板，进行公差标注，如图7.62所示。

图7.62　使用【特性】选项板

（5）执行Qleader命令，其命令操作如下：

命令: qleader	//执行引线标注命令
指定第一个引线点或 [设置(S)] <设置>:s	//选择【设置】选项，打开【引线设置】对话框，在该对话框中选中⊙公差(T)单选按钮，并单击 确定 按钮，如图7.63所示
指定第一个引线点或 [设置(S)] <设置>:	//指定引线的第一点，该点位于标注对象上
指定下一点:	//指定引线的下一点，
指定下一点:	//在水平方向上指定一点，打开【形位公差】对话框

（6）在【形位公差】对话框中对形位公差进行设置，如图 7.64 所示，单击 确定 按钮，完成标注。

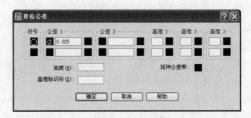

图 7.63　【引线设置】对话框　　　　　　　图 7.64　【形位公差】对话框

案例小结

本案例练习了对齿轮孔进行公差标注。在标注图形的过程中，主要使用了线性标注、公差标注以及引线标注命令。通过本案例的绘制，可进一步掌握公差标注命令的使用方法。

7.4　标注的编辑与修改

用 AutoCAD 中的标注命令对机械图形进行标注时，也许会有少数尺寸标注不满足要求，这时可用尺寸标注编辑命令对尺寸标注进行编辑。

7.4.1　知识讲解

对已有的不合需要的尺寸标注可以不删除，而直接进行编辑和修改。对尺寸的修改，包括尺寸位置以及尺寸格式等方面的修改。

1．编辑标注的尺寸文字

在某些特殊情况下需要更改某个标注文字在尺寸线上的位置，这时可对标注文字进行调整。执行编辑标注文字命令，主要有以下两种方法：

● 单击【标注】工具栏中的【编辑标注文字】按钮 。

● 在命令行中执行 Dimtedit 命令。

使用 Dimtedit 命令编辑标注文字，可调整标注文字的位置，其中主要包括左、右、中心或默认位置等。下面使用编辑标注文字命令对如图 7.65 所示的标注进行编辑，效果如图 7.66 所示，其命令操作如下：

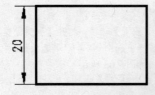

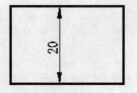

图 7.65　编辑标注文字前的图形　　　　　图 7.66　移动尺寸文字

命令: dimtedit	//执行编辑标注文字命令
选择标注:	//选择长度为 20 的尺寸标注
指定标注文字的新位置或 [左(L)/右(R)/中心(C)/默认(H)/角度(A)]:	//将文字移到矩形内

执行 Dimtedit 命令过程中各选项的含义分别如下。

- **标注文字的新位置**：移动鼠标动态显示标注文字的位置。
- **左**：将标注文字沿尺寸线左对齐。
- **右**：将标注文字沿尺寸线右对齐。
- **中心**：将标注文字对齐于尺寸线中心。
- **默认**：将标注文字移动到标注样式设置的默认位置。
- **角度**：改变标注文字的角度。

2. 编辑标注尺寸

编辑标注命令可以对尺寸界线、标注文字进行倾斜和旋转处理，也可以对标注文字进行编辑。执行编辑标注命令，主要有以下几种方式：

- 选择【标注】→【倾斜】命令。
- 单击【标注】工具栏中的【编辑标注】按钮 Ａ。
- 在命令行中执行 Dimedit 命令。

下面对如图 7.67 所示的标注文字为 20 的尺寸标注进行更改，效果如图 7.68 所示，其命令操作如下：

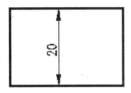

图 7.67　编辑标注文字前的图形

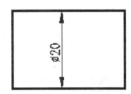

图 7.68　编辑标注

命令: dimedit	//执行编辑标注命令
输入标注编辑类型 [默认(H)/新建(N)/旋转(R)/倾斜(O)] <默认>: n	//选择【新建】选项，在打开的【文字格式】工具栏下的文本框中输入 "%%c"
选择对象:	//选择标注文字为 20 的标注
选择对象:	//按【Enter】键确定标注的选择

执行 Dimedit 命令过程中各选项的含义分别如下。

- **默认**：选择该选项，可将标注文字移动到由标注样式指定的默认位置和旋转角。
- **新建**：选择该选项，可在【文字格式】工具栏下的文本框中更改标注文字。
- **旋转**：选择该选项，可旋转标注文字。
- **倾斜**：选择该选项，可调整线性尺寸标注中尺寸界线的角度。

注意：若在标注图形时，尺寸界线与图形的其他部分有冲突而难以处理时，可以使用【倾斜】选项创建尺寸标注，其尺寸界线与尺寸线方向垂直。

7.4.2 典型案例——更改尺寸标注

案例目标

本案例将对已经标注的尺寸标注进行编辑处理，效果如图 7.69 所示。通过本案例的练习，可掌握尺寸标注中编辑命令的使用。

素材位置：【\第 7 课\素材\垫片.dwg】
效果图位置：【\第 7 课\源文件\垫片.dwg】
操作思路：

（1）打开"垫片.dwg"图形文件。

（2）执行编辑标注文字命令，将半径为 40 的标注文字移到图形内。

（3）执行编辑标注命令，对直径为 8 的标注文字进行更改，在这些标注文字前加上数量说明。

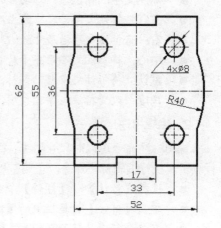

图 7.69 编辑垫片标注

操作步骤

本案例主要分为三个步骤：第一步，打开"垫片.dwg"图形文件；第二步，使用编辑标注文字命令，将半径标注中标注文字为 40 的标注文字移动到图形内部；第三步，执行编辑标注命令，在直径标注为 8 的标注文字前加上说明。其具体操作如下。

（1）选择【文件】→【打开】命令，打开"垫片.dwg"图形文件，如图 7.70 所示。

（2）执行编辑标注文字命令，将标注文字为 R40 的标注文字移到如图 7.71 所示的位置处，其命令操作如下：

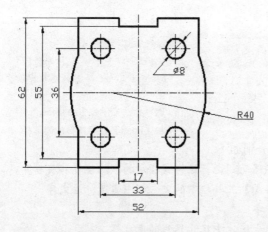

图 7.70 编辑前的标注

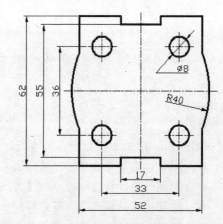

图 7.71 编辑标注文字

命令: dimtedit	//执行编辑标注文字命令
选择标注:	//选择半径为 40 的标注
指定标注文字的新位置或 [左(L)/右(R)/中心(C)/默认(H)/角度(A)]:	//将文字移到图形内

（3）执行编辑标注命令，对标注文字进行更改，如图 7.72 所示，其命令操作如下：

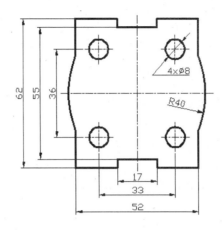

图 7.72 编辑直径标注

命令: dimedit	//执行编辑标注命令
输入标注编辑类型 [默认(H)/新建(N)/旋转(R)/倾斜(O)] <默认>: n	//选择【新建】选项，在打开的【文字格式】工具栏下的文本框中输入 "4×"
选择对象:	//选择标注文字为 Φ8 的标注
选择对象:	//按【Enter】键确定标注的选择

案例小结

本案例对垫片尺寸标注进行编辑，在编辑尺寸标注时，主要使用了编辑标注文字和编辑标注命令。通过本案例的绘制，可掌握尺寸标注命令的使用方法以及使用技巧。

7.5 上机练习

7.5.1 标注连接件尺寸

本实例将练习对连接件进行尺寸标注，效果如图 7.73 所示。通过本次练习，可巩固机械图形中尺寸标注的使用方式以及编辑方法。

素材位置：【\第 7 课\素材\连接件.dwg】

效果图位置：【\第 7 课\源文件\连接件.dwg】

操作思路：

● 选择【文件】→【打开】命令，打开 "连接件.dwg" 图形文件。

● 执行线性标注命令，标注图形中的线性部分。

● 执行直径和角度等标注命令，对圆和角度等进行标注。

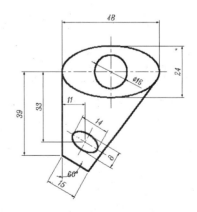

图 7.73 连接件标注

7.5.2 标注扳手尺寸

本实例将练习对扳手图形进行尺寸标注，效果如图 7.74 所示。通过本次练习，可巩固机械图形中尺寸标注的使用方式以及编辑方法。

素材位置：【\第 7 课\素材\扳手.dwg】

效果图位置：【\第 7 课\源文件\扳手.dwg】

操作思路：

● 选择【文件】→【打开】命令，打开"扳手.dwg"图形文件。

● 执行线性标注命令，对图形的线性尺寸进行标注。

● 执行直径和半径标注命令，对圆和圆弧部分进行标注。

● 执行标注编辑命令，在上部长度标注为 14 的尺寸前添加直径符号。

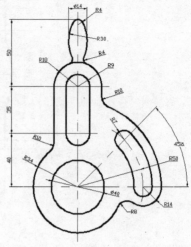

图 7.74 扳手标注

7.6 疑难解答

问： 在进行尺寸标注时，为什么看到别人标注的箭头都在里面，而我的标注箭头却在外面，而且长度、箭头大小都是一样的？

答： 这是由于在进行尺寸标注时，系统会根据标注的长度、箭头的大小等参数来确定箭头的位置。在 AutoCAD 2008 中，如果对箭头的位置不满意，可以选择该标注，然后单击鼠标右键，在弹出的快捷菜单中选择【翻转箭头】命令，即可更改箭头的位置。

问： 在进行尺寸公差标注时，该如何实现上偏差为 0.015，下偏差为 0.005 的公差标注呢？为何输入下偏差为 0.005，标注出来却是-0.005 呢？

答： 在使用【特性】选项板进行尺寸公差标注时，系统默认的上偏差值为正，下偏差值为负。例如，下偏差为-0.018，那么在输入下偏差时应键入"0.018"；下偏差为+0.012，那么输入下偏差时应键入"-0.012"。标注公差还需要注意的地方就是，需要标注的公差值与公差精度的关系。例如公差值为 0.012，公差精度为 0.00，则标注出来的公差值显示 0.01。一般来说，公差精度设置应与公差值精度一致。

7.7 课后练习

1. 填空题

（1）使用弧长标注命令可以标出弧线的长度，为区别弧长标注是线性标注还是角度标注，默认情况下，弧长标注将显示一个_____。

（2）公差标注一般可分为_____和_____两种形式。

2．选择题

（1）执行（　　）命令，可以打开【标注样式管理器】对话框。

  A．Dimradius   B．Dimlinear

  C．Dimdiameter   D．Dimstyle

（2）使用（　　）命令，可以执行角度标注命令。

  A．Dimangular   B．Dimdiameter

  C．Dimbaseline   D．Dimcontinue

3．问答题

（1）如何创建尺寸标注样式？

（2）如何创建尺寸公差标注？使用不同创建方法创建的尺寸公差标注有什么不同？

（3）如何修改创建的尺寸标注样式？

4．上机题

参照本课所讲的知识，对机械零件图进行尺寸标注，效果如图 7.75 所示。通过本练习，可了解并掌握机械零件图中的尺寸标注方法。

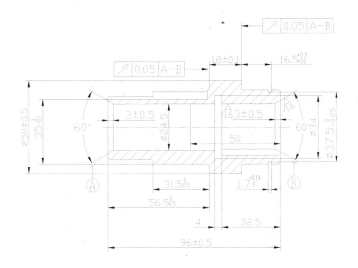

图 7.75　轴

素材位置：【\第 7 课\素材\轴.dwg】

效果图位置：【\第 7 课\源文件\轴.dwg】

提示：该实例主要使用尺寸标注对机械图形进行标注，其中需要注意以下几点：

● 在进行图形尺寸密集部分的标注时，应注意点的选择，尽可能保持清晰。

● 尺寸标注是加工制作的主要依据，应尽量避免漏标注的情况发生。

第 **8** 课

图　　层

○ **本课要点**

　📖 创建和设置图层
　📖 管理图层

○ **具体要求**

　📖 掌握图层的创建
　📖 熟悉图层的设置
　📖 掌握图层的使用

○ **本课导读**

利用 AutoCAD 2008 的图层功能，可把不同类型的图形对象绘制在不同的图层中，从而实现对相同类型的图形对象进行方便、有效的管理。

　📖 图层的创建：设置轮廓线、中心线、剖面线、尺寸标注和文字样式等图层。
　📖 图层的应用：设置构造线、标注、文字和标题栏位于不同的图层上。

8.1 创建和设置图层

图层是 AutoCAD 的重要功能之一，通过图层可以将图形分别绘制在不同的图层上，这样便于分类存放和控制图形对象。

8.1.1 知识讲解

在机械制图中的图形通常包括中心线、轮廓线、剖面线、文字以及尺寸标注等对象。使用图层来管理图形，不但能使制图过程中的各种信息清晰有序，而且能让图形的编辑、修改和输出更加方便、高效。

1. 图层的概念

图层相当于图纸绘图中使用的重叠透明图纸，可以在不同的图层上绘制不同的对象，位于同一个图层中的对象默认情况下具有相同的颜色、线型和线宽等对象特征，可以透过一个或多个图层看到下面其他图层上绘制的对象，如图 8.1 所示。

在 AutoCAD 中，可以根据需要创建任意多的图层，并设置每个图层相应的名称、线型和颜色等参数。同时还可以使用控制图层可见和锁定等的控制开关，对图层单独控制，从而高效、方便地管理不同类型的图形。

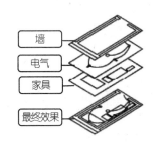

图 8.1 图层概念示意图

2. 创建图层

在 AutoCAD 2008 中，可通过【图层特性管理器】对话框对图层进行管理，其中主要包括图层的创建、设置、保存和输入/输出等设置。执行图层命令，主要有以下几种方法：

- 选择【格式】→【图层】命令。
- 单击【图层】工具栏中的【图层特性管理器】按钮。
- 在命令行中执行 Layer（LA）命令。

执行图层命令，将打开如图 8.2 所示的【图层特性管理器】对话框。

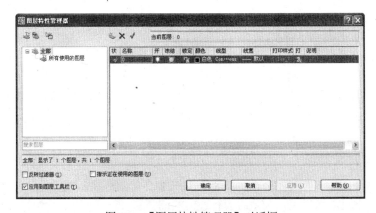

图 8.2 【图层特性管理器】对话框

在绘制较复杂的机械图形时，一般需要创建多个图层，在每个图层中放置不同类型的对象，方便以后对其进行编辑和控制等操作。创建图层，主要有以下两种方法：

● 在【图层特性管理器】对话框中单击 【新建图层】按钮。

● 在【图层特性管理器】对话框的图层列表框中单击鼠标右键，在弹出的快捷菜单中选择【新建图层】命令，如图 8.3 所示。

在创建一个新的图层时，系统的默认图层是 0 层，0 层不能被删除和重命名。在为创建的图层命名时，图层名称中不能包含通配字符"*"、"?"和空格，也不能与其他图层重名。

图 8.3　新建图层

3. 设置图层对象特征

使用图层绘制图形时，最主要涉及的是图层中的颜色、线型以及线宽等参数，所以在进行图层特性设置时，也可只对这三项参数进行设置。

1）设置图层颜色

颜色是图层非常重要的特性，图层的颜色就是图层中图形对象的颜色，对不同的图层可以设置相同的颜色，也可以设置不同的颜色。比如，在机械制图中，将"虚线"图层的颜色设为青色，当用户在"虚线"图层上绘制图形时，线条的默认颜色为青色。下面将创建的"虚线"图层的颜色设置为青色，其具体操作如下：

（1）在【图层特性管理器】对话框中单击"虚线"图层的【颜色】选项，打开如图 8.4 所示的【选择颜色】对话框。

（2）在【选择颜色】对话框中选择图层的颜色，这里选择青色，单击 确定 按钮，返回【图层特性管理器】对话框，如图 8.5 所示。

图 8.4　【选择颜色】对话框

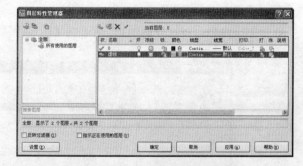

图 8.5　【图层特性管理器】对话框

2）设置图层线型

线型是线条的组成和显示方式，AutoCAD 提供了虚线、点画线、双点画线和实线等多种线型，基本上可以满足机械和建筑等行业的绘图需求。

下面将"虚线"图层的线型设置为"DASHED"线型，其具体操作如下：

（1）单击"虚线"图层的【线型】选项，打开如图 8.6 所示的【选择线型】对话框。

（2）在【选择线型】对话框中单击 加载(L)... 按钮，打开如图 8.7 所示的【加载或重载线型】对话框。

图 8.6　【选择线型】对话框

图 8.7　【加载或重载线型】对话框

（3）在【加载或重载线型】对话框的【可用线型】列表框中选择【DASHED】选项，单击 确定 按钮，返回【选择线型】对话框，如图 8.8 所示。

（4）在【选择线型】对话框中选择【DASHED】选项，再单击 确定 按钮，返回【图层特性管理器】对话框，如图 8.9 所示。

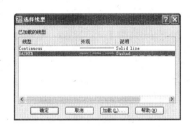

图 8.8　【选择线型】对话框

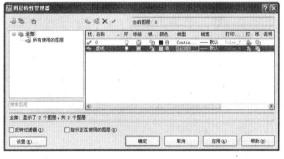

图 8.9　【图层特性管理器】对话框

3）设置图层线宽

线宽是指图形对象和某些类型的文字的宽度值。使用线宽，可以用粗线和细线清楚地表现出截面的剖切方式、标高的深度、尺寸线、小标记以及细节上的不同。在 AutoCAD 系统中，TrueType 字体、光栅图像、点和实体填充（二维实体）无法显示线宽，多段线仅在平面视图外部显示时才显示线宽。

下面将"虚线"图层的线条宽度设置为"0.15 毫米"，其具体操作如下：

（1）单击"虚线"图层后的【线宽】选项，打开如图 8.10 所示的【线宽】对话框。

（2）在【线宽】对话框的【线宽】列表框中选择【0.15毫米】选项，单击 确定 按钮，返回【图层特性管理器】对话框，如图 8.11 所示。

图 8.10　【线宽】对话框

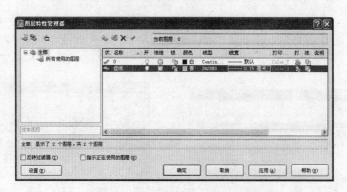

图 8.11 【图层特性管理器】对话框

8.1.2 典型案例——建立"中心线"图层

案例目标

本案例将创建机械制图中中心线的线条图层，即"中心线"图层。通过本案例的练习，可进一步掌握图层的创建以及设置等方法。

效果图位置：【\第 8 课\源文件\中心线图层.dwg】

操作思路：

（1）选择【格式】→【图层】命令，打开【图层特性管理器】对话框，在该对话框中创建"中心线"图层。

（2）设置图层的特性，如线条颜色、线型及线宽等。

操作步骤

本案例分为两个步骤：第一步，创建"中心线"图层；第二步，设置图层特性。其具体操作如下：

（1）选择【格式】→【图层】命令，打开【图层特性管理器】对话框。

（2）在【图层特性管理器】对话框中单击【新建图层】按钮 ，如图 8.12 所示。

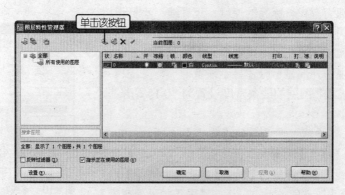

图 8.12 创建图层

（3）在【图层特性管理器】对话框中将图层的名称改为"中心线"，如图 8.13 所示。

图 8.13 更改图层的名称

（4）在【图层特性管理器】对话框中单击"中心线"图层的【颜色】选项，打开如图 8.14 所示的【选择颜色】对话框。

（5）在【选择颜色】对话框中选择红色作为图层的颜色，然后单击 确定 按钮，返回【图层特性管理器】对话框，如图 8.15 所示。

图 8.14 选择图层颜色　　　　　　　　图 8.15 设置颜色后的图层

（6）在【图层特性管理器】对话框中单击"中心线"图层的【线型】选项，打开如图 8.16 所示的【选择线型】对话框。

（7）在【选择线型】对话框中单击 加载(L)... 按钮，打开如图 8.17 所示的【加载或重载线型】对话框。

图 8.16 选择图层线型　　　　　　　　图 8.17 加载线型

（8）在【加载或重载线型】对话框的【可用线型】列表框中选择【CENTER】选项，单击 确定 按钮，返回【选择线型】对话框，如图 8.18 所示。

（9）在【选择线型】对话框中选择【CENTER】选项，再单击 确定 按钮，返回【图层特性管理器】对话框，如图 8.19 所示。

图 8.18 选择图层线型

图 8.19 设置线型后的图层

（10）单击"虚线"图层后的【线宽】选项，打开如图 8.20 所示的【线宽】对话框。

（11）在【线宽】对话框的【线宽】列表框中选择【0.15 毫米】选项，单击 确定 按钮，返回【图层特性管理器】对话框，如图 8.21 所示。

（12）单击 确定 按钮，完成图层的设置。

图 8.20 选择图层线宽

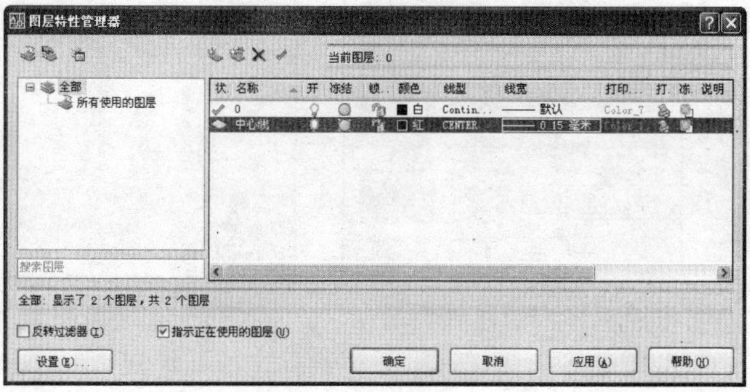

图 8.21 设置线宽后的图层

案例小结

本案例创建了"中心线"图层，创建图层的过程中，主要对图层的颜色、线型以及线宽进行了设置。通过本案例的操作，可使读者巩固图层的创建和设置方法。

8.2 管理图层

在 AutoCAD 的【图层特性管理器】对话框中，可以通过相应的设置来管理图层，如设置图层特性、过滤图层和转换图层等。

8.2.1 知识讲解

在绘制复杂图形的过程中，通过控制图层显示或打印对象，可以降低图形视觉上的复杂程度并提高显示性能，也可以锁定图层，以防止意外选定和修改某图层上的对象。

第8课 图 层

1. 设置图层特性

使用图层绘制图形时，新对象的各种特性将默认为随层，由图层的默认设置决定。也可以单独设置对象的特性，新设置的特性将覆盖原来随层的特性。通过【图层特性管理器】对话框可以对图层的名称、打开、冻结、锁定、线型、颜色和打印样式等特性进行设置。

1）图层的打开/关闭

默认情况下，图层处于打开状态，此时图层上的图形显示在屏幕上，可以被编辑和被打印输出。当关闭图层后，该图层上的实体不再显示在屏幕上，也不能被编辑和被打印输出。打开/关闭图层，主要有以下两种方法：

● 在【图层特性管理器】对话框中，选中要打开的图层，单击该层上的"开"状态图标，使其变为状态，该图层即被关闭，如图8.22所示，再次单击该图标，则打开该图层。

● 在【图层】工具栏中单击【图层】下拉列表框，在弹出的下拉列表框中单击相应图层的开关按钮，如图8.23所示，可将该图层关闭，再次单击则打开该图层。

图 8.22　关闭图层　　　　图 8.23　关闭"中心线"图层

2）冻结或解冻图层

通过冻结图层可以使该层上的图形不可见，并且不会遮盖其他对象。要对冻结的图层进行编辑，应先解冻图层。冻结/解冻图层，主要有以下两种方法：

● 在【图层特性管理器】对话框中选中需要冻结的图层，在该层上单击"冻结"状态图标，使其成为状态，该图层即被冻结，如图8.24所示。再次单击，则解冻该图层。

图 8.24　冻结图层

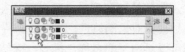
- 冻结图层也可通过【图层】工具栏来完成,其操作方法与关闭/打开图层的方法类似,即单击【图层】工具栏的【图层】下拉列表框,在弹出的下拉列表中单击 🔅 图标,使其成为 ❄ 状态,如图 8.25 所示,该图层即被冻结。

图 8.25　冻结"中心线"图层

3) 锁定或解锁图层

图层被锁定后,该图层上的图形仍然显示在屏幕上,但不能对其进行编辑。锁定/解锁图层,主要有以下两种方法:

- 在【图层特性管理器】对话框中选中需要锁定的图层,在该层上单击"锁定"状态图标 🔓,如图 8.26 所示,使其成为 🔒 状态,该图层即被锁定,再次单击则可将该图层解除锁定。
- 单击【图层】工具栏的【图层】下拉列表框,在弹出的下拉列表中单击 🔓 图标,使其成为 🔒 状态,该图层即被锁定,如图 8.27 所示。再次单击则解除锁定。

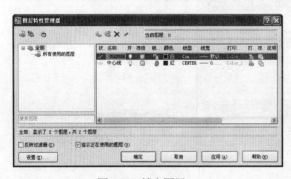

图 8.26　锁定图层

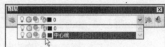

图 8.27　锁定"中心线"图层

注意: 当前图层不能被冻结,也不能将冻结图层切换为当前图层,否则会出现警告提示。切换当前图层的操作请参考下面的第 2 小节。

使用【图层特性管理器】对话框设置图层,部分图层选项功能分别如下。

- **状态:** 该选项显示图层和过滤器的状态。图层状态显示为 ✅,表明图层状态为当前图层;若显示为 ❌,表示该图层被删除;若显示为 ◻,表示图层上有图形对象;若显示为 ◻,表示图层为空。0 层、当前图层、包含对象的图层和被外部文件参考的图层不能被删除。
- **名称:** 名称是图形的标识,用户可以根据需要更改图层名称。
- **颜色、线型和线宽:** 参见 8.1.1 节的相关内容。
- **打印样式:** 该项用于确定各图层的打印样式。若图层颜色设置为彩色,则不能改变打印样式。
- **打印:** 该项设置图层是否被打印,默认为打开状态。
- **说明:** 该项可以为图层和组过滤器添加信息说明。

2. 切换当前图层

当前图层就是当前使用的图层，当前的绘图和编辑操作都在该层上进行。当前图层只有一个，不能冻结，但可以锁定。切换当前图层，主要有以下几种方法：

- 在【图层特性管理器】对话框中选择需要置为当前图层的图层，单击顶部的【置为当前】按钮 ✓，如图 8.28 所示。
- 在【图层】工具栏中单击【图层】下拉列表框，在弹出的下拉列表中选择所需的图层，即可将选择的图层置为当前图层，如图 8.29 所示。

图 8.28　通过【图层特性管理器】对话框设置　　　图 8.29　通过【图层】工具栏设置

- 在命令行中执行 Clayer 命令，系统提示"输入 CLAYER 的新值<"0">："，在该提示下输入要置为当前层的图层名称即可，其命令操作如下：

命令: clayer	//执行设置当前图层命令
输入 CLAYER 的新值 <"0">: 中心线	//输入图层名称

3. 保存与恢复图层设置

在绘图过程中，对于有大量图层的图形，如果在绘图或打印过程中需要恢复指定的图层设置，则保存和恢复图层设置功能可以高效、轻松地完成这些工作。

1）保存图层状态

图层设置包括图层状态（例如开或锁定）和图层特性（例如颜色或线型）。在命名图层状态中，可以选择要在以后恢复的图层状态和图层特性。例如，在机械制图中，将"中心线"图层保存为"辅助绘图"，其具体操作如下：

（1）在【图层特性管理器】对话框中选择要保存的图层，并在其上方单击鼠标右键，在弹出的快捷菜单中选择【保存图层状态】命令，如图 8.30 所示，打开【要保存的新图层状态】对话框。

（2）在【要保存的新图层状态】对话框的【新图层状态名】文本框中输入要保存图层状态的名称，在【说明】文本框中输入相关图层信息，单击 确定 按钮，如图 8.31 所示。

（3）返回【图层特性管理器】对话框，如图 8.32 所示。

图 8.30　快捷菜单

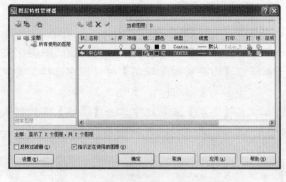

图 8.31　【要保存的新图层状态】对话框　　　　图 8.32　【图层特性管理器】对话框

2）恢复图层状态

如果改变了图层的显示状态，则还可以在【图层状态管理器】对话框中恢复到以前保存的图层状态。例如，恢复"中心线"图层，其具体操作如下：

（1）在【图层特性管理器】对话框中选择要恢复的图层，单击鼠标右键，在弹出的快捷菜单中选择【恢复图层状态】命令，如图 8.33 所示，打开【图层状态管理器】对话框。

（2）在【图层状态管理器】对话框的【图层状态】列表框中，选择要恢复的图层状态，单击　恢复(R)　按钮，如图 8.34 所示。

图 8.33　快捷菜单　　　　　　图 8.34　【图层状态管理器】对话框

4．改变对象所在图层

在绘图过程中，有时完成对某一对象的绘制后，发现该对象并没有绘制在预先设定的图层上。这时，就要改变对象所在的图层。下面改变对象的图层为"中心线"图层；其具体操作如下：

（1）选择图形对象，使该对象处于选中状态。

（2）在【图层】工具栏的下拉列表框中选择"中心线"图层，如图 8.35所示，然后按【Esc】键完成操作。

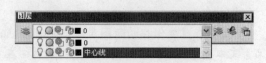

图 8.35　【图层】下拉列表框

8.2.2 典型案例——使用图层绘制阀盖

案例目标

本案例将使用图层绘制阀盖，如图 8.36 所示。通过本案例的练习，可掌握图层的创建以及设置等方法，并复习平面图形的绘制和编辑命令。

效果图位置：【\第 8 课\源文件\阀盖.dwg】

操作思路：

（1）执行创建图层命令，创建并设置"中心线"、"轮廓线"、"细实线"和"标注线"图层。

（2）将"中心线"图层切换为当前图层，执行构造线以及圆命令，绘制水平与垂直的作图辅助线、阀盖俯视图轮廓、螺孔定位辅助线以及轴孔线条等。

（3）将"轮廓线"图层切换为当前图层，执行圆命令，在螺孔辅助线与水平或垂直辅助线的交点处绘制螺孔，并使用阵列命令对螺孔进行阵列复制。

（4）将"标注线"图层切换为当前图层，执行标注命令对图形进行标注。

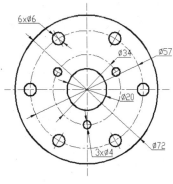

图 8.36 阀盖

操作步骤

本案例分为四个步骤：第一步，创建并设置"中心线"、"轮廓线"、"细实线"、"标注线"图层；第二步，绘制辅助线及阀盖俯视图轮廓；第三步，使用圆及阵列等命令完成阀盖俯视图螺孔的绘制；第四步，使用标注命令对图形进行标注。其具体操作如下。

1. 创建并设置图层

使用创建图层命令创建并设置各个图层，其具体操作如下：

（1）选择【格式】→【图层】命令，打开【图层特性管理器】对话框。

（2）在【图层特性管理器】对话框中单击【新建图层】按钮，将图层的名称更改为"中心线"，如图 8.37 所示。

图 8.37 创建"中心线"图层

（3）在【图层特性管理器】对话框中单击"中心线"图层的【颜色】选项，打开如图 8.38 所示的【选择颜色】对话框。

（4）在【选择颜色】对话框中选择红色作为图层的颜色，然后单击 确定 按钮，返回【图层特性管理器】对话框，如图 8.39 所示。

图 8.38　选择图层颜色 　　　　　　　　图 8.39　设置颜色后的图层

（5）在【图层特性管理器】对话框中单击"中心线"图层的【线型】选项，打开如图 8.40 所示的【选择线型】对话框。

（6）在【选择线型】对话框中单击 加载(L)... 按钮，打开如图 8.41 所示的【加载或重载线型】对话框。

图 8.40　选择图层线型 　　　　　　　　图 8.41　加载线型

（7）在【加载或重载线型】对话框的【可用线型】列表框中选择【CENTER】选项，单击 确定 按钮，返回【选择线型】对话框，如图 8.42 所示。

（8）在【选择线型】对话框中选择【CENTER】选项，再单击 确定 按钮，返回【图层特性管理器】对话框，如图 8.43 所示。

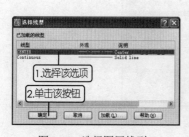 

图 8.42　选择图层线型 　　　　　　　　图 8.43　设置线型后的图层

（9）单击"虚线"图层后的【线宽】选项，打开如图 8.44 所示的【线宽】对话框。

（10）在【线宽】对话框的【线宽】列表框中选择【0.15 毫米】选项，单击 ⬚确定 按钮，返回【图层特性管理器】对话框，如图 8.45 所示。

图 8.44　选择图层线宽

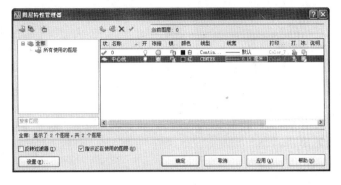

图 8.45　设置线宽后的图层

（11）以相同的方法创建和设置"轮廓线"、"细实线"、"标注线"图层。其中，"轮廓线"图层的颜色为"白色"，线型为"Continue"，线宽为"0.30 毫米"；"细实线"图层的颜色为"白色"，线型为"Continue"，线宽为"默认"；"标注线"图层的颜色为"蓝色"，线型为"Continue"，线宽为"默认"，如图 8.46 所示，单击 ⬚确定 按钮，完成图层的设置。

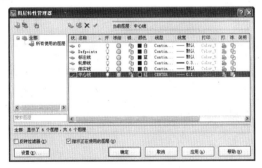

图 8.46　设置完成后的图层

2．绘制阀盖轮廓

使用构造线以及圆命令等绘制阀盖俯视图的辅助线，以及图形轮廓，其具体操作如下。

（1）使用【图层】工具栏将"中心线"图层切换为当前图层，如图 8.47 所示。

图 8.47　使用【图层】工具切换图层

（2）执行构造线命令，绘制水平及垂直的作图辅助线，其命令操作如下：

命令: xl	//执行构造线命令
XLINE	
指定点或 [水平(H)/垂直(V)/角度(A)/二等分(B)/偏移(O)]:	//在屏幕上指定一点
指定通过点:	//在右边的水平位置拾取一点
指定通过点:	//在垂直方向拾取一点
指定通过点:	//按【Enter】键结束构造线命令

（3）执行圆命令，以辅助线的交点为圆心，绘制直径为 34 和 57 的圆，作为螺孔的定位辅助线，如图 8.48 所示。

（4）使用【图层】工具栏将"轮廓线"图层切换为当前图层。

（5）执行圆命令，以辅助线的交点为圆心，绘制半径为 36 的圆，如图 8.49 所示，其命令操作如下：

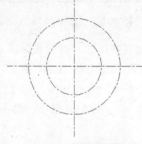
图 8.48　绘制辅助线

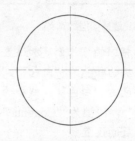
图 8.49　绘制半径为 36 的圆

命令: c	//执行圆命令
CIRCLE	
指定圆的圆心或 [三点(3P)/两点(2P)/相切、相切、半径(T)]:	//捕捉辅助线的交点
指定圆的半径或 [直径(D)]: 36	//指定圆的半径

（6）执行圆命令，以辅助线交点处为圆心，绘制直径为 20 的圆作为阀盖轮廓，如图 8.50 所示。

3．绘制螺孔

完成阀盖轮廓的绘制之后，便可使用圆及阵列命令绘制阀盖螺孔，其具体操作如下。

（1）执行圆命令，在垂直辅助线与直径为 34 的圆的交点处绘制直径为 4 的圆，如图 8.51 所示，其命令操作如下：

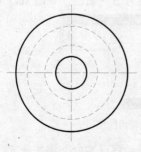
图 8.50　阀盖轮廓

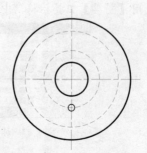
图 8.51　绘制螺孔

命令: c	//执行圆命令
CIRCLE	
指定圆的圆心或 [三点(3P)/两点(2P)/相切、相切、半径(T)]:	//捕捉垂直线与圆的交点
指定圆的半径或 [直径(D)]: d	//选择【直径】选项
指定圆的直径: 4	//指定圆的直径

（2）选择【修改】→【阵列】命令，在打开的【阵列】对话框中选中⊙环形阵列(P)单选按钮，如图 8.52 所示。

（3）单击【中心点】后的【拾取点】按钮📷，返回绘图区，捕捉水平与垂直辅助线的交点并返回【阵列】对话框。

（4）在【项目总数】文本框中输入"3"，在【填充角度】文本框中输入"360"。

（5）单击【选择对象】按钮📷，返回绘图区，选择要进行阵列的圆，按【Enter】键返回【阵列】对话框，再单击 确定 按钮，如图 8.53 所示。

图 8.52　【阵列】对话框

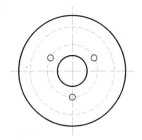

图 8.53　阵列复制螺孔

（6）执行圆命令，在水平辅助线与直径为 57 的圆的交点处绘制直径为 6 的圆，如图 8.54 所示，其命令操作如下：

命令: c	//执行圆命令
CIRCLE	
指定圆的圆心或 [三点(3P)/两点(2P)/相切、相切、半径(T)]:	//捕捉水平线与圆的交点
指定圆的半径或 [直径(D)]: d	//选择【直径】选项
指定圆的直径: 6	//指定圆的直径

（7）执行阵列命令，对直径为 6 的圆进行环形阵列复制，完成对阀盖俯视图的绘制，如图 8.55 所示。

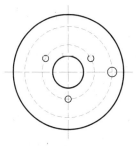

图 8.54　绘制直径为 6 的圆

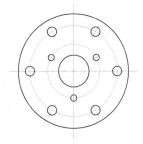

图 8.55　完成阀盖俯视图的绘制

4. 标注阀盖尺寸

使用尺寸标注等命令对阀盖图形进行标注，具体操作如下。

（1）使用【图层】工具栏将"标注线"图层切换为当前图层。

（2）执行直径标注命令，对阀盖外轮廓进行标注，如图 8.56 所示，其命令操作如下：

命令: dimdia	//执行直径标注命令
DIMDIAMETER	
选择圆弧或圆:	//选择圆
标注文字 =6	
指定尺寸线位置或 [多行文字(M)/文字(T)/角度(A)]:	//指定直径标注位置

（3）再次执行直径标注命令，用相同的方法对其余圆弧型尺寸进行标注，如图 8.57 所示。

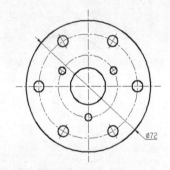

图 8.56 标注外轮廓

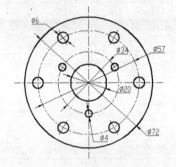

图 8.57 标注直径

（4）执行编辑标注命令，对标注文字进行更改，其命令操作如下：

命令: dimedit	//执行编辑标注命令
输入标注编辑类型 [默认(H)/新建(N)/旋转(R)/倾斜(O)] <默认>: n	//选择【新建】选项，在打开的【文字格式】工具栏栏下的文本框中输入 "6×"
选择对象:	//选择标注文字为 $\phi 6$ 的标注
选择对象:	//按【Enter】键确定标注的选择

（5）用相同的方法把标注文字为 $\phi 4$ 的标注更改为 $3× \phi 4$。

案例小结

本案例主要练习了阀盖的绘制。在绘制过程中，主要使用了圆、对象捕捉以及阵列等命令。通过本案例的绘制，可了解图层的创建及其使用方法。

8.3 上机练习

8.3.1 创建"轮廓线"图层

本次练习将创建机械制图过程中绘制图形对象轮廓时使用的专用图层，通过本次练习，可巩固图层的创建及设置方法。

效果图位置:【\第 8 课\源文件\轮廓线图层.dwg】

操作思路:

● 选择【格式】→【图层】命令,打开【图层特性管理器】对话框。

● 在图层列表框中单击鼠标右键,在弹出的快捷菜单中选择【新建图层】命令。

● 将图层名更改为"轮廓线",并将图层线宽更改为 0.35 毫米。

8.3.2 绘制底板主视图

本次练习将使用图层绘制底板主视图,效果如图 8.58 所示。通过本次练习,主要练习图层的创建、设置,以及复习二维图形的绘制和标注等方法。

效果图位置:【\第 8 课\源文件\底板主视图.dwg】

操作思路:

● 创建图形文件。

● 为图形文件设置必要的图层、文字样式和尺寸样式。

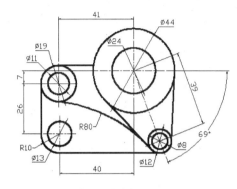

图 8.58 底板主视图

8.4 疑 难 解 答

问: 在绘制图形的过程中,为什么使用不同图层、不同线宽绘制的图形的线条却一样宽,如何才能解决?

答: 系统在默认状态下,是不显示线条宽度的。使用【图层特性管理器】对话框设置的线宽,只有在状态栏中的 线宽 按钮呈凹下状态,即系统显示线宽状态,所设置的线宽才会显示出来。

问: 绘制图形时,为什么使用点画线线型绘制出来的线条却是实线,如何才能正常显示点画线?

答: 使用点画线绘制图形时,其线型的显示与线型比例因子有关,可以通过 Ltscale 命令对线型比例因子进行调节。也可以选择【格式】→【线型】命令,打开如图 8.59 所示的【线型管理器】对话框,在【全局比例因子】文本框中输入相应的线型比例因子,即可正常显示虚线和点画线等线型。

图 8.59 【线型管理器】对话框

8.5 课后练习

1．填空题

（1）在 AutoCAD 2008 中可通过【图层特性管理器】对话框对图层进行管理，其中主要包括图层的创建、＿＿＿＿＿＿、＿＿＿＿＿＿、输入/输出等管理。

（2）在进行图层特性的设置时，主要涉及图层中的＿＿＿＿＿＿、＿＿＿＿＿＿以及＿＿＿＿＿＿等参数，所以一般也可以对这三项参数进行设置。

2．选择题

（1）为创建的图层命名时，图层名称中不能包含通配字符"*"、"?"和（　　）。

    A．汉字　　　　　　　　　　　　B．数字

    C．字母　　　　　　　　　　　　D．空格

（2）图层被（　　）后，该图层上的图形仍然显示在屏幕上，但不能对其进行编辑。

    A．冻结　　　　　　　　　　　　B．关闭

    C．锁定　　　　　　　　　　　　D．解锁

3．问答题

（1）简述图层的创建方法。

（2）简述图层的设置，以及如何设置图层的颜色、线宽以及线型等参数？

（3）如何切换当前图层？

4．上机题

参照本课所讲的知识，使用图层绘制如图 8.60 所示的图形。通过本练习，可熟悉创建图层、使用图层等基本操作，并可巩固平面图形的绘制和标注等操作。

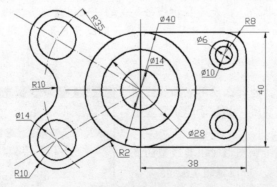

图 8.60　座体

效果图位置：【\第 8 课\源文件\座体.dwg】

提示：该实例主要使用图层绘制机械图形，其中需要注意以下几点：

● 创建的图层数目、颜色、线型和线宽等特性要使图形表达充分、简洁、清晰。

● 在绘制过程中注意图层的转换。

第9课

图块和模板的使用

本课要点

- 图块的创建
- 图块的使用与编辑
- 使用模板绘图

具体要求

- 了解图块的定义方法
- 熟悉图块的插入方法
- 了解插入外部参照块的方法
- 了解模板文件的创建
- 了解模板文件的调用

本课导读

利用 AutoCAD 2008 的图块功能和模板文件绘制图形，可方便、快速地完成各种基本图形的绘制，如螺栓、螺母、图框线和标题栏的绘制，从而加快图形的绘制及编辑操作。

- 机械图块定义：轴承、螺母和螺钉等图块的定义。
- 图块的插入：插入螺母、螺钉和销等机械图块。
- 模板：定义不同大小的图纸模板，如 A1、A2 和 A3 等图纸模板。

9.1 创 建 图 块

在绘制复杂的且需要绘制多个相同或者相近的图形或符号时，可以把这些相同或相近的图形或符号定义成图块，插入到指定的位置，也可以将图块插入到其他图形文件当中。

9.1.1 知识讲解

图块又称为块，它是图形中的一个或多个图形或对象的组合，将其视为一个单一对象，并自定义名称存储，以便以后在绘图时随时调用。

1. 创建图块

在 AutoCAD 中，可以在当前图形中组合对象来创建块，块保存在当前图形中，也可以将块保存为独立的图形文件。执行创建块命令，主要有以下几种方法：

- 选择【绘图】→【块】→【创建】命令。
- 单击【绘图】工具栏中的【创建块】按钮 。
- 在命令行中执行 Block（B）命令。

执行 Block 命令，打开如图 9.1 所示的【块定义】对话框，通过【块定义】对话框可完成内部图块的定义。该对话框中的部分选项含义如下。

图 9.1 【块定义】对话框

- **名称**：该下拉列表框用于指定块的名称。
- **【拾取点】按钮** ：单击该按钮，返回绘图区，在绘图区中指定插入图块时的插入点。
- **【选择对象】按钮** ：单击该按钮，在绘图区选择图形，用于定义成图块。
- **【保留】单选按钮**：选中该单选按钮，生成块后原选取实体仍保留为独立实体。
- **【转换为块】单选按钮**：选中该单选按钮，原选取实体将转变成块。
- **【删除】单选按钮**：选中该单选按钮，生成块后原选取实体将被删除。
- **【说明】文本框**：该文本框用于指定块的文字说明。

注意：块名称最多可以包含 255 个字符，包括字母、数字、空格以及特殊字符。

2. 使用图块

创建了图块后，即可根据需要将图块插入到图形中。定义好内部图块以及外部图块后，

可以在绘制图形的过程中插入图块，在 AutoCAD 中可依次插入单个图块，也可连续插入
多个相同的图块，以及使用阵列、定数等分或定距等分方式插入图块。

1）插入单个图块

在 AutoCAD 中，当需要使用图块时，可用 Insert 命令在当前图形中插入已定义好的图块。
插入内部图块与插入外部图块的方法类似。不同的是，插入的外部图块不是存放于图形内部，
在插入图块时，需要指定图块的存放位置。执行插入图块命令，主要有以下几种方法：

● 选择【插入】→【块】命令。
● 单击【绘图】工具栏中的【插入块】按钮。
● 在命令行中执行 Insert（I）/Ddinsert 命令。

使用 Insert 命令与 Ddinsert 命令功能完全相同，都是通过调用对话框来插入图块。在
插入图块的过程中，可指定图块的缩放比例、旋转角度及具体插入位置等参数。下面在图
形中插入如图 9.2 所示的螺母图块，其具体操作如下：

（1）选择【插入】→【块】命令，打开如图 9.3 所示的【插入】对话框。

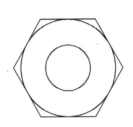

图 9.2　螺母

图 9.3　【插入】对话框

（2）在【插入】对话框中单击 浏览(B)... 按钮，打开【选择图形文件】对话框，找到
【螺母】图块，并单击 打开(0) 按钮返回【插入】对话框。

（3）单击 确定 按钮，返回绘图区，指定图块的插入点并插入图块。

在插入图块时，【插入】对话框中各选项的含义分别如下。

● **名称**：在该下拉表框中可选择或直接输入要插入图块的名称。
● **插入点**：选中 ☑在屏幕上指定(S) 复选框，由绘图光标在当前图形中指定图块的插入
位置。如果取消选中该复选框，则可在 X、Y、Z 文本框中指定图块插入点的
具体坐标。
● **缩放比例**：选中 ☑在屏幕上指定(E) 复选框，则插入图块时将在命令行中出现提示信息，
用于指定各个方向上的缩放比例；取消选中该复选框，则可在该栏的 3 个文本框
中输入图块在 X、Y、Z 方向上的缩放比例；选中 ☑统一比例(U) 复选框，则将图块进
行等比例缩放。
● **旋转**：选中 ☑在屏幕上指定(C) 复选框，则可以在插入图块时，根据命令行的提示设置
旋转角度。取消选中该复选框，则【角度】选项可用，【角度】文本框用于设置
图块插入到绘图区时的旋转角度。
● **分解**：该复选框用于指定插入图块时是否将其分解为原有的组合实体，而不再作
为一个整体。

2）插入多个图块

插入图块时，不仅可以使用【插入】对话框的方法插入单个图块，还可以使用阵列方式、定数等分和定距等分方式插入图块。使用这些方式可以一次性插入多个相同的图块。

在 AutoCAD 中，可使用 Minsert 命令将已定义的图块以矩形阵列的方式插入到图形中，该命令实际上是综合了 Insert 和 Aarray 命令的操作特点而形成的。当用户需要插入多个具有规律的图块时，即可使用 Minsert 命令来进行，从而节省绘图时间。下面插入螺母图块，如图 9.4 所示，其命令操作如下：

图 9.4　阵列方式插入图块

命令: minsert	//执行阵列图块命令
输入块名或 [?] <螺母>:螺母	//指定图块名称
单位: 毫米　转换:　　1.0000	
指定插入点或 [基点(B)/比例(S)/X/Y/Z/旋转(R)/预览比例 (PS)/PX/PY/PZ/预览旋转(PR)]:	//指定图块插入点
输入 X 比例因子，指定对角点，或 [角点(C)/XYZ] <1>:	//指定 X 轴方向比例
输入 Y 比例因子或 <使用 X 比例因子>:	//指定 Y 轴方向比例
指定旋转角度 <0>:	//指定旋转角度
输入行数 (---) <1>: 3	//指定阵列行数
输入列数 (III) <1>: 5	//指定阵列列数
输入行间距或指定单位单元 (---): 600	//指定行间距
指定列间距 (III): 500	//指定列间距

说明：以定距等分和定数等分插入图块，可参照本书第 3 课的定距等分以及定数等分命令，只是在命令的执行过程中，插入图块时应选择【块】选项，并指定图块的名称。

3）调用设计中心的图块

AutoCAD 2008 为用户提供了许多常用的图块，通过 AutoCAD 设计中心可以方便、快捷地将这些图块插入到绘图区中。

利用 AutoCAD 设计中心的图块可以快速完成图形的绘制，其方法是将设计中心的图块拖放到绘图区中，其具体操作如下：

（1）选择【工具】→【选项板】→【设计中心】命令，打开 AutoCAD 的【设计中心】选项板，如图 9.5 所示。

（2）在【设计中心】选项板中单击【文件夹】选项卡，在【文件夹列表】目录树中依次展开至 AutoCAD 2008 安装目录下的 Sample 文件夹。

（3）展开所需的文件，并选择其下的【块】选项，在【设计中心】选项板右上方的图块列表框中将显示该文件所包含的图块缩略图。

（4）将绘图光标移到所需的图块图标上，按住鼠标左键不放将其拖动到绘图区中后释放，即可将其插入到当前图形文件中，如图 9.6 所示。

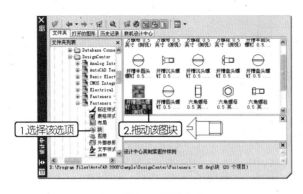

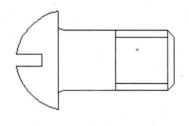

图9.5　设计中心　　　　　　　　　　　图9.6　插入图块

4）插入外部参照块

将图形作为块插入时，它存储在图形中，用户也可任意对其进行编辑，而且块不会随原始图形的改变而更新；而将图形作为外部参照附着时，会将该参照图形超链接至当前图形，对参照图形的源文件所做的任何修改都会显示在当前图形中。执行外部参照命令，主要有以下两种方法：

● 选择【插入】→【外部参照】命令。

● 在命令行中执行Xattach命令。

插入外部参照块，其具体操作如下：

（1）选择【插入】→【外部参照】命令后，打开如图9.7所示的【外部参照】选项板。

（2）单击【附着DWG】按钮，打开如图9.8所示的【选择参照文件】对话框。

图9.7　【外部参照】选项板　　　　　图9.8　【选择参照文件】对话框

（3）在【选择参照文件】对话框中选择作为参照图形的外部文件，然后单击 打开(O) 按钮，打开如图9.9所示的【外部参照】对话框。

（4）在【外部参照】对话框中确定图块的【插入点】、【比例】以及【旋转】等属性，再单击 确定 按钮，完成外部参照块的插入，如图9.10所示。

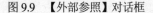

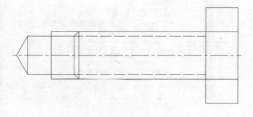

图 9.9　【外部参照】对话框　　　　图 9.10　插入外部参照块

3．存储图块

使用 Block 创建的块只能在当前图形中使用，而不能被其他图形所使用。如果在其他图形中也想使用已经创建的块，则可使用 Wblock（W）命令对块进行存储。

使用 Wblock 命令可以将所选对象以图形文件的形式单独保存在计算机中，即外部图块。用该命令形成的图块文件与其他图形文件一样可以打开、编辑和插入。执行 Wblock 命令后，打开如图 9.11 所示的【写块】对话框，在该对话框中用户除了需要指定图块的名称、插入基点、插入单位外，还需要指定图块的保存位置等参数。其中部分选项含义分别如下。

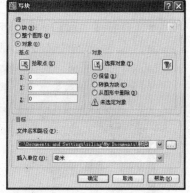

图 9.11　【写块】对话框

- **块**：选中该单选按钮，然后在其后的下拉列表中选择当前图中已有的内部块，再将其定义为外部图块。
- **整个图形**：选中该单选按钮，可将当前整个图形定义为一个块。
- **对象**：选中该单选按钮，下面的【基点】栏和【对象】栏将变为可用状态，其使用方法与创建内部块相似。
- **文件名和路径**：用于指定外部图块的存放位置以及图块的名称。

4．编辑图块

在绘图过程中，如果发现插入的图块有部分参数不符合要求，比如大小、角度有误，这时就需要对其进行编辑。执行编辑图块命令，主要有以下几种方法：

- 选择【工具】→【选项板】→【特性】命令。
- 单击【标准】工具栏中的【对象特性】按钮。
- 在命令行中执行 Properties（Pr）/Ddmodify 命令。

注意：执行编辑图块命令时，必须预先选中要编辑的块。

执行 Properties 命令，打开如图 9.12 所示的【特性】选项板，通过【特性】选项板可完成块的编辑。通过选项板可以方便、快捷地修改块的插入点，以及 X 轴与 Y 轴的比例因子、旋转角度等属性。同时，对于一些基本的属性也可以修改，如插入的颜色、线型、线宽以及图层等，但线型和颜色的修改实际上不起作用，只有修改图层属性才有效。

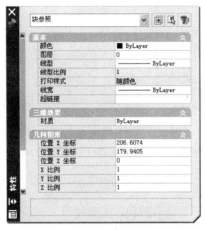

图 9.12　【特性】选项板

9.1.2　典型案例——将螺钉建立为图块

案例目标

本案例将练习把如图 9.13 所示的螺钉图形建立为图块并存储，以便当前图形以及其他图形中也能使用该图块。通过本案例的练习，可掌握图块命令的操作。

素材位置：【\第 9 课\素材\螺钉.dwg】

效果图位置：【\第 9 课\源文件\螺钉.dwg】

操作思路：

（1）打开"螺钉.dwg"图形文件。

（2）执行外部图块定义命令，将打开的图形文件定义为外部图块文件。

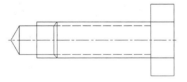

图 9.13　螺钉

操作步骤

将螺钉建立为图块，其具体操作如下：

（1）选择【文件】→【打开】命令，打开"螺钉.dwg"图形文件。

（2）在命令行中执行 Wblock 命令，打开如图 9.14 所示的【写块】对话框。

（3）在【写块】对话框中选中 ⊙对象(O) 单选按钮，此时，【基点】和【对象】栏变为可用状态。

（4）单击【对象】栏中的【选择对象】按钮，返回绘图区，选择螺钉，如图 9.15 所示。

图 9.14 【写块】对话框　　　　　　　　　　图 9.15 选择螺钉图

（5）按【Enter】键返回【写块】对话框，并在【文件名和路径】下拉列表框中指定图块的路径，单击 确定 按钮，完成图块建立的操作。

案例小结

本案例将绘制的螺钉图形定义为图块，主要使用了图块创建以及存储命令。通过本实例的操作，可了解并掌握图块的定义方法。

9.2 使用模板绘图

用户在绘制复杂的图形时，每次作图都会对文字样式、绘图单位和尺寸样式等参数进行设置。若创建了样板文件，则每次作图时只需要调用该样板文件，在该图形中绘制新图形，然后另存为用户所需的图形文件即可。

9.2.1 知识讲解

在 AutoCAD 中默认安装了多个标准样图模板，如 acad.dwt、acadiso.dwt 等图形文件，AutoCAD 默认样图所包含的内容主要有图形边界的设定、单位控制、光标捕捉模数、图层、视图、坐标系、尺寸标注、文字样式及各种命令参数初值等的设置。

1. 创建模板

用户安装 AutoCAD 2008 软件后，在安装盘的 Program Files\AutoCAD 2008\Template 文件夹下存放了许多 AutoCAD 自带的模板文件。但由于使用习惯以及国家标准等问题，用户也可以自己定义模板，其具体操作如下：

（1）对 AutoCAD 2008 中图形的绘制环境进行设置。

（2）选择【文件】→【另存为】命令，打开如图 9.16 所示的【图形另存为】对话框。

图 9.16 【图形另存为】对话框

（3）在【图形另存为】对话框的【文件类型】下拉列表框中选择【AutoCAD 图形样板（*.dwt）】选项。

（4）在【文件名】下拉列表框中输入模板的名称，单击 保存(S) 按钮即可。

在创建模板时，其中主要包括以下几个方面的内容。

- **图形界限**：即图形的绘制区域，如左下角（0,0）、右上角（297,210）等。
- **绘图单位**：如在绘图中以十进制、小数点后显示 2 位或毫米为单位。
- **图层**：设定绘图时所需的图层及其特性。
- **文字样式**：设置为图形进行文字标注时的文字样式。
- **尺寸样式**：设置为图形进行尺寸标注时的尺寸标注样式。
- **标题栏**：绘制用于说明绘图单位、图形名称、数量和规格的标题栏。
- **其他参数**：如出图比例、打印样式以及图纸大小等参数。

2. 调用模板

在建立了模板图形并将其保存到计算机中后，便可以调用模板文件对图形进行绘制。调用模板文件，主要有以下几种方法。

- **用 Open 命令打开**：当用户创建图形文件时，可执行 Open 命令，在打开的【选择文件】对话框中选择模板并打开模板文件，如图 9.17 所示，然后在打开的模板图形文件中绘制图形，最后将其另存为 DWG 格式的文件即可。
- **用 New 命令调用**：执行 New 命令，打开如图 9.18 所示的【选择样板】对话框，在该对话框的文件列表框中选择要打开的样板，然后单击 打开(O) 按钮，在创建的图形模板文件中即可对图形进行绘制操作。

图 9.17 打开样板文件

图 9.18 【选择样板】对话框

- **自动加载**：可将模板文件保存到安装盘的\Program Files\AutoCAD 2008\Template 文件夹下，重命名为 acad.dwt 或 acadiso.dwt 图形文件，每次运行 AutoCAD 时，系统就直接打开模板的绘图环境。

9.2.2 典型案例——创建 A2 图纸模板

案例目标

本案例将以 2 号图纸为例，为绘制机械图形时定制模板，从而可以快速、准确地完成

机械图形的绘制。通过本案例的练习，可了解并掌握模板的制作方法。

效果图位置：【\第9课\源文件\A2图纸模板.dwt】

操作思路：

（1）在 AutoCAD 2008 打开的图形文件中设置绘图时的绘图单位以及绘图界限等绘图参数。

（2）创建绘制机械图形时常用的图层，并对图层的特性进行设置。

（3）设置用于标注图形的文字说明的文字样式。

（4）设置尺寸标注样式。

（5）绘制图框以及标题栏等。

操作步骤

本案例分为四个步骤：第一步，设置用于机械绘图时的图层；第二步，设置文字样式；第三步，设置尺寸样式；第四步，绘制图框及标题栏。

1．设置图层

在绘制图形前，可根据实际需要创建图层，其中主要包括用于绘制机械轮廓的"轮廓线"图层；用于表示不可见线条的"虚线"图层；用于定位图形的"中心线"图层；用于标注机械尺寸的"尺寸标注"图层等。下面以创建"轮廓线"图层为例，其具体操作如下：

（1）选择【格式】→【图层】命令，打开【图层特性管理器】对话框。

（2）在【图层特性管理器】对话框中创建"轮廓线"、"虚线"、"中心线"、"尺寸标注"以及"剖面线"等图层。

（3）单击"轮廓线"图层的【颜色】选项，打开【选择颜色】对话框，如图9.19所示，选择蓝色，单击 确定 按钮，返回【图层特性管理器】对话框。

图 9.19 【选择颜色】对话框

（4）单击"轮廓线"图层的【线宽】选项，打开【线宽】对话框，如图9.20所示，并选择【0.60毫米】选项，单击 确定 按钮，返回【图层特性管理器】对话框。

（5）用相同的方法设置其余图层，其设置参数如图9.21所示。

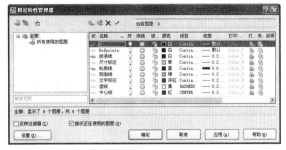

图9.20　【线宽】对话框　　　　　图9.21　【图层特性管理器】对话框

2. 设置文字样式

文字标注用于无法使用图形进行说明的情况下，如图形的名称、数量、规格、制图人以及机械零件的技术要求等，在进行文字标注时，主要用到"中文"和"英文"两种样式。下面以创建"中文"样式为例，介绍文字样式的设置方法，其具体操作如下：

（1）选择【格式】→【文字样式】命令，打开【文字样式】对话框。

（2）在该对话框中单击 新建(N)... 按钮，打开如图9.22所示的【新建文字样式】对话框，在【样式名】文本框中输入"中文"文本。

（3）单击 确定 按钮，返回【文字样式】对话框，在【字体】栏中取消选中 ☑使用大字体(U) 复选框，然后在【字体名】下拉列表框中选择【仿宋_GB2312】选项，并将【宽度因子】设置为"0.70"，如图9.23所示。

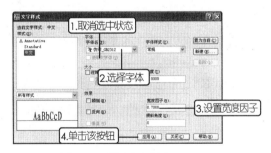

图9.22　创建文字样式　　　　　图9.23　设置文字样式

（4）用相同的方法创建"英文"文字样式，将其【字体名】设置为"txt.shx"，将【宽度因子】设置为"1.0"。

（5）单击 应用(A) 按钮，应用所有文字样式。

（6）单击 关闭(C) 按钮，完成文字样式的设置，返回绘图区域。

3. 设置尺寸样式

利用尺寸标注样式，可方便、准确地完成图形的尺寸标注，其具体操作如下：

（1）选择【格式】→【标注样式】命令，打开【标注样式管理器】对话框。

（2）在【标注样式管理器】对话框中单击 新建(N)... 按钮，打开如图9.24所示的【创建新标注样式】对话框。

（3）在【新样式名】文本框中输入"机械制图"文字，然后单击 继续 按钮，打开【新建标注样式：机械制图】对话框。

（4）在【新建标注样式：机械制图】对话框的【线】选项卡中，在【尺寸界线】栏的【超出尺寸线】数值框中输入"2"，在【起点偏移量】数值框中输入"3"，如图 9.25 所示。

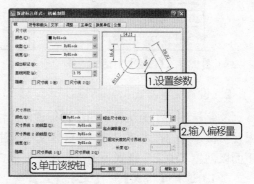

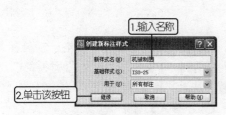

图 9.24　创建标注样式　　　　图 9.25　设置标注尺寸线及尺寸界线

（5）单击【符号和箭头】选项卡，在【箭头】栏中将【箭头大小】设置为"2"，其余参数保持不变。

（6）单击【文字】选项卡，在【文字位置】栏中将【从尺寸线偏移】项设置为"1"，在【文字对齐】栏中选中 ⊙与尺寸线对齐 单选按钮，其余参数保持不变。

（7）单击 确定 按钮，返回【标注样式管理器】对话框。

（8）在【标注样式管理器】对话框的【样式】列表框中选择【机械制图】选项，然后单击 置为当前(U) 按钮，将【机械制图】标注样式设置为当前标注样式，如图 9.26 所示。

（9）单击 新建(N)... 按钮，打开【创建新标注样式】对话框，在【创建新标注样式】对话框的【用于】下拉列表框中选择【半径标注】选项，如图 9.27 所示。

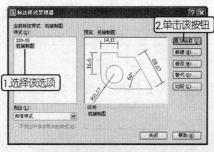

图 9.26　设置当前标注样式　　　　图 9.27　创建【半径标注】样式

（10）单击 继续 按钮，打开【新建标注样式：机械制图：半径】对话框。在【新建标注样式：机械制图：半径】对话框中单击【文字】选项卡，在【文字对齐】栏中选中 ⊙ISO 标准 单选按钮，如图 9.28 所示，单击 确定 按钮返回【标注样式管理器】对话框。

（11）在【标注样式管理器】对话框中单击 新建(N)... 按钮，打开【创建新标注样式】对话框，在该对话框的【用于】下拉列表框中选择【直径标注】选项。

（12）单击 继续 按钮，打开【新建标注样式：机械制图：直径】对话框，在【文

字对齐】栏中选中⊙ISO标准单选按钮。

（13）单击 确定 按钮，返回【标注样式管理器】对话框，如图9.29所示。

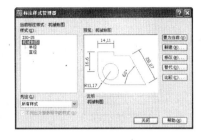

图9.28 设置半径标注文字 　　　　　图9.29 完成标注样式的设置

（14）单击 关闭 按钮，退出【标注样式管理器】对话框，完成设置。

4．绘制图框及标题栏

在机械绘图中，每张图纸都必须画出标题栏，装配图还应有明细栏。标题栏一般位于图纸右下角，一般由更改区、签字区、其他区、名称及代号区组成，也可根据实际需要增加或减少。其具体操作如下。

（1）执行矩形命令，绘制长和宽分别为594和420的矩形，如图9.30所示，其命令操作如下：

命令: rec	//执行矩形命令
RECTANG	
指定第一个角点或 [倒角(C)/标高(E)/圆角(F)/厚度(T)/宽度(W)]: 0,0	//指定矩形左下角端点
指定另一个角点或 [面积(A)/尺寸(D)/旋转(R)]: 594,420	//指定右上角端点

（2）再次执行矩形命令，绘制线条宽度为0.5的矩形，如图9.31所示，其命令操作如下：

图9.30 绘制图纸幅面 　　　　　图9.31 绘制图框

命令: rec	//执行矩形命令
RECTANG	
指定第一个角点或 [倒角(C)/标高(E)/圆角(F)/厚度(T)/宽度(W)]: w	//选择【宽度】选项
指定矩形的线宽 <0.00>: 0.5	//指定矩形线条宽度
指定第一个角点或 [倒角(C)/标高(E)/圆角(F)/厚度(T)/宽度(W)]: from	//选择【捕捉自】捕捉选项
基点:	//捕捉矩形的端点A
<偏移>: @50,25	//指定矩形的起始点
指定另一个角点或 [面积(A)/尺寸(D)/旋转(R)]: from	//选择【捕捉自】捕捉选项

基点:	//捕捉矩形的端点 B
<偏移>: @-25,-25	//指定矩形的对角点

（3）执行直线、偏移和修剪等命令，绘制如图 9.32 所示的标题栏表格。

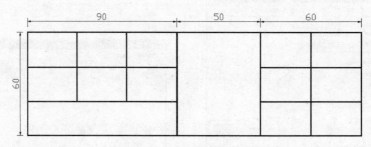

图 9.32　绘制标题栏表格

（4）执行文字标注命令，在标题栏的相应位置处输入文字，如图 9.33 所示。

制图	（姓名）	（日期）	（零件名称）	图号	(TBL-1)
校核	（姓名）	（日期）		比例	(1:10)
（单位名称）			材料:（材料名）	数量	(N)

图 9.33　填写标题栏表格内容

（5）保存图形，其文件名为"机械制图.dwt"。

案例小结

　　本案例创建了"机械制图"绘图模板，在创建模板的过程中，主要设置了图形的图层、文字样式、尺寸标注样式以及图框和标题栏等内容。通过本案例的操作，可掌握图形模板的创建方法、制作过程，并了解创建模板时应注意的问题。

9.3　上机练习

9.3.1　创建轴承图块

　　本次练习将创建轴承图块，如图 9.34 所示。通过本次练习，可掌握在 AutoCAD 2008 中创建并存储图块的方法。

　　素材位置：【\第 9 课\素材\轴承.dwg】

　　效果图位置：【\第 9 课\源文件\轴承.dwg】

　　操作思路：

● 选择【文件】→【打开】命令，打开"轴承.dwg"图形文件。

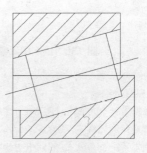

图 9.34　轴承

● 执行 Wblock 命令，将图形定义为图块并存储。

9.3.2 创建 "A4 图纸" 模板

本次练习将创建 A4 图纸幅面的机械制图模板。通过本次练习，主要掌握模板的创建方法以及操作步骤等。

效果图位置：【\第 9 课\源文件\A4 图纸模板.dwt】

操作思路：

● 创建图形文件，并为图形文件设置绘图单位和图形界限。
● 为模板设置必要的图层、文字样式和尺寸样式。
● 绘制图框以及标题栏等，并将其保存为模板文件。

9.4 疑 难 解 答

问：使用 Block 命令在 A1 文件中定义的图块，为什么在 A2 文件中无法插入该图块，该如何插入该图块？

答：使用 Block 命令定义的图块只能在当前图形中调用，在其他文件中无法调用。如果要调用该图形，可以使用 Wblock 命令先将该图形定义并存储为独立的图块文件，即外部图块，然后在 A2 文件中使用插入命令插入该外部图块。

问：使用【特性】选项板对图块进行编辑时，为什么对图块的线型和颜色的修改不起作用？

答：使用【特性】选项板对图块进行编辑时，可以方便、快捷地修改块的插入点，以及 X 轴与 Y 轴的比例因子、旋转角度等属性。对于一些基本的属性也可以修改，如插入的颜色、线型和线宽以及层等，但线型和颜色的修改实际上不起作用，只有修改图层的属性才有效。

9.5 课 后 练 习

1. 填空题

（1）使用_____命令，可以使用阵列的方式插入图块。

（2）在 AutoCAD 中默认安装了多个标准图形模板，这些默认样图所包含的内容主要有图形边界的设定、单位控制、光标捕捉模数、图层、视图、坐标系、_____、_____及各种命令参数初值等的设置。

2. 选择题

（1）执行（   ）命令，可执行编辑图块命令。

    A．Properties   B．Block

    C．Wblock   D．Insert

（2）在 AutoCAD 中模板文件的扩展名为（   ）。

    A．doc   B．dwg

    C．dwt   D．wmf

3．问答题

（1）如何将图形创建为图块？

（2）如何调用设计中心中的图块并将其插入到图形中？

（3）如何创建及调用图形模板？

4．上机题

参照本课所讲的知识，创建图块文件"密封圈.dwg"，如图 9.35 所示。通过本次上机操作，可进一步了解并掌握外部图块的定义方法。

素材位置：【\第 9 课\素材\密封圈.dwg】

提示：该实例主要使用外部图块定义命令，将密封圈图形定义为外部图块。

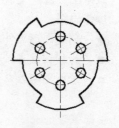

图 9.35　密封圈

第10课
绘制平面及剖视图

本课要点

- 绘制机械平面图
- 绘制剖视图
- 绘制断面图

具体要求

- 熟悉平面图形的绘制
- 了解剖视图的绘制方法
- 了解断面图的绘制方法

本课导读

掌握机械平面图形中特殊关系图形的绘制、剖视图以及断面图的绘制，可根据图形各自的特点，使用相应的绘图工具，快速完成机械图形的绘制。

- 连接圆弧：机械手柄、卡盘和吊钩等连接圆弧的绘制。
- 机械剖视图：包括全剖、半剖、局部剖，可绘制端盖、齿轮轴套和机座等剖视图。
- 机械断面图：包括移出剖面和重合断面，可绘制阶梯轴和丝杆等断面图。

10.1 绘制机械平面图

在机械绘图中，熟练绘制基本二维图形是机械制图的基础，因为无论多么复杂的机械图形都可以分解为一些基本二维图形，平面线条间的关系主要包括平行、垂直、相交、等分、对称和圆弧连接等。

10.1.1 知识讲解

平行、垂直、相交、等分、对称和圆弧连接等线条之间的关系是机械平面图中主要的组成部分，其中每一种关系的图形，都有具体的绘制方法及技巧。

1. 绘制平行关系的图形

在机械制图中，一般都将两个图元相同，但大小不同或者相距一定距离的情况当做平行关系来处理。在 AutoCAD 中绘制平行关系的图形，主要有以下两种方法：

● 使用 Offset 命令进行绘制。圆、圆弧、多段线和直线等命令绘制的图形，通过 Offset 命令都可对其进行偏移处理。

● 使用 Xline 命令或捕捉模式中的"平行"捕捉功能绘制平行线。

使用 Xline 命令的【水平】、【垂直】以及【偏移】选项，都可以绘制不同的平行线，即可以绘制水平方向平行、垂直方向平行以及使用【偏移】选项的任意方向上的平行直线，但用 Xline 命令绘制的平行线是两端无限延伸的直线，一般需要用 Trim 命令进行修剪。

下面使用捕捉模式中的【平行】捕捉，绘制如图 10.1 所示的平行线，如图 10.2 所示，其命令操作如下：

图 10.1　已知直线　　　　　　　　图 10.2　平行线

命令:1	//执行直线命令
LINE	
指定第一点:	//在屏幕上指定一点
指定下一点或 [放弃(U)]: par	//选择【平行】捕捉模式
到	//将绘图光标移到已知直线上，如图 10.3 所示，再将绘图光标移到平行的延伸线上，如图 10.4 所示，并拾取一点
指定下一点或 [放弃(U)]:	//按【Enter】键结束直线命令

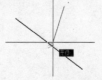

图 10.3　选择平行线

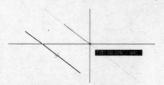

图 10.4　绘制平行线

技巧：如果只是单纯地绘制平行直线，则可采用第二种方法；如果绘制非直线的平行图形，则应采用第一种方法。使用 Offset 命令对图形对象进行偏移，适用于全部图形对象，绘图时一般都使用该方法。

2．绘制垂直关系的图形

在绘制机械平面图的过程中，具有垂直关系的图形可以分为两种类型：一种是水平线与垂直线之间的垂直关系，如图 10.5 所示；另一种则是在任意方向上相交，从而形成直角的垂直关系，如图 10.6 所示。

图 10.5　水平与垂直线之间垂直

图 10.6　任意方向上的垂直

第一种情况的垂直线可以在正交模式下绘制；第二种情况的绘制方法很多，主要有以下几种方法。

- **捕捉垂足点**：在绘制图形的过程中，启用对象捕捉模式中的【垂足】捕捉模式，绘制与直线间的垂线段。
- **旋转平行线**：开启对象捕捉模式，过某点作直线的平行线，然后用旋转命令将绘制的平行直线顺时针旋转 90° 或逆时针旋转 270°，再用 Trim 或 Extend 命令对线段进行修剪或延伸处理。
- **旋转延长线**：过直线的端点绘制直线的延长线，然后用旋转命令将延长线逆时针旋转 270° 或顺时针旋转 90°，再用 Trim 或 Extend 命令对线段进行修剪或延伸处理即可。

3．绘制相交关系的图形

在机械绘图的过程中，经常会对机械零件的材料以图案的方式进行表示，在进行填充图案时，若出现"未找到有效的图案填充边界"的提示，则是由于填充区域没有形成封闭图形的原因。为了避免出现看似相交、实际相离的情况，主要有以下几种方法：

- 对未相交的图形，可以使用延伸命令进行延伸处理。
- 启用对象捕捉中的【端点】、【中点】、【垂足】和【插入点】等捕捉模式，以确保在绘图过程中图形线条的相交。
- 利用输入坐标点的方法绘制图形。以输入坐标点的方式精确指定所绘线条的位置，从而保证线与线之间的真正相交。

4．绘制等分图形

等分图形可以分为直线、多段线和圆弧、圆等类型。对于直线、多段线和圆弧的等分，主要有以下两种方法：

- 执行 Divide 命令，然后在命令行提示中输入需要等分的数目，最后选择要等分的图形对象。
- 执行 Measure 命令，然后输入等分的长度以及选择等分的图形对象。

对于圆来说，除了以上的方法外，还可以使用 Array 命令的【环形阵列】功能对圆进行等分，其等分数目就是阵列的项目总数。

5. 绘制对称图形

绘制机械图形时，对于左右对称和上下对称的图形，可以先绘制对称图形的一半，然后再使用 Mirror 命令对图形进行镜像，从而得到完整的图形。

对于具有对称的一些特性，而并非完全相同的图形，也可使用 Mirror 命令对图形进行镜像，然后再使用修改命令以及绘图命令对图形进行绘制及修改处理。

说明：绘制对称图形时，如果绘制的是剖视图或断面图，则不要先填充剖面线，应先用 Mirror 命令对图形进行镜像，最后再对其进行图案填充，否则镜像后的剖面线将会反向。

6. 绘制圆弧连接图形

在机械制图中，经常遇到利用已知线段绘制线段之间的连接线段的情况，其中包括连接直线和连接圆弧等。用做连接的线段可以分为以下 3 种类型。

- **已知线段**：该类线段的尺寸有完全的定形和定位尺寸，根据这些尺寸就能直接将线段绘制出来。
- **中间线段**：该类线段给出了定形尺寸和一个定位尺寸，在绘制与其一端相邻的已知线段之后，在其基础之上才能确定其位置。
- **连接线段**：这类线段只有定形尺寸，没有定位尺寸，必须绘制出与其两端相邻的对象后，才能确定其位置。

在绘制连接直线或圆弧时，应先绘制已知线段，然后绘制中间线段，最后才能在已知线段和中间线段的情况下完成连接线段的绘制。

1）直线间的连接圆弧

绘制两条直线的连接圆弧主要有两种方法：一是利用 Fillet 命令对直线进行圆角；二是利用绘制一般图形的方法进行绘制，首先使用 Offset 命令将两条直线进行偏移，绘制辅助线，然后使用 Circle 命令在辅助线的交点处绘制圆，并用修剪命令对其进行修剪即可。

下面使用第二种方法，对如图 10.7 所示的图形进行圆弧连接，其具体操作如下：

（1）选择【修改】→【偏移】命令，将两条直线分别进行偏移，其偏移距离为 30，如图 10.8 所示。

图 10.7　圆弧连接前的图形　　　　图 10.8　偏移直线

（2）执行圆命令，以两条偏移直线的交点为圆心，绘制半径为 30 的圆，如图 10.9 所示。

（3）执行删除命令，将两条偏移后的辅助直线删除，并执行修剪命令，对圆和直线进行修剪处理，如图 10.10 所示。

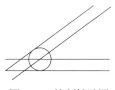

图 10.9　绘制辅助圆

图 10.10　圆弧连接后的直线

2）直线与圆间的连接圆弧

绘制圆与直线间的连接圆弧主要有两种方法：一是使用 Fillet 命令绘制连接圆弧；二是使用绘制一般图形的方法进行连接圆弧的绘制，首先使用 Offset 命令将直线和圆进行偏移，绘制辅助线，偏移距离为圆弧的半径，然后使用 Circle 命令在辅助线的交点处绘制圆，并用修剪命令对其进行修剪即可。

下面使用半径为 3 的圆弧连接如图 10.11 所示的直线与圆，其具体操作如下：

（1）执行偏移命令，将水平直线和圆进行偏移，其偏移距离为 3，如图 10.12 所示。

图 10.11　圆弧连接前的图形

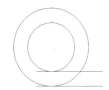

图 10.12　偏移已知线条

（2）执行圆命令，以偏移直线与偏移圆的交点为圆心绘制圆，圆的半径为 3，如图 10.13 所示。

（3）执行删除命令，删除偏移的直线以及偏移后的圆。

（4）执行修剪命令，对半径为 3 的圆进行修剪处理，如图 10.14 所示。

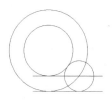

图 10.13　绘制连接圆

图 10.14　圆弧连接后的图形

3）两个圆之间的连接圆弧

在机械制图时，绘制两个已知圆的连接圆弧主要有内接圆弧和外切圆弧两类。

● **外切圆弧**：绘制外切圆弧时，辅助圆的半径是已知圆的半径加上连接圆弧的半径，圆心分别为两个已知圆的圆心。

● **内接圆弧**：绘制内接圆弧时，辅助圆的半径是连接圆弧的半径减去已知圆的半径。

下面将如图 10.15 所示的不同半径的两个圆进行圆弧连接，连接后的效果如图 10.16

所示，其具体操作如下：

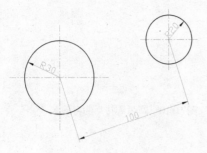

图 10.15　连接前的圆

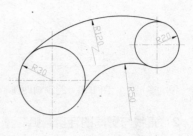

图 10.16　圆弧连接圆

（1）执行圆命令，以半径为 30 圆的圆心为辅助圆的圆心，绘制半径为 80 的圆，在半径为 20 圆的圆心处绘制半径为 70 的圆，如图 10.17 所示。

（2）在两个辅助圆的交点处绘制半径为 50 的圆，如图 10.18 所示。

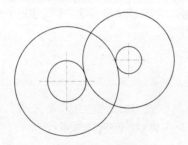

图 10.17　绘制辅助圆

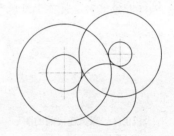

图 10.18　绘制连接圆

（3）执行删除命令，删除两个辅助圆。

（4）执行修剪命令，对外切连接圆进行修剪处理，如图 10.19 所示。

（5）执行圆命令，分别以半径为 30 和 20 圆的圆心为辅助圆的圆心，绘制半径为 90 和 100 的辅助圆。

（6）以两个辅助圆的交点为圆心，绘制半径为 120 的连接圆，如图 10.20 所示。

（7）执行删除以及修剪命令，对内接圆弧的线条进行删除和修剪处理。

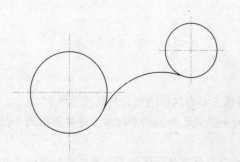

图 10.19　绘制外切圆弧

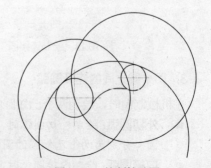

图 10.20　绘制辅助圆

10.1.2　典型案例——绘制卡盘主视图

案例目标

本案例将绘制如图 10.21 所示的卡盘主视图，通过本案例的练习，可进一步了解机械零件平面图的绘制。

效果图位置：【\第 10 课\源文件\卡盘主视图.dwg】

操作思路：

（1）执行图层命令，设置绘制过程中使用的图层。

（2）执行直线和圆等命令，绘制图形的辅助中心线以及图形的右上部分轮廓。

（3）执行修剪以及镜像等命令，完成卡盘主视图的绘制。

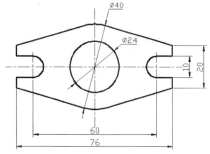

图 10.21　卡盘主视图

操作步骤

其具体操作如下。

（1）执行图层命令，新建两个图层。第一个图层名称为"中心线"，颜色设为红色，线型设置为"CENTER2"，其余参数默认；第二个图层名称为"轮廓线"，线宽属性为 0.3mm，其他属性默认。并将"中心线"层置为当前图层。

（2）执行直线命令，绘制轴孔辅助中心线，如图 10.22 所示，其命令操作如下：

命令:1	//执行直线命令
LINE	
指定第一点:	//在屏幕上指定一点作为起点
指定下一点或 [放弃(U)]:	//在屏幕上指定一点作为终点
指定下一点或 [放弃(U)]:	//按【Enter】键结束直线命令
命令:1	//执行直线命令
LINE	
指定第一点:	//在屏幕上指定一点作为起点
指定下一点或 [放弃(U)]:	//在屏幕上指定一点作为终点
指定下一点或 [放弃(U)]:	//按【Enter】键结束直线命令

（3）执行偏移命令，偏移距离为 30，绘制圆弧辅助中心线，如图 10.23 所示，其命令操作如下：

命令:o	//执行偏移命令
OFFSET	
当前设置: 删除源=否　图层=源　OFFSETGAPTYPE=0	
指定偏移距离或 [通过(T)/删除(E)/图层(L)] <通过>: 30	//指定偏移距离
选择要偏移的对象，或 [退出(E)/放弃(U)] <退出>:	//选择垂直辅助线
指定要偏移的那一侧上的点，或 [退出(E)/多个(M)/放弃(U)] <退出>:	//在垂直线右边拾取一点
选择要偏移的对象，或 [退出(E)/放弃(U)] <退出>:	//按【Enter】键结束偏移命令

图 10.22　绘制轴孔辅助中心线　　　　　图 10.23　绘制圆弧辅助中心线

（4）执行修剪命令，将圆弧辅助中心线修剪到合适长度。

（5）使用【图层】工具栏将"轮廓线"图层置为当前图层，如图 10.24 所示。

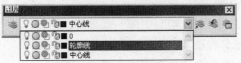

图 10.24　切换当前图层

（6）执行圆命令，以轴孔辅助中心线交点为圆心，分别绘制半径为 12 和 20 的圆，效果如图 10.25 所示，其命令操作如下：

命令: c	//执行圆命令
CIRCLE	
指定圆的圆心或 [三点(3P)/两点(2P)/相切、相切、半径(T)]:	//捕捉交点，如图 10.26 所示
指定圆的半径或 [直径(D)]: 12	//指定圆的半径
命令: c	//执行圆命令
CIRCLE	
指定圆的圆心或 [三点(3P)/两点(2P)/相切、相切、半径(T)]:	//捕捉交点
指定圆的半径或 [直径(D)] <12.0000>: 20	//指定圆的半径

图 10.25　绘制圆

图 10.26　捕捉交点

（7）执行圆弧命令，绘制图形右上圆弧部分，效果如图 10.27 所示，其命令操作如下：

命令: a	//执行圆弧命令
ARC	
指定圆弧的起点或 [圆心(C)]: c	//选择【圆心】选项
指定圆弧的圆心:	//捕捉辅助线右边的交点，如图 10.28 所示
指定圆弧的起点: @0,5	//以相对坐标方式指定圆弧起点
指定圆弧的端点或 [角度(A)/弦长(L)]: a	//选择【角度】选项
指定包含角: 90	//指定圆弧包含角度

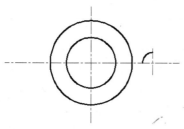

图 10.27　绘制圆弧

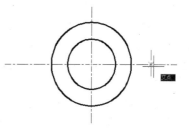

图 10.28　捕捉交点

（8）再次执行直线命令，绘制图形右上直线部分，其命令操作如下：

命令: line	//执行直线命令
指定第一点:	//捕捉圆弧端点，如图 10.29 所示
指定下一点或 [放弃(U)]: @8,0	//以相对坐标方式指定直线的下一点
指定下一点或 [放弃(U)]: @0,5	//以相对坐标方式指定直线的下一点
指定下一点或 [闭合(C)/放弃(U)]: _tan 到	//选择【切点】捕捉选项
到	//捕捉圆的切点，如图 10.30 所示
指定下一点或 [闭合(C)/放弃(U)]:	//按【Enter】键结束直线命令

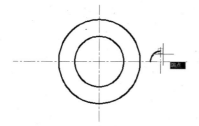

图 10.29　捕捉圆弧端点

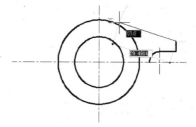

图 10.30　捕捉半径为 20 的圆的切点

（9）执行镜像命令，将图形的右上部分进行镜像复制，效果如图 10.31 所示，其命令操作如下：

命令: mirror	//执行镜像命令
选择对象:	//选择图形的右上部分，如图 10.32 所示
选择对象:	//按【Enter】键确定对象的选择
指定镜像线的第一点:	//捕捉半径为 20 的圆与垂直中心线的交点
指定镜像线的第二点:	//捕捉左侧垂直中心线上的任意一点
要删除源对象吗？[是(Y)/否(N)] <N>:	//按【Enter】键镜像并不删除源对象

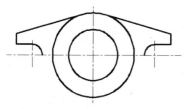

图 10.31　镜像图形右上部分

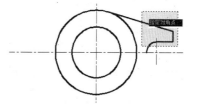

图 10.32　选择镜像对象

（10）再次执行镜像命令，对图形的上半部分进行镜像复制，效果如图 10.33 所示，其命令操作如下：

命令: mi	//执行镜像命令
MIRROR	
选择对象:	//选择图形的上半部分
选择对象:	//按【Enter】键确定对象的选择
指定镜像线的第一点:	//捕捉半径为5的圆弧与水平中心线的交点
指定镜像线的第二点:	//捕捉轴孔辅助中心线交点，如图10.34所示
要删源对象吗？[是(Y)/否(N)]<N>:	//按【Enter】键镜像并不删除源对象

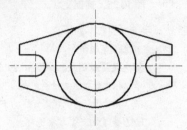

图 10.33　镜像图形上半部分

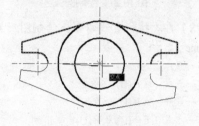

图 10.34　选择镜像线

（11）执行修剪命令，对半径为 20 的圆的多余部分进行修剪处理，效果如图 10.35 所示，其命令操作如下：

命令: tr	//执行修剪命令
TRIM	
当前设置:投影=UCS，边=无	
选择剪切边...	
选择对象或 <全部选择>:	//选择4条直线为剪切边，如图10.36所示
选择对象:	//按【Enter】键确定对象的选择
选择要修剪的对象，或按住 Shift 键选择要延伸的对象，或[栏选(F)/窗交(C)/投影(P)/边(E)/删除(R)/放弃(U)]:	//选择半径为20的圆的左右两侧圆弧
选择要修剪的对象，或按住 Shift 键选择要延伸的对象，或[栏选(F)/窗交(C)/投影(P)/边(E)/删除(R)/放弃(U)]:	//按【Enter】键结束修剪命令

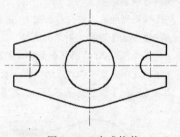

图 10.35　完成修剪

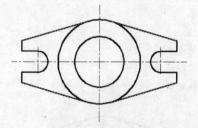

图 10.36　选择剪切边

案例小结

　　本案例绘制了卡盘主视图，在绘制的过程中，主要使用了直线、圆、圆弧、对象捕捉、偏移、镜像以及修剪等命令。通过本案例的绘制，可掌握机械平面图形的一般绘制方法及步骤，巩固直线、圆以及对象捕捉等绘图命令的操作方法。

10.2   绘制剖视图

在图形中一般采用虚线来表示机件的内部结构，但是，当机件的内部形状很复杂时，在图形中就会出现许多虚线，既不利于完整、清晰地表达机件形状结构，也不利于读图。为了解决这个问题，国家标准《机械制图》中规定了剖视图的绘制方法。

10.2.1   知识讲解

当机器零件的内部形状结构比较复杂时，利用剖视图可以表达零件内部形状，也可以使图样简化，给绘制和看图带来方便。剖视图主要包括全剖视图、半剖视图和局部剖视图等。

1.   剖视图基础

剖视图就是假想用一个剖切平面剖开机件，将处在观察者和剖切平面之间的部分移去而将其余部分向投影面投影所得到的图形。

剖视图的画法是将机件剖开来画，使其内部结构显现出来、表达更加清楚。由于剖切面是假想的，实际并没有把机件剖开。因此当机件的某一个视图画成剖视图以后，其他视图仍按完整的机件画出。

在绘制剖视图时，应注意以下几个方面的问题：

● 剖切面与机件接触的部分（截断面）规定要画出剖切符号。

● 为区别被剖切机件材料，GB/T17453—1998 中规定了各种材料的剖面符号的画法，如表 10.1 所示。当不需要在剖面区域中表示材料的类别时，所有材料的剖面符号均可以采用与金属材料相同的通用剖面线表示，通用剖面线应画成与水平方向成 45° 或 135° 的平行细实线。

● 对于同一材料的零件图，各个视图的剖面线的间隔相等，倾斜方向应相同。

表 10.1   部分特定的剖面符号

材料名称	剖面符号	材料名称		剖面符号	材料名称	剖面符号
金属材料（已有规定剖面符号的除外）		玻璃及供观察用的其他透明材料			混凝土	
线圈绕组元件		木材	纵剖面		钢筋混凝土	
转子、电枢、变压器和电抗器等的迭钢片			横剖面		砖	
非金属材料（已有规定剖面符号的除外）		木质胶合板（不分层数）			格网（筛网、过滤网等）	
型砂、粉末冶金、砂轮、陶瓷刀片、硬质合金刀片等		基础周围的泥土			液体	

2.   剖视图的画法及标注

在国家标准《技术制图》与《机械制图》中对断面图的画法及标注有严格规定。在绘制剖视图的过程中，应严格遵守这些规定，避免错误表达。

1）剖视图的画法

绘制剖视图一般遵循以下步骤：首先，确定剖切平面的位置，然后，画出剖切平面后面所有可见部分的投影，最后，画出剖面符号。其中，剖切平面一般与基本投影面平行，剖切平面位置一般应通过机件的对称面或回转轴线。

2）剖视图的标注及配置

画剖视图时，一般应在剖视图上方用大写字母标注剖视图的名称"×-×"，在相应的视图上用剖切符号表示剖切平面的位置，在剖切符号外端画出与剖切符号相垂直的箭头表示投影方向，在剖切符号与箭头外侧标出同样的字母，字母一律水平书写。

在标注剖视图时，应注意以下几个方面的问题：

● 为了不影响图形的清晰度，剖切符号应避免与图形轮廓线相交。

● 当剖视图按投影关系配置，而中间没有其他图形隔开时，可省略剖切符号的箭头。

● 当单一剖切平面通过机件的对称平面或基本对称的平面，且按剖视图的投影关系配置，中间又没有其他图形隔开，可省略剖切符号。

3．绘制全剖视图

全剖视图是指用剖切平面完全地剖开零件所得到的剖视图。全剖视图主要用于外形简单、内形相对复杂，且不对称的机件，或者用于外形简单的回转体零件。全剖视图可以将其完全剖开，以着重表达机件的内部结构形状，如图 10.37 所示。

绘制全剖视图时可以先绘出机件的主视图，但在绘制剖切面上的内部形状时也用实线表达，然后在剖切面中填充剖面线即可。

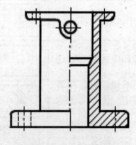

图 10.37　全剖视图

4．绘制半剖视图

当零件具有对称平面时，在垂直于对称平面的投影上投影，可以以对称中心线为界，其中一半绘制成为剖视图，而另一半则绘制为普通视图，这就是半剖视图。

半剖视图适于零件的内、外形都需要表达，而且形状又有对称性的机件。由于机件本身具有对称性或近似对称，所以可先绘制对称性图形的一半，然后再用 Mirror 命令复制出半剖视图的另一半，然后对不同的部分进行修改，最后对剖视图的剖面区域以剖面线进行填充即可。

在绘制半剖视图时，由于它的一半是普通视图，另一半是剖视图，所以二者的配置应符合机械制图的习惯。常常把普通视图放在左边，剖视图放在右边，如图 10.38 所示，在前后配置时，普通视图放在后边，剖视图放在前边。

图 10.38　半剖视图

5. 绘制局部剖视图

局部剖视图是指用剖切平面局部剖开机件所得到的剖视图。局部剖视图与视图的分界线为波浪线或双折线，波浪线不能与图形轮廓线重合，也不能画在轮廓线的延长线上。

局部剖视图主要用于下列情况：

● 机件上有部分内部结构形状需要表示，但是又没必要作全剖视，或内、外结构形状都要兼顾表达时。

● 实心零件上有孔、凹坑和键槽等需要表达时。

● 机件虽然对称，但不宜采用半剖视图表达时。

局部剖视图的表达方法比较灵活，它不受图形对称的限制，剖切的位置、范围都可以根据需要来确定。但是在同一个视图中，局部剖视图的数量不宜过多，否则图形过于破碎，影响看图，如图 10.39 所示。

> **注意：** 表示剖切范围的波浪线不能与图形上的其他图线重合，如果遇到孔和槽时，波浪线不能穿空而过，也不能超出轮廓线。

6. 绘制斜剖视图

除了在机械制图中常见的全剖视图、半剖视图、局部剖视图以外，还有斜剖视图。

当机件上倾斜部分的内部结构形状需要表达时，可以先选择一个与该倾斜部分平行的辅助投影面（不平行于任何基本投影面），然后用一个平行于该投影面的平面来剖切机件，之后将倾斜的部分投影到与剖切平面平行的投影面上，这样得到的剖视图称为斜剖视图，如图 10.40 所示。

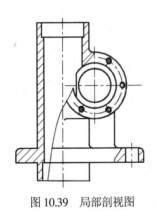

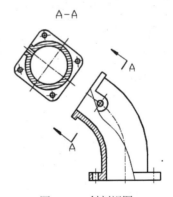

图 10.39　局部剖视图　　　　　图 10.40　斜剖视图

7. 绘制旋转剖视图

当机件的内部结构用一个剖切平面剖切不能完全表达，而这个机件在整体上又有回转轴时，可以用两个相交的剖切平面（交线垂直于某一基本投影面）剖开，再进行投影，这样得到的剖视图称为旋转视图。

采用这种方法画剖视图时，先假想按剖切位置剖开机件，然后将被剖切平面剖开的结构及其有关部分旋转到与选定的投影面平行后再进行投影，使剖视图既反应对象结构，又便于画图，如图 10.41 所示。

Computer

▶ ▶ ▶ ▶ ▶

8. 绘制阶梯剖视图

模型机件的内部层次较多，用一个剖切平面不能全部显示出来，这时就可以使用一组互相平行的剖切平面依次把它们切开，所得的图样就是阶梯剖视图，如图 10.42 所示。

除了这些剖视图以外，将斜剖视图、旋转剖视图和阶梯剖视图结合起来就可得到复合剖视图，常见的复合剖视图是把某一种剖视图与旋转剖视图结合起来。

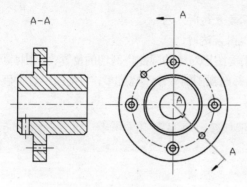

图 10.41　旋转剖视图

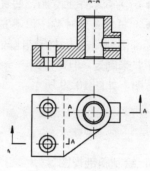

图 10.42　阶梯剖视图

10.2.2　典型案例——绘制端盖旋转剖视图

案例目标

本案例将绘制如图 10.43 所示的端盖旋转剖视图，通过本案例的练习，可进一步掌握旋转剖视图的绘制以及视图的表达方法等。

素材位置：【\第 10 课\素材\端盖.dwg】

效果图位置：【\第 10 课\源文件\端盖.dwg】

操作思路：

（1）打开"端盖.dwg"图形文件。

（2）使用构造线和直线等命令完成端盖轮廓、轴孔以及螺孔的绘制。

（3）使用填充命令，对剖面进行图案填充处理。

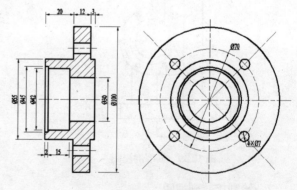

图 10.43　端盖

操作步骤

其具体操作如下。

（1）打开"端盖.dwg"图形文件，如图 10.44 所示。

（2）执行构造线命令，绘制水平辅助线，如图 10.45 所示，其命令操作如下：

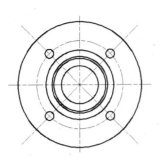

图 10.44　打开素材文件

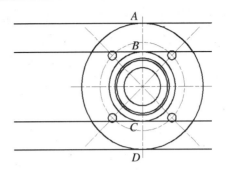

图 10.45　绘制水平辅助线

命令: xline	//执行构造线命令
指定点或 [水平(H)/垂直(V)/角度(A)/二等分(B)/偏移(O)]: h	//选择【水平】选项
指定通过点:	//捕捉圆与竖直辅助线的交点 A
指定通过点:	//捕捉圆与竖直辅助线的交点 B
指定通过点:	//捕捉圆与竖直辅助线的交点 C
指定通过点:	//捕捉圆与竖直辅助线的交点 D
指定通过点:	//按【Enter】键结束构造线命令

（3）再次执行构造线命令，利用构造线命令的【垂直】选项，绘制垂直辅助线，如图 10.46 所示，其命令操作如下：

命令: xline	//执行构造线命令
指定点或 [水平(H)/垂直(V)/角度(A)/二等分(B)/偏移(O)]: v	//选择【垂直】选项
指定通过点:	//在适当的位置拾取一点
指定通过点:	//按【Enter】键结束构造线命令

（4）再次执行构造线命令，利用构造线命令的【偏移】选项，对垂直辅助线进行偏移，如图 10.47 所示，其命令操作如下：

命令: xline	//执行构造线命令
指定点或 [水平(H)/垂直(V)/角度(A)/二等分(B)/偏移(O)]: o	//选择【偏移】选项
指定偏移距离或 [通过(T)] <通过>: 3	//指定偏移距离
选择直线对象:	//选择垂直线
指定偏移的方向:	//在垂直线左边拾取一点
选择直线对象:	//按【Enter】键结束构造线命令

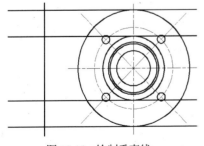

图 10.46　绘制垂直线

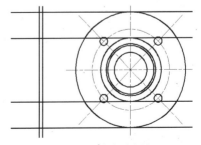

图 10.47　偏移垂直线

（5）再次执行构造线命令，利用构造线的【偏移】选项分别将偏移后的垂直线向左进行偏移，其偏移距离分别为 12 和 32，如图 10.48 所示。

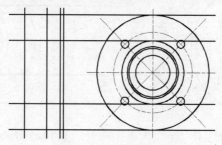

图 10.48　偏移垂直线

（6）执行修剪命令，对辅助线进行修剪处理，得到端盖主视图轮廓，如图 10.49 所示。

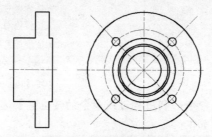

图 10.49　修剪端盖主视图

（7）执行直线命令，绘制直线，如图 10.50 所示，其命令操作如下：

命令: line	//执行直线命令
指定第一点: from	//选择【捕捉自】对象捕捉模式
基点: end	//选择【端点】捕捉选项
于	//捕捉直线的端点 A
<偏移>: @0,5	//指定直线的第一点 B
指定下一点或 [放弃(U)]: @2,0	//指定直线的第二点 C
指定下一点或 [放弃(U)]: @0,45	//指定直线的第三点 D
指定下一点或 [闭合(C)/放弃(U)]: @-2,0	//指定直线的第四点 E
指定下一点或 [闭合(C)/放弃(U)]:	//按【Enter】键结束直线命令

（8）再次执行直线命令，绘制如图 10.51 所示的直线，其命令操作如下：

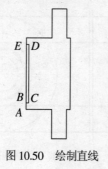

图 10.50　绘制直线

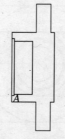

图 10.51　绘制其他直线

命令: line	//执行直线命令
指定第一点: from	//选择【捕捉自】对象捕捉模式
基点: end	//选择【端点】捕捉模式
于	//捕捉直线的端点 A
<偏移>: @0,1,5	//指定直线的第一点
指定下一点或 [放弃(U)]: @15,0	//指定直线的第二点
指定下一点或 [放弃(U)]: @0,42	//指定直线的第三点
指定下一点或 [闭合(C)/放弃(U)]: @-15,0	//指定直线的第四点
指定下一点或 [闭合(C)/放弃(U)]:	//按【Enter】键结束直线命令

（9）再次执行直线命令，绘制轴孔的定位直线，如图 10.52 所示，其命令操作如下：

命令: line	//执行直线命令
指定第一点: from	//选择【捕捉自】对象捕捉模式
基点: mid	//选择【中点】捕捉模式
于	//捕捉直线的中点 A
<偏移>: @5,0	//指定直线的起点
指定下一点或 [放弃(U)]: @-45,0	//指定直线的端点
指定下一点或 [放弃(U)]:	//按【Enter】键结束直线命令

（10）执行直线命令，绘制轴孔的一条边，效果如图 10.53 所示，其命令操作如下：

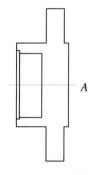

图 10.52　绘制轴线

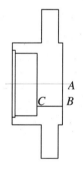

图 10.53　绘制轴孔线

命令: line	//执行直线命令
指定第一点: from	//选择【捕捉自】对象捕捉模式
基点: int	//选择【交点】捕捉模式
于	//捕捉直线的中点 A
<偏移>: @0,-15	//指定直线的起点 B
指定下一点或 [放弃(U)]: per	//选择【垂足】捕捉模式
到	//捕捉直线到垂线的垂足点 C
指定下一点或 [放弃(U)]:	//按【Enter】键结束直线命令

（11）执行直线命令，绘制轴孔的另一条直线，如图 10.54 所示。

（12）执行直线命令，绘制螺孔定位线段，并将该定位线段置于"中心线"图层，如图 10.55 所示，其命令操作如下：

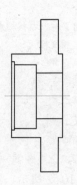

图 10.54　完成轴孔的绘制

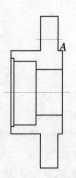

图 10.55　绘制螺孔定位线

命令: line	//执行直线命令
指定第一点: from	//选择【捕捉自】对象捕捉模式
基点: end	//选择【端点】捕捉模式
于	//捕捉直线的端点 A
<偏移>: @3,7.5	//指定直线的起点
指定下一点或 [放弃(U)]: @-18,0	//指定直线的端点
指定下一点或 [放弃(U)]:	//按【Enter】键结束直线命令

（13）执行直线命令，绘制螺孔的一条边，如图 10.56 所示，其命令操作如下：

命令: line	//执行直线命令
指定第一点: from	//选择【捕捉自】对象捕捉模式
基点: int	//选择【交点】捕捉模式
于	//捕捉直线的交点 A
<偏移>: @0,-3.5	//指定直线的起点 B
指定下一点或 [放弃(U)]: per	//选择【垂足】捕捉模式
到	//捕捉垂足 C
指定下一点或 [放弃(U)]:	//按【Enter】键结束直线命令

（14）执行直线命令，完成螺孔另外一条边的绘制，并用镜像命令完成另一螺孔的绘制，如图 10.57 所示。

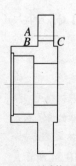

图 10.56　绘制螺孔边

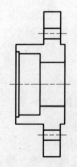

图 10.57　完成剖面轮廓的绘制

（15）执行图案填充命令，打开【图案填充和渐变色】对话框，如图 10.58 所示。

（16）在【图案填充和渐变色】对话框【类型和图案】栏的【图案】下拉列表框中选择【ANSI31】选项，在【角度和比例】栏的【比例】下拉列表框中设置图案填充时的比例为"1"。

（17）单击【图案填充和渐变色】对话框右上角的【添加：拾取点】按钮，返回绘图区。在绘图区中选择要进行图案填充的填充区域，按【Enter】键返回【图案填充和渐变色】对话框，单击 确定 按钮，完成图形的填充，如图 10.59 所示。

图 10.58　【图案填充和渐变色】对话框

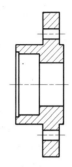

图 10.59　填充图案

案例小结

本案例绘制了端盖旋转剖视图，在绘制本案例的过程中，根据左视图利用构造线以及偏移和修剪等命令，绘制座体主视图轮廓，最后进行图案填充操作。通过本案例的练习，可了解并掌握剖视图的绘制方法，进一步巩固构造线、修剪以及图案填充等命令的使用。

10.3　绘制断面图

在机械图形的绘制过程中，为了表达机件的内部结构，除了剖视图外，还有一种表达机件断面形状结构的方法，即断面图。

10.3.1　知识讲解

断面图是假想用一个剖切平面将机件的某处切断，只画出该剖切面与物体接触部分的图形。断面图主要用来表达机件某一部分的断面形状，如键槽、肋板、辐条等结构。

1. 断面图基础

根据断面图在绘制时所配置的位置，可以将断面图分为移出断面和重合断面两种。

断面图与剖视图是两个不同的概念，它们的区别主要表现在以下两点：

- 断面图主要用于表达物体的断面形状，而剖视图主要用于表达物体的内部形状。
- 断面图只绘制物体与剖切面相接触部分的图形，而不绘制剖切面后面结构的投影；而剖视图不仅要绘制物体与剖切面相接触部分的图形，还要绘制剖切面后面所有部分的投影。

2．绘制移出断面图

画在视图外面的断面图，称为移出断面图，如图 10.60 所示。移出断面图的轮廓线用粗实线画出，并应尽量配置在断面符号或剖切位置的延长线上。必要时，也可将移出断面配置在其他适当的位置。剖切平面一般应垂直于被剖切部分的主要轮廓线。由两个相交平面切出的移出断面，在中间部分就断开。当剖切平面通过机件上的圆孔或圆孔的轴线时，这些结构应按剖视画出。

配置在剖切线延长线上的不对称移出断面，需要用两处粗短线表示剖切面位置，在粗短线两端用箭头表示投影方向。没有配置在剖面线延长线上的移出断面，都应画出剖切面位置符号，并用字母标出断面图名称。如果断面图不对称，则还需要用箭头表示投影方向。但按投影关系配置的移出断面，可省略箭头。

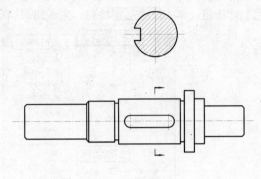

图 10.60　移出断面

3．绘制重合断面图

在不影响图形清晰的条件下，断面也可以画在视图的里面，这种断面图称为重合断面图，如图 10.61 所示。在绘制重合断面图时，重合断面图的轮廓线应使用细实线绘制；当视图的轮廓与重合断面的图形重合时，视图的轮廓线仍需要完整画出，不可间断。

对于不对称重合断面，需要画出剖切面位置符号和箭头，可省略字母。对称的重合断面，可省略全部标注。

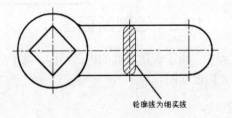

轮廓线为细实线

图 10.61　重合断面

4．其他表达方法

为了满足各种机件的表达要求，国家标准《机械制图》的"图样画法"中还规定了一些其他表达方法和简化画法，部分列举如下：

● 当机件上某些局部细小结构因图形过小而表达不够清楚或不便于标注尺寸时，可将该部分结构用大于原图的比例画出。在画局部放大图时，应当用细实线圈出放大部位。局部放大图应尽量画在被放大部位附近。当同一机件有几个放大部位时，必须用罗马数字有顺序地注明，并在放大图的上方标注相应的罗马数字和采用的比例。

- 当回转体机件上均匀分布的肋、轮辐和孔等结构不处于剖切平面时，可将这些结构假想旋转到剖切平面上画出。

- 在圆柱上因钻小孔、铣键槽或铣方头等出现的交线允许省略或简化，但必须有一个视图已清楚地表示了孔、槽的形状。

- 在不致引起误解时，零件图中的小圆角、锐边的小倒圆角或 45° 小倒角允许省略不画，但必须注明尺寸或在技术要求中加以说明。

- 在不致引起误解时，对于对称机件的视图可只画一半，并在对称中心线的两端画出两条与其垂直的平行细实线。

- 对于较长的机件（如轴、杆或型材等），当沿长度方向的形状一致或按一定规律变化时，可将其断开缩短画出，但尺寸仍要按机件的实际长度标注。

- 当机件具有若干直径相同，且成规律分布的孔（圆孔、螺孔和沉孔）时，可以仅画出一个或几个，其余只需要用点画线表示其中心位置，但在零件图中应注明孔的总数。

- 当机件具有若干相同结构（如齿和槽等），并且这些结构按一定规律分布时，只需画出几个完整的结构，其余用细实线连接，但在零件图中应注明它的总数。

10.3.2　典型案例——绘制阶梯轴断面图

案例目标

本案例将绘制阶梯轴断面图，如图 10.62 所示。通过本案例的练习，可进一步了解断面图形的绘制方法。

素材位置：【\第 10 课\素材\阶梯轴.dwg】

效果图位置：【\第 10 课\源文件\阶梯轴断面图.dwg】

操作思路：

（1）打开"阶梯轴.dwg"图形文件。

（2）执行构造线命令，绘制断面图的定位中心线。

（3）使用圆、偏移以及修剪等命令绘制断面图轮廓。

（4）执行图案填充命令，对断面图进行图案填充处理。

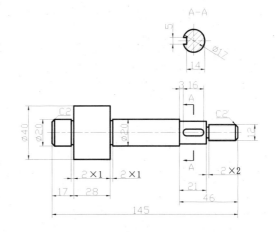

图 10.62　阶梯轴断面图

操作步骤

其具体操作如下。

（1）选择【文件】→【打开】命令，打开"阶梯轴.dwg"图形文件，如图 10.63 所示。

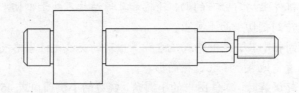

图 10.63　阶梯轴原始图形

（2）执行多段线命令，绘制剖面符号，如图 10.64 所示，其命令操作如下：

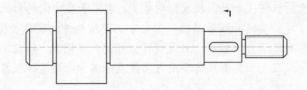

图 10.64　绘制剖面符号

命令: pl	//执行多段线命令
PLINE	
指定起点:	//在键槽上方拾取一点
当前线宽为 0.0000	
指定下一个点或 [圆弧(A)/半宽(H)/长度(L)/放弃(U)/宽度(W)]: w	//选择【宽度】选项
指定起点宽度 <0.0000>: 0.6	//指定多段线的起点宽度
指定端点宽度 <0.6000>:	//指定多段线的端点宽度
指定下一个点或 [圆弧(A)/半宽(H)/长度(L)/放弃(U)/宽度(W)]: 3	//鼠标向上移，并输入长度
指定下一点或 [圆弧(A)/闭合(C)/半宽(H)/长度(L)/放弃(U)/宽度(W)]: w	//选择【宽度】选项
指定起点宽度 <0.6000>: 0.2	//指定多段线的起点宽度
指定端点宽度 <0.2000>:	//指定多段线的端点宽度
指定下一点或 [圆弧(A)/闭合(C)/半宽(H)/长度(L)/放弃(U)/宽度(W)]: 1.2	//鼠标向左移，并输入长度
指定下一点或 [圆弧(A)/闭合(C)/半宽(H)/长度(L)/放弃(U)/宽度(W)]: w	//选择【宽度】选项
指定起点宽度 <0.2000>: 1.2	//指定多段线的起点宽度
指定端点宽度 <1.2000>: 0	//指定多段线的端点宽度
指定下一点或 [圆弧(A)/闭合(C)/半宽(H)/长度(L)/放弃(U)/宽度(W)]: 2.5	//鼠标向左移，并输入长度
指定下一点或 [圆弧(A)/闭合(C)/半宽(H)/长度(L)/放弃(U)/宽度(W)]:	//按【Enter】键结束命令

（3）执行镜像命令，将绘制的剖面符号进行镜像，如图 10.65 所示，其命令操作如下：

命令: mi	//执行镜像命令
MIRROR	
选择对象:	//选择多段线
选择对象:	//按【Enter】键确定对象的选择
指定镜像线的第一点:	//捕捉左端垂直线与中心线的交点
指定镜像线的第二点:	//捕捉右端垂直线与中心线的交点
要删除源对象吗? [是(Y)/否(N)] <N>:	//镜像时不删除源对象

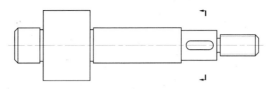

图 10.65　镜像复制剖面符号

（4）执行构造线命令，利用构造线命令的【垂直】选项，在过剖面符号的端点处绘制垂直辅助线，如图 10.66 所示，其命令操作如下：

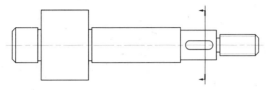

图 10.66　绘制垂直辅助线

命令: xl	//执行构造线命令
XLINE	
指定点或 [水平(H)/垂直(V)/角度(A)/二等分(B)/偏移(O)]: v	//选择【垂直】选项
指定通过点:	//捕捉剖面符号的端点
指定通过点:	//按【Enter】键结束构造线命令

（5）再次执行构造线命令，绘制水平辅助线，如图 10.67 所示 ，其命令操作如下：

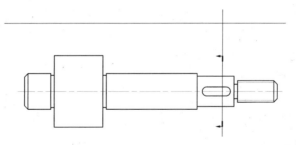

图 10.67　绘制水平辅助线

命令: xl	//执行构造线命令
XLINE	
指定点或 [水平(H)/垂直(V)/角度(A)/二等分(B)/偏移(O)]: h	//选择【水平】选项
指定通过点:	//指定水平辅助线的位置
指定通过点:	//按【Enter】键结束构造线命令

（6）执行圆命令，绘制剖面轮廓，如图 10.68 所示，其命令操作如下：

命令: c	//执行圆命令
CIRCLE	
指定圆的圆心或 [三点(3P)/两点(2P)/相切、相切、半径(T)]:	//捕捉辅助线的交点
指定圆的半径或 [直径(D)]: d	//选择【直径】选项
指定圆的直径: 17	//指定圆的直径

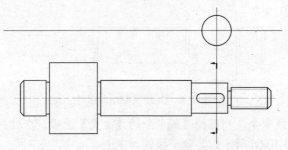

图 10.68　绘制剖面轮廓

（7）执行修剪命令，对辅助线条进行修剪处理，如图 10.69 所示，其命令操作如下：

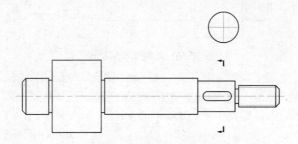

图 10.69　修剪辅助线条

命令: tr	//执行修剪命令
TRIM	
当前设置:投影=UCS，边=无	
选择剪切边...	
选择对象或 <全部选择>:	//选择圆
选择对象:	//确定对象的选择
选择要修剪的对象，或按住 Shift 键选择要延伸的对象，或	
[栏选(F)/窗交(C)/投影(P)/边(E)/删除(R)/放弃(U)]:	//选择圆以外的辅助线条
选择要修剪的对象，或按住 Shift 键选择要延伸的对象，或	
[栏选(F)/窗交(C)/投影(P)/边(E)/删除(R)/放弃(U)]:	//按【Enter】键结束修剪命令

（8）执行缩放命令，将修剪后的辅助线进行放大，其比例因子为 1.3，如图 10.70 所示，其命令操作如下：

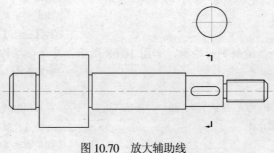

图 10.70　放大辅助线

命令: sc	//执行缩放命令
SCALE	
选择对象:	//选择辅助线
选择对象:	//按【Enter】键确定对象的选择
指定基点:	//捕捉辅助线的交点
指定比例因子或 [复制(C)/参照(R)] <1.0000>: 1.3	//指定比例因子

（9）选择剖面辅助线，然后将辅助线的线型更改为点画线，如图 10.71 所示。

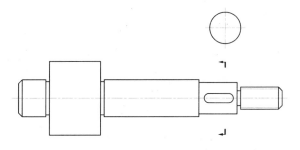

图 10.71　更改辅助线线型

（10）执行偏移命令，将水平辅助线向上、向下进行偏移，其偏移距离为 2.5，如图 10.72 所示，其命令操作如下：

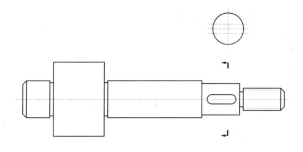

图 10.72　偏移水平辅助线

命令: o	//执行偏移命令
OFFSET	
当前设置: 删除源=否　图层=源　OFFSETGAPTYPE=0	
指定偏移距离或 [通过(T)/删除(E)/图层(L)] <通过>: 2.5	//指定偏移距离
选择要偏移的对象，或 [退出(E)/放弃(U)] <退出>:	//选择水平辅助线
指定要偏移的那一侧上的点，或 [退出(E)/多个(M)/放弃(U)] <退出>:	//在水平辅助线上方拾取一点
选择要偏移的对象，或 [退出(E)/放弃(U)] <退出>:	//选择水平辅助线
指定要偏移的那一侧上的点，或 [退出(E)/多个(M)/放弃(U)] <退出>:	//在水平辅助线下方拾取一点
选择要偏移的对象，或 [退出(E)/放弃(U)] <退出>:	//按【Enter】键结束偏移命令

（11）再次执行偏移命令，将垂直辅助线向左进行偏移，其偏移距离为 5.5，如图 10.73 所示，其命令操作如下：

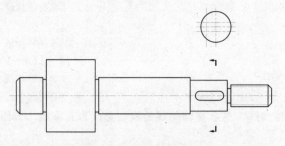

图 10.73　偏移垂直辅助线

命令: o	//执行偏移命令
OFFSET	
当前设置: 删除源=否　图层=源　OFFSETGAPTYPE=0	
指定偏移距离或 [通过(T)/删除(E)/图层(L)] <通过>:　5.5	//指定偏移距离
选择要偏移的对象, 或 [退出(E)/放弃(U)] <退出>:	//选择垂直辅助线
指定要偏移的那一侧上的点, 或 [退出(E)/多个(M)/放弃(U)] <退出>:	在垂直辅助线左方拾取一点
选择要偏移的对象, 或 [退出(E)/放弃(U)] <退出>:	//按【Enter】键结束偏移命令

（12）执行修剪命令，对断面图进行修剪处理，然后更改修剪后线条的线型及线宽，如图 10.74 所示。

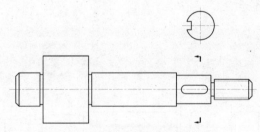

图 10.74　修剪断面图

（13）执行图案填充命令，打开【图案填充和渐变色】对话框，如图 10.75 所示。

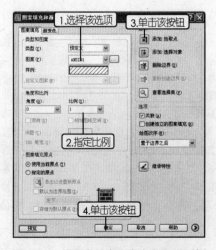

图 10.75　【图案填充和渐变色】对话框

（14）在【类型和图案】栏的【图案】下拉列表框中选择【ANSI31】选项，在【角度和比例】栏的【比例】下拉列表框中选择图案的填充比例为 "1"。

（15）单击【图案填充和渐变色】对话框右上角的【添加：拾取点】按钮，进入绘图区。

（16）在绘图区中选择要进行图案填充的填充区域，按【Enter】键返回【图案填充和渐变色】对话框，单击 确定 按钮，完成断面图的填充，如图 10.76 所示。

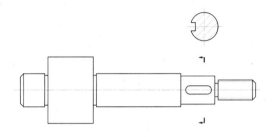

图 10.76　阶梯轴断面图

案例小结

本案例绘制了阶梯轴断面图。在绘制的过程中，主要使用了多段线绘制剖切符号，然后在剖切符号的基础上，使用构造线、圆、偏移、修剪以及图案填充命令绘制其断面。通过本案例的绘制，可掌握移出断面图形的绘制方法，巩固图案填充以及修剪等图形命令的使用。

10.4　上机练习

10.4.1　绘制齿轮轴套

本次练习将绘制齿轮轴套图形，如图 10.77 所示。通过本次练习，可进一步巩固机械图形中视图的表达方法及全剖视图的画法。

效果图位置：【\第 10 课\源文件\齿轮轴套.dwg】

操作思路：

● 执行构造线、直线以及倒角等命令，绘制齿轮轴套主视图。

● 使用圆、偏移以及修剪等命令，绘制齿轮轴套键槽。

● 执行填充命令对剖面进行填充。

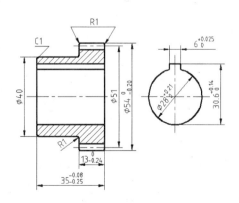

图 10.77　齿轮轴套

10.4.2 绘制丝杆断面图

本次练习将绘制丝杆断面图，如图 10.78 所示。通过本次练习，可掌握移出断面图的绘制方法。

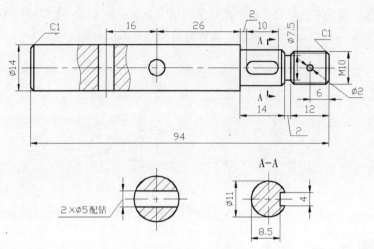

图 10.78　丝杆断面图

素材位置：【\第 10 课\素材\丝杆.dwg】

效果图位置：【\第 6 课\源文件\丝杆断面图.dwg】

操作思路：

● 选择【文件】→【打开】命令，打开"丝杆.dwg"图形文件。

● 使用多段线命令绘制剖面符号，再使用构造线、圆、偏移以及修剪等命令绘制断面轮廓。

● 使用图案填充命令对断面进行图案填充。

10.5 疑难解答

问：绘制垂直关系的平面图形时，倾斜的图形不易绘制，有什么方法能够快捷地绘制出倾斜的垂直关系图形？

答：绘制垂直关系的图形时，主要有两种情况，一种是水平线与垂直线的垂直关系，而另外一种则是任意角度上的垂直关系。对于在任意角度上不容易完成的垂直关系的图形，可以在"正交"状态下进行绘制，然后再使用旋转命令对绘制的图形进行旋转即可。也可以使用"极轴"功能，将所需的角度添加为"附加角"，再启用极轴追踪的方法来完成图形的绘制。

问：在对图形进行编辑的过程中，如果多选了图形对象，但又不想结束命令以重新选择，该如何处理？

答：在选择编辑中，有时不小心多选了某个图形，此时在命令未结束下并不需要取消命令重新选择，只需要在【选择目标】的提示后输入"Remove"，然后按【Enter】键，再在提示下逐一选择多选的图形即可。

10.6　课后练习

1．填空题

（1）在 AutoCAD 中绘制平行关系的图形，主要使用_____和_____命令来实现。

（2）局部剖视图与视图的分界线是_____或_____，波浪线不能与图形轮廓线重合，也不能画在轮廓线的延长线上。

2．选择题

（1）绘制相交图形时，一般在原图的基础上使用（　　）命令使图形相交。

  A．Extend   B．Offset

  C．Array   D．Xline

（2）在绘制机械平面图时，一般来说 Mirror 命令用于绘制（　　）关系的图形。

  A．垂直   B．平行

  C．相交   D．对称

3．问答题

（1）在机械绘图中，平面图主要有哪些特殊关系？

（2）什么是断面图？什么是剖视图？两者有什么区别？

（3）机械制图中有哪些简化画法？

4．上机题

参照本课所讲的知识，绘制通用零件图形，如图 10.79 所示。通过本次上机操作，可巩固局部剖视图的绘制方法。

效果图位置：【\第 10 课\源文件\通用零件.dwg】

提示： 先执行直线以及偏移等命令绘制主视图，并用填充命令完成剖面部分的填充，然后用构造线命令绘制左视图辅助线，使用圆命令绘制左视图，然后执行修剪和删除命令处理多余的线段。

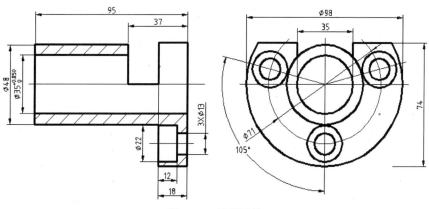

图 10.79　通用零件

第11课

绘制零件图与装配图

本课要点

- 绘制零件图
- 绘制装配图

具体要求

- 掌握零件图的绘制方法
- 熟悉装配图的绘制方法

本课导读

利用 AutoCAD 2008 来绘制机械零件图、装配图十分快捷，在绘制零件图之前，如果将绘图环境、图框和标题栏设置好，绘制图形时只需要调用其模板文件即可轻松完成，从而可提高绘图效率。

- 机械零件图：轴套、叉架和蜗轮等零件图的绘制。
- 装配图：支撑梁等机械零件装配图的绘制。

11.1　绘制零件图

零件图是在生产中指导制造和检验零件的图样，它不仅要将零件的材料、内外结构、形状和大小表达清楚，而且还要对零件的加工、检验和测量提供必要的技术要求。

11.1.1　知识讲解

在对零件结构形状进行分析时，首先应根据零件的工作位置或加工位置，选择最能反映零件特征的视图作为主视图，然后再选取其他视图。选取其他视图时，应在能表达零件内外结构、形状的前提下，尽量减少图形数量，以便画图和看图。其中零件图主要包括以下几项内容。

- **一组视图**：用一组视图、剖视图、断面图或局部放大图等完整、清晰地表达零件的结构形状。
- **尺寸数据**：在零件图中应正确、完整、清晰、合理地标注零件制造和检验所需要的全部尺寸。
- **技术要求**：在零件图中必须用规定的代号、数字和文字简明地表示出在制造和检验时所应达到的技术要求，如尺寸公差、形位公差、表面粗糙度、热处理等。
- **标题栏**：在零件图中用标题栏写出零件名称、数量、比例、图号，以及设计、制图和校核人员等。

1. 绘制轴套类零件图

在机械设计中，轴套类零件是很普遍的一类零件，主要包括轴、衬套等零件，轴套类零件的结构形状一般比较简单，一般具有轴向尺寸大于径向尺寸的特点，且多有倒角、圆角、键槽、螺纹和中心孔等结构，如图 11.1 所示。

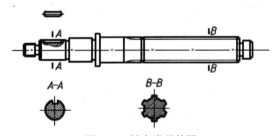

图 11.1　轴套类零件图

绘制轴套类零件图时，视图选择一般遵循下列原则和方法：

- 一般只用一个主视图来表示轴上各轴段长度、直径及各种结构的轴向位置。轴体水平放置，与车削、磨削的加工状态一致，便于加工者看图。
- 实心轴主视图以显示外形为主，局部孔、槽可采用局部剖视图来表达。
- 键槽、花键等结构需要画单独的断面图，既能清晰表达结构细节，又有利于尺寸和技术要求的标注。
- 当轴较长时，可采用断开后缩短绘制的画法。必要时，有些细节结构可用局部放大图表达。

2．绘制轮盘类零件图

轮盘类零件主要包括阀盖、法兰和端盖等零件。这类零件一般具有径向尺寸大于轴向尺寸的特点，且其上常有孔、肋板和轮辐等结构，如图 11.2 所示。

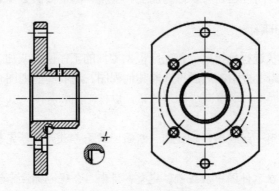

图 11.2　轮盘类零件图

绘制轮盘类零件图时，视图选择一般遵循下列原则和方法：

- 一般都以过中心轴线的全剖视或取旋转剖的全剖视图为主视图，中心轴线水平放置，与车削、磨削时的加工状态一致，便于加工者看图。
- 用侧视图表达孔、槽的分布情况，某些局部细节需要用局部放大图表示。

3．绘制叉架类零件图

叉架类零件主要包括拨叉、连杆和支座等类型的零件。该类零件结构形状较为复杂及不规则，连接部分多是断面有变化的肋板结构，支撑部分和弯曲部分多有油槽、螺孔和沉孔等架构，如图 11.3 所示。

绘制叉架类零件图时，视图选择一般遵循下列原则和方法：

- 以最能表示零件结构、形状特征的视图为主视图。
- 因常有形状扭斜，仅用基本视图往往不能完整表达真实形状，所以常用斜视图、局部视图和斜剖视图等表达方法。
- 当杆类零件较长时，可采用断开后缩短绘制的画法。

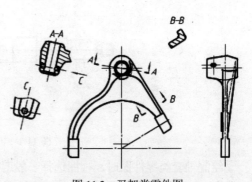

图 11.3　叉架类零件图

4．绘制箱体类零件图

箱体类零件主要包括阀体、座体和缸体等零件，通常是机械部件的主要零件之一。该类零件内外结构都比较复杂，且多有安装孔、螺孔、肋板和凸台等结构。箱体类零件一般需要 3 个或 3 个以上的基本视图以及一些灵活的表达方法，如局部视图、局部剖视图、局部放大图和斜视图来表达，如图 11.4 所示。

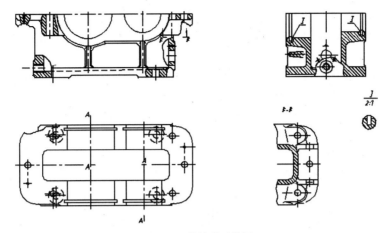

图 11.4　箱体类零件图

绘制箱体类零件图时，视图选择一般遵循下列原则和方法：

- 以能反映箱体工作状态且表示结构、形状特征作为选择主视图的出发点。
- 箱体类零件的功能特点决定了其结构和加工要求的重点在于内腔，所以应大量地采用剖视画法。
- 选取剖视时一般以把完整孔形剖出为原则，当轴孔不在同一平面时，要善于使用局部剖视图、阶梯剖视图和复合剖视图表达。
- 为表达完整和减少视图数量，可适当使用虚线，但要注意不可多用且需要容易理解。

11.1.2　典型案例——绘制蜗轮零件图

案例目标

本案例将绘制轮盘类零件中的蜗轮，如图 11.5 所示。通过本案例的练习，可掌握零件图的基本绘制方法和绘制技巧等。

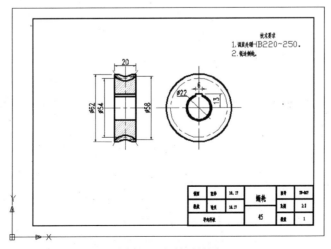

图 11.5　蜗轮零件图

素材位置：【\第 11 课\素材\A4 图纸.dwg】

效果图位置：【\第 11 课\源文件\蜗轮.dwg】

操作思路：

（1）调用已设置好尺寸样式、文字样式、图框和标题栏的模板文件"A4 图纸.dwg"。

（2）执行绘图以及编辑命令，绘制蜗轮主视图以及左视图。

（3）执行尺寸以及文本标注命令，对图形进行尺寸标注、文字标注及填写标题栏等。

操作步骤

本案例分为两个步骤：第一步，绘制蜗轮；第二步，标注图形。其具体操作如下。

1. 绘制蜗轮

打开模板文件，通过执行构造线命令和偏移命令等绘制出涡轮主视图及左视图，其具体操作如下。

（1）选择【文件】→【打开】命令，打开"A4 图纸.dwg"图形文件，如图 11.6 所示。

（2）执行构造线命令，绘制水平以及垂直辅助线，如图 11.7 所示，其命令操作如下：

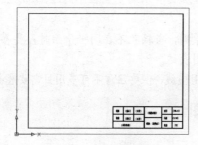

图 11.6　打开模板文件

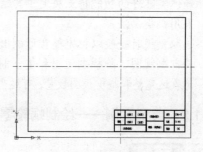

图 11.7　绘制辅助线

命令: xl	//执行构造线命令
XLINE	
指定点或 [水平(H)/垂直(V)/角度(A)/二等分(B)/偏移(O)]:	//在屏幕上指定一点
指定通过点:	//在水平方向拾取一点
指定通过点:	//在垂直方向拾取一点
指定通过点:	//按【Enter】键结束构造线命令

（3）执行偏移命令，将垂直辅助线向左偏移，偏移距离为 70，如图 11.8 所示。

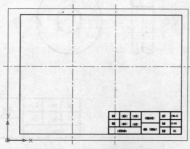

图 11.8　偏移垂直辅助线

（4）执行圆命令，绘制半径为 27 的圆辅助线，如图 11.9 所示。

（5）将"轮廓线"图层切换为当前图层。执行圆命令，绘制半径为 11 的轴孔，如图 11.10 所示。

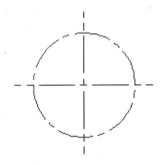

图 11.9　绘制圆辅助线

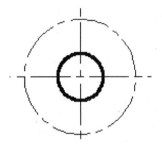

图 11.10　绘制轴孔

（6）执行偏移命令，将半径为 11 的圆向外进行偏移，其偏移距离为 1，绘制出轴孔倒角，如图 11.11 所示，其命令操作如下：

```
命令: o                                        //执行偏移命令
OFFSET
当前设置: 删除源=否  图层=源  OFFSETGAPTYPE=0
指定偏移距离或 [通过(T)/删除(E)/图层(L)] <通过>: 1        //指定偏移距离
选择要偏移的对象, 或 [退出(E)/放弃(U)] <退出>:           //选择半径为 11 的圆
指定要偏移的那一侧上的点, 或 [退出(E)/多个(M)/放弃(U)] <退出>:   //在圆的外侧拾取一点
选择要偏移的对象, 或 [退出(E)/放弃(U)] <退出>:           //按【Enter】键结束偏移命令
```

（7）再次执行偏移命令，将半径为 11 的圆向外进行偏移，其偏移距离为 20，绘制出蜗轮外轮廓圆，如图 11.12 所示。

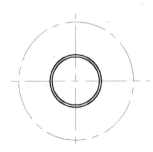

图 11.11　绘制轴孔倒角

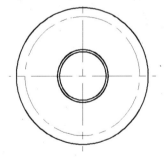

图 11.12　绘制蜗轮外轮廓圆

（8）执行构造线命令，绘制键槽顶部线段，其命令操作如下：

```
命令: xl                                       //执行构造线命令
XLINE
指定点或 [水平(H)/垂直(V)/角度(A)/二等分(B)/偏移(O)]:o   //选择【偏移】选项
指定偏移距离或 [通过(T)] <0.00>:13                //输入偏移距离
选择直线对象:                                  //选择水平辅助线
指定向哪侧偏移:                                //在水平辅助线上方拾取一点
```

| 选择直线对象： | //按【Enter】键结束构造线命令 |

（9）再次执行构造线命令，绘制键槽两侧的线段，如图 11.13 所示，其命令操作如下：

命令：xl	//执行构造线命令
XLINE	
指定点或 [水平(H)/垂直(V)/角度(A)/二等分(B)/偏移(O)]：o	//选择【偏移】选项
指定偏移距离或 [通过(T)] <13.00>：3	//输入偏移距离
选择直线对象：	//选择垂直辅助线
指定向哪侧偏移：	//在垂直辅助线左边拾取一点
选择直线对象：	//再次选择垂直辅助线
指定向哪侧偏移：	//在垂直辅助线右边拾取一点
选择直线对象：	//按【Enter】键结束构造线命令

（10）执行修剪命令，对蜗轮轴孔及键槽的多余线条进行修剪处理，如图 11.14 所示。

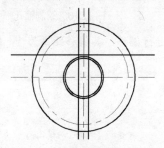

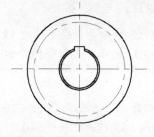

图 11.13　绘制键槽两侧的线段　　　　　图 11.14　修剪线条

（11）执行偏移命令，将水平辅助线向下偏移，偏移距离分别为 38、40，如图 11.15 所示。

（12）执行圆命令，以最下方水平线与最左侧垂直线的交点为圆心绘制半径为 13 的圆，并将该圆置于"中心线"图层上，如图 11.16 所示。

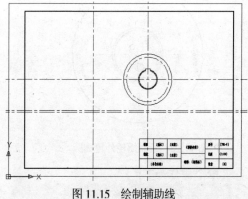

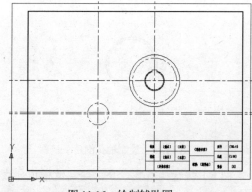

图 11.15　绘制辅助线　　　　　　　　图 11.16　绘制辅助圆

（13）执行构造线命令，绘制蜗轮主视图的辅助线，如图 11.17 所示。

（14）再次执行构造线命令，绘制蜗轮主视图侧边线条，如图 11.18 所示，其命令操作如下：

| 命令：xl | //执行构造线命令 |
| XLINE | |

指定点或 [水平(H)/垂直(V)/角度(A)/二等分(B)/偏移(O)]:o	//选择【偏移】选项
指定偏移距离或 [通过(T)] <40.00>:10	//输入偏移距离
选择直线对象:	//选择垂直辅助线
指定向哪侧偏移:	//在垂直辅助线左边拾取一点
选择直线对象:	//再次选择垂直辅助线
指定向哪侧偏移:	在垂直辅助线右边拾取一点
选择直线对象:	//按【Enter】键结束构造线命令

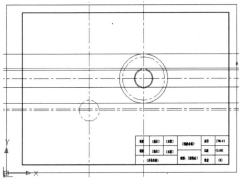

图 11.17　绘制作图辅助线

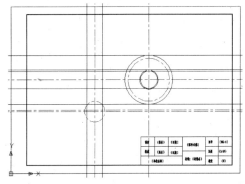

图 11.18　绘制侧边线条

（15）执行圆命令，绘制半径为 13 的蜗轮齿根圆，如图 11.19 所示，其命令操作如下：

命令:c	//执行圆命令
CIRCLE	
指定圆的圆心或 [三点(3P)/两点(2P)/相切、相切、半径(T)]:	//捕捉交点 A
指定圆的半径或 [直径(D)] <13.00>: 13	//指定圆的半径

（16）执行圆命令，以辅助圆的圆心为圆心，绘制半径为 11 的蜗轮齿顶圆，如图 11.20 所示。

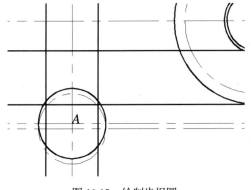

图 11.19　绘制齿根圆

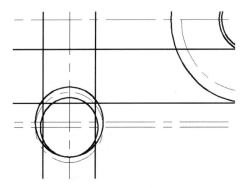

图 11.20　绘制齿顶圆

（17）执行修剪命令，对多余的线条和辅助线进行修剪处理，如图 11.21 所示。

（18）执行镜像命令，将绘制的轮齿部分进行镜像，如图 11.22 所示，其命令操作如下：

命令: mirror	//执行镜像命令

选择对象：	//选择轮齿部分
选择对象：	//确定选择
指定镜像线的第一点：	//捕捉主视图辅助线的交点
指定镜像线的第二点：	//捕捉左视图辅助线的交点
要删除源对象吗？ [是(Y)/否(N)] <N>：	//镜像时不删除源对象

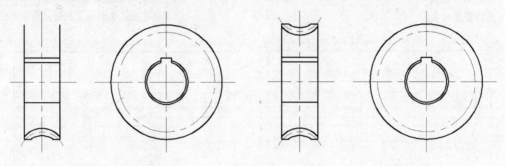

图 11.21　修剪后的图形　　　　　　　　图 11.22　镜像图形

（19）将"剖面线"图层切换为当前图层。执行图案填充命令，对蜗轮的剖面部分进行填充，填充图案为"ANSI31"图案，线型比例为"0.5"，如图 11.23 所示。

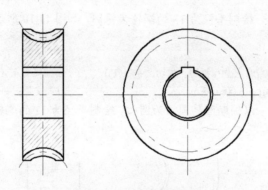

图 11.23　完成蜗轮的绘制

2. 标注图形

　　绘制的图形只能说明图形的形态，并不能真正表示出图形的具体尺寸以及制造工艺等内容。因此，还应对图形的尺寸和文字进行标注，其具体操作如下。

　　（1）执行线性标注命令，对蜗轮宽度进行标注，如图 11.24 所示，其命令操作如下：

命令：_dimlinear	//执行线性标注命令
指定第一条尺寸界线原点或 <选择对象>：	//捕捉直线的端点 A
指定第二条尺寸界线原点：	//捕捉直线的端点 B
指定尺寸线位置或[多行文字(M)/文字(T)/角度(A)/水平(H)/垂直(V)/旋转(R)]：	//指定标注位置
标注文字 = 20	

　　（2）使用线性以及直径等标注命令对图形其他部分进行尺寸标注，如图 11.25 所示。

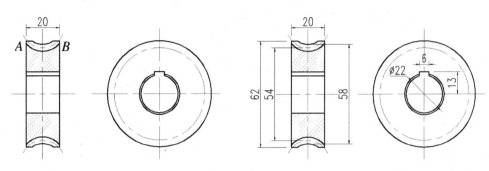

图 11.24　标注蜗轮宽度　　　　　　　11.25　尺寸标注图形

（3）执行编辑标注命令，对标注进行编辑修改，其命令操作如下：

```
命令: _dimedit                                    //执行编辑标注命令
输入标注编辑类型 [默认(H)/新建(N)/旋转(R)/倾斜(O)] <默     //选择【新建】选项
认>: n
```

（4）在文本框的 0 前输入"%%C"，按【Enter】键确定，返回绘图区，并选择在标注文本前添加直径符号的标注，再次按【Enter】键确定修改，如图 11.26 所示。

（5）使用文字标注命令，输入蜗轮的技术要求，如图 11.27 所示。

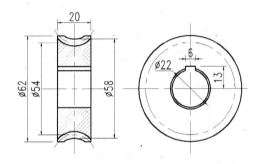

技术要求

1. 调质处理HB220~250。

2. 锐边倒钝。

图 11.26　编辑尺寸标注 　　　　　　　11.27　书写技术要求

（6）执行文本编辑命令，对标题栏中的内容进行更改，如图 11.28 所示。

制图	张华	10、17	蜗轮	图号	ZP-007
校核	喻灵	10.17		比例	1:1
导向科技			45	数量	1

图 11.28　修改标题栏

案例小结

本案例主要绘制了蜗轮零件图，绘制本案例的过程中，通过前面章节制作的模板文件创建新图形文件，因此可不再设置文字样式、尺寸标注样式等内容。通过本案例的绘制，可进一步掌握机械零件图形的绘制方法。

11.2 绘制装配图

每一台机器或部件都是由若干个零件按一定的装配关系和技术要求装配起来的。表示产品及其组成部分的连接、装配关系的图样，就是装配图。它是进行设计、装配、检验、安装调试及使用、维修等技术工作的重要图样。

11.2.1 知识讲解

装配图反映了各个零件之间的装配和安装关系，实际生产中多在加工完零件后使用，但其重要性不容忽略，几乎每一个稍微复杂的机械部件都具有复杂的装配图。

1. 装配图基础知识

装配图必须表达出一台机器或部件的工作原理和各零件之间的装配、连接关系、零件的主要结构以及技术要求。一张完整的装配图应包含下列内容。

- **一组视图**：用各种表达方法准确、完整、清晰和简便地表达出机器或部件的工作原理、部件的结构、零件之间的装配关系和零件的主要形状结构。
- **必要的尺寸**：装配图上应标注出机器或部件有关性能、规格、安装、外形、配合和连接关系等方面的尺寸。
- **技术要求**：应用文字或符号标注出机器或部件的装配、检验、调试和使用等方面的要求。
- **零件编号、明细栏和标题栏**：说明零件名称、数量、材料、标准规格和标准代号以及部件名称、主要责任人员名单等，供组织管理生产、备料和存档查阅之用。

2. 绘制装配图的基本规定

绘制零件图的各种方法同样适用于绘制装配图。但是，因为装配图的表达对象和作用与零件图不同，所以绘制装配图时还有一些其他规定和特殊画法，简要介绍如下：

- 两零件的接触面或配合面，规定只画一条直线。两零件表面不接触时，则必须画两条线。
- 在剖视图和断面图中，相邻两个零件的剖面线方向相反，或方向一致、间隔距离不等并错开。若零件厚度小于 2mm，允许用涂黑表示代替剖面符号。
- 对于标准件和实心件，若剖视图通过其轴线沿纵向剖切时，则这些零件按不剖切绘制，仍画外形。必要时，可以采用局部剖视。
- 在装配图中，当某些零件遮住了需要表达的其他结构和装配关系，而这些零件在其他视图上又已表达清楚时，可假想将这些零件拆去或沿结合面剖切后绘制，但应在视图上方标注"拆去零件XXX"。
- 在装配图中，当需要表达运动的极限位置与运动范围，或与相关零部件安装连接关系时，可用细双点画线表示其外形轮廓。
- 为了表达较复杂的传动机构的传动路线和装配关系，可按传动关系或路线沿各轴作剖切，然后依次展开在同一平面上，并标注"X-X展开"。
- 在装配图中可以单独画出某一零件的视图，但必须在所画视图上方注出该零件的视图名称。在装配图上相应的零件附近用箭头指明投影方向，并注上同样的字母。

● 对于部件中的细小结构与间隙和薄片等零件，当无法按实际尺寸画出时，允许不按实际比例将其夸大画出。

3. 尺寸标注和技术要求

装配图不是制造零件的直接依据，因此，装配图中不需要标注出零件的全部尺寸，而只需要标注一些必要尺寸。这些尺寸按其作用不同，大致可分为以下几类。

● **性能尺寸（规格尺寸）**：表示机器或部件的性能和规格的尺寸，它是设计、了解和选用机器或部件的依据。
● **装配尺寸**：装配尺寸是用来表示机器或部件工作精度或性能要求的尺寸，包括配合尺寸和相对位置尺寸。
● **外形尺寸**：表示机器或部件的总体长、宽、高等尺寸，它是包装、运输、安装和厂房设计的依据。
● **安装尺寸**：机器或部件安装在地基上或部件相连接时所需的尺寸。
● **其他重要尺寸**：在机器或部件设计中，经计算或选定，但又未包括在上述几类尺寸之中的尺寸。这类尺寸在拆画零件图时不能改变。

以上 5 类尺寸之间并不是孤立无关的，实际上有的尺寸往往具有多种作用，既是外形尺寸又是安装尺寸。此外，一张装配图中有时也并不完全具备上述 5 类尺寸。因此，对装配图中的尺寸需要具体分析，然后进行标注。

装配图的技术要求是指机器或部件在装配、安装及调试过程中的有关数据和性能指标，以及在使用、维护和保养等方面的要求，主要包括装配要求、检验、实验的条件和要求以及其他要求，随部件的需要而定，必要时可参考类似产品确定。在装配图中，一般用文字标注在明细栏附近。

4. 零部件序号和明细栏

装配图上对每种零件或部件都必须编注序号或代号，并编写明细栏，以便统计零件数量，进行生产的准备工作。同时，在看装配图时，也可根据零件序号查阅明细栏，以了解零件的名称、材料和数量等。

1）序号的编排方法

装配图中所有零部件均应编号。相同零部件用一个序号，一般只标注一次，并与填写在明细栏的序号一致。下面简要介绍序号的一般编排方法：

● 零部件的表示方法为在水平的基准（细实线）上或圆（细实线）内注写序号，序号字号比该装配图中所注尺寸数字的字号大一号或两号，如图 11.29 所示。
● 指引线应自所指部分的可见轮廓内引出，并在末端以圆点表示，如图 11.29（a）和图 11.29（b）所示。若所指部分（很薄的零件或涂黑的剖面）内不便画圆点时，可在指引线的末端以箭头表示，并指向该部分的轮廓，如图 11.29（c）所示。
● 指引线可以画折线，但只可弯折一次。指引线不能相交，当通过有剖面的区域时，指引线不应与剖面线平行，如图 11.29（c）所示。
● 对于一组紧固件及装配关系清楚的零件组，可以采用公共指引线，如图 11.30 所示。

● 装配图中的序号应沿顺时针或逆时针方向按水平或垂直方向整齐顺次排列。

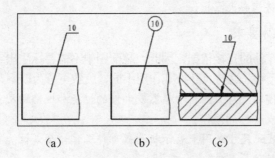

（a）　　　　　（b）　　　　　（c）

图 11.29　编排序号的方法

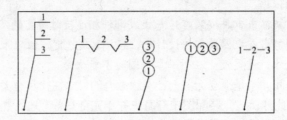

图 11.30　公共指引线

2）明细栏的编制

明细栏是机器或部件中全部零部件的详细目录，画在标题栏的上方，如图 11.31 所示。零件序号应自下而上填写，以便增加零件或漏编零件时可以向上添加。如位置有限时可将明细栏分段画在标题栏的左方。

标准件应填写其形式规格和标准号，有些零件的重要参数（如齿轮的齿数、模数等），可填入备注栏内。如果装配图中的标准件直接标注了标记，则明细栏只填写非标准件即可。

07	05304	齿轮	1	45		
06	GB/T 65	螺钉	3	35		M 6×50
05	05102	阀盖	1	HT 200		
04	05302	阀杆	1	45		
03		锥头铆钉	2	Q 235		
02	05301	阀门	1	Q 235		
01	05101	阀体	1	HT 200		
序号	代 号	名 称	数量	材料	热处理	附 注
批准				图号	05000	件数 1
审图		蝴 蝶 阀		材料	重量	比例
描图						1:1
制图		机器		共 张		第 1 张
设计		名称		（厂 名）		

图 11.31　标题栏和明细栏

11.2.2　典型案例——绘制支撑梁装配图

案例目标

　　本案例将绘制支撑梁装配图，如图 11.32 所示。通过本实例的练习，可进一步了解装配图的绘制方法及绘制技巧等。

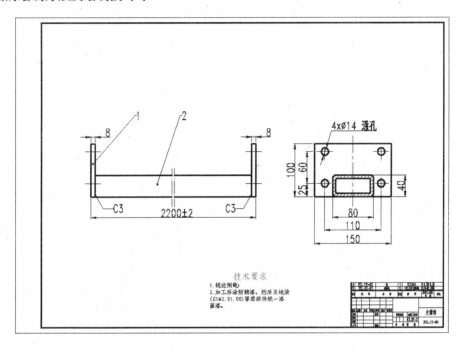

图 11.32　支撑梁装配图

　　素材位置：【\第 11 课\素材\A1 图纸.dwg】

　　效果图位置：【\第 11 课\源文件\支撑梁.dwg】

　　操作思路：

　　（1）调用已设置好尺寸样式、文字样式、图框、标题栏和明细栏的模板文件"A1 图纸.dwg"。

　　（2）执行绘图以及编辑命令，绘制支撑梁的主视图和左视图。

　　（3）执行尺寸标注、文字标注等命令，对图形进行尺寸标注、书写技术要求及填写标题栏和明细栏内容。

> **说明：** 本例因图形较长，全部绘制出来会使得图形长宽比例失调，影响读图，所以采用简化画法，省略中间重复的结构，图形中间用双点画线隔开。

操作步骤

　　本案例分为三个步骤：第一步；绘制主视图；第二步，绘制左视图；第三步，标注图形。其具体操作如下。

1. 绘制支撑梁主视图

其具体操作如下。

（1）选择【文件】→【打开】命令，打开"A1 图纸.dwg"图形文件，如图 11.33 所示。

（2）将"轮廓线"图层置为当前图层。执行直线命令，在图纸的合适位置绘制主视图连接板轮廓，如图 11.34 所示，其命令操作如下：

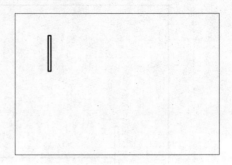

图 11.33　打开模板文件　　　　　　　　　图 11.34　绘制连接板轮廓

命令:l	//执行直线命令
LINE	
指定第一点:	//在屏幕上指定一点作为起点
指定下一点或 [放弃(U)]: @0,100	//输入直线下一点的相对坐标
指定下一点或 [闭合(C)/放弃(U)]: @8,0	//输入直线下一点的相对坐标
指定下一点或 [闭合(C)/放弃(U)]:@0，-100	//输入直线下一点的相对坐标
指定下一点或 [闭合(C)/放弃(U)]: c	//选择【闭合】选项

（3）再次执行直线命令，绘制梁的轮廓，如图 11.35 所示。

（4）执行倒角命令，绘制连接板与梁结合部的倒角，如图 11.36 所示，其命令操作如下：

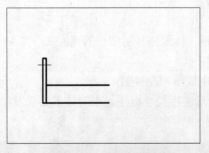

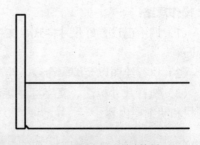

图 11.35　绘制梁的轮廓　　　　　　　　　图 11.36　绘制倒角

命令: cha	//执行倒角命令
CHAMFER	
(【修剪】模式) 当前倒角距离 1 = 0.0000，距离 2 = 0.0000	
选择第一条直线或 [放弃(U)/多段线(P)/距离(D)/角度(A)/修剪(T)/方式(E)/多个(M)]: d	//选择【距离】选项

指定第一个倒角距离 <0.0000>: 3	//指定第一个倒角距离
指定第二个倒角距离 <3.0000>:	//指定第二个倒角距离
选择第一条直线或 [放弃(U)/多段线(P)/距离(D)/角度(A)/修剪(T)/方式(E)/多个(M)]:	//选择水平线段
选择第二条直线, 或按住 Shift 键选择要应用角点的直线:	//选择垂直线段

（5）执行直线命令，绘制连接板上的通孔中心线，并将该中心线置为"中心线"图层，如图 11.37 所示。

（6）再次执行直线命令，绘制截断符号，并将截断线段置为"双点画线"图层，如图 11.38 所示。

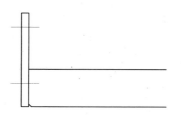　　　　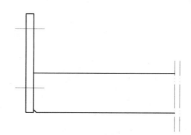

图 11.37　绘制通孔中心线　　　　图 11.38　绘制截断符号

（7）执行镜像命令，对主视图左半轮廓进行镜像，如图 11.39 所示。

命令: mi	//执行镜像命令
MIRROR	
选择对象:	//选择左半部分
选择对象:	//确定对象的选择
指定镜像线的第一点:	//选择两条双点画线中间的中心点
指定镜像线的第二点:	//垂直向上或向下任意指定一点
要删除源对象吗? [是(Y)/否(N)] <N>:	//镜像时不删除源对象

图 11.39　镜像图形

2. 绘制支撑梁左视图

其具体操作如下。

（1）执行构造线命令，绘制左视图垂直辅助线，如图 11.40 所示，其命令操作如下：

命令: xl	//执行构造线命令
XLINE	
指定点或 [水平(H)/垂直(V)/角度(A)/二等分(B)/偏移(O)]:	//在屏幕上指定一点
指定通过点:	//在水平方向拾取一点
指定通过点:	//按【Enter】键结束构造线命令

（2）执行偏移命令，将垂直辅助线分别向两侧偏移，偏移距离为 55，如图 11.41 所示，其命令操作如下：

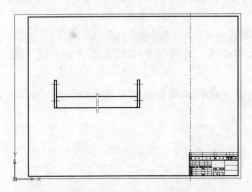

图 11.40　绘制垂直辅助线

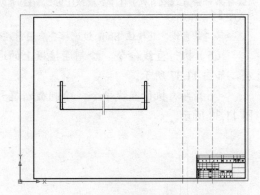

图 11.41　偏移垂直辅助线

命令: offset　　　　　　　　　　　　　　　　　　　//执行偏移命令
当前设置: 删除源=否　图层=源　OFFSETGAPTYPE=0
指定偏移距离或 [通过(T)/删除(E)/图层(L)] <通过>: 55　　//指定偏移距离
选择要偏移的对象，或 [退出(E)/放弃(U)] <退出>:　　//选择垂直辅助线
指定要偏移的那一侧上的点，或 [退出(E)/多个(M)/放弃(U)] <退出>:　//在垂直辅助线的左侧拾取一点
选择要偏移的对象，或 [退出(E)/放弃(U)] <退出>:　　//选择垂直辅助线
指定要偏移的那一侧上的点，或 [退出(E)/多个(M)/放弃(U)] <退出>:　//在垂直辅助线的右侧拾取一点
选择要偏移的对象，或 [退出(E)/放弃(U)] <退出>:　　//按【Enter】键结束偏移命令

（3）执行构造线命令，绘制左视图轮廓线及辅助线，并将其置于相应的图层，如图 11.42 所示。

（4）执行修剪命令，对多余的线条进行修剪处理，修剪后的结果如图 11.43 所示。

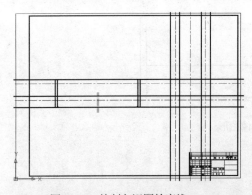

图 11.42　绘制左视图轮廓线

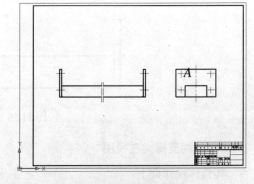

图 11.43　修剪线条

（5）执行圆命令，绘制连接板上半径为 7 的孔，其命令操作如下：

命令:circle　　　　　　　　　　　　　　　　　　　//执行圆命令
指定圆的圆心或 [三点(3P)/两点(2P)/相切、相切、半径(T)]:　//捕捉交点 A
指定圆的半径或 [直径(D)] <0.00>: 7　　　　　　　//指定圆的半径

（6）再次执行圆命令，绘制连接板上其他的孔，如图 11.44 所示。

（7）执行直线命令，绘制梁的内侧线条，如图 11.45 所示，其命令操作如下：

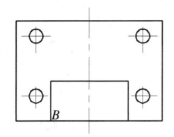

图 11.44 绘制孔

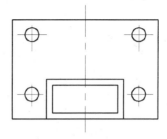

图 11.45 绘制内侧线条

命令:line	//执行直线命令
line 指定第一点:_from	//选择【捕捉自】对象捕捉模式
于	//捕捉交点 B
<偏移>: @6,6	//指定直线的起点坐标
指定下一点或 [放弃(U)]: @0,28	//输入直线下一点的相对坐标
指定下一点或 [闭合(C)/放弃(U)]: @68,0	//输入直线下一点的相对坐标
指定下一点或 [闭合(C)/放弃(U)]:@0,-28	//输入直线下一点的相对坐标
指定下一点或 [闭合(C)/放弃(U)]: c	//选择【闭合】选项

（8）执行圆角命令，对梁的剖视图外侧部分进行圆角处理，圆角半径为 6，如图 11.46 所示，其命令操作如下：

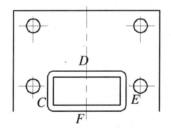

图 11.46 绘制外侧圆角

命令: fillet	//执行圆角命令
当前设置: 模式 = 修剪，半径 =0.0000	
选择第一个对象或 [放弃(U)/多段线(P)/半径(R)/修剪(T)/多个(M)]: r	//选择【半径】选项
指定圆角半径 <0.0000>: 6	//指定圆角半径
选择第一个对象或 [放弃(U)/多段线(P)/半径(R)/修剪(T)/多个(M)]:m	//选择【多个】选项
选择第一个对象或 [放弃(U)/多段线(P)/半径(R)/修剪(T)/多个(M)]:	//选择线段 C
选择第二个对象，或按住 Shift 键选择要应用角点的对象:	//选择线段 D
选择第一个对象或 [放弃(U)/多段线(P)/半径(R)/修剪(T)/多个(M)]:	//选择线段 D
选择第二个对象，或按住 Shift 键选择要应用角点的对象:	//选择线段 E
选择第一个对象或 [放弃(U)/多段线(P)/半径(R)/修剪(T)/多个(M)]:	//选择线段 E
选择第二个对象，或按住 Shift 键选择要应用角点的对象:	//选择线段 F
选择第一个对象或 [放弃(U)/多段线(P)/半径(R)/修剪(T)/多个(M)]:	//选择线段 F
选择第二个对象，或按住 Shift 键选择要应用角点的对象:	//选择线段 C

选择第一个对象或 [放弃(U)/多段线(P)/半径(R)/修剪(T)/多个(M)]:   //按【Enter】键结束圆角命令

（9）再次执行圆角命令，对梁剖视图的内侧部分进行圆角处理，圆角半径为3，如图 11.47 所示。

（10）执行延伸命令，线段 F 延伸至连接板两侧边，如图 11.48 所示。

（11）将"剖面线"图层切换为当前图层。执行图案填充命令，对左视图的剖面部分进行填充，填充图案为"ANSI31"图案，线型比例为 1.5，如图 11.49 所示。

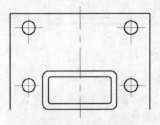

图 11.47 绘制内侧圆角

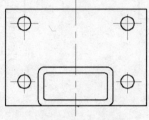

图 11.48 延伸线段

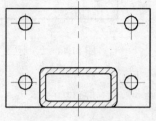

图 11.49 填充剖面

3. 标注图形

绘制完视图之后，为进一步说明部件的性能、工作原理、装配关系和安装的具体要求等，还要根据需要标注出部件必要的尺寸、技术要求以及填写标题栏和明细栏内容，其具体操作如下。

（1）将"尺寸标注"图层切换为当前图层。执行线性标注命令，对长度和宽度型尺寸进行标注，如图 11.50 所示。

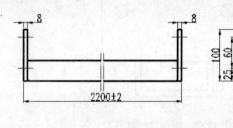

图 11.50 标注线性尺寸

（2）执行直径标注命令，对连接板上的孔进行标注，如图 11.51 所示，其命令操作如下：

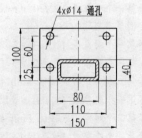

图 11.51 标注孔

命令: dimdia   //执行直径标注命令
DIMDIAMETER
选择圆弧或圆: //选择圆
标注文字 = 14
指定尺寸线位置或 [多行文字(M)/文   //选择【文字】选项
字(T)/角度(A)]:m
输入标注文字 <14>: 4×%%c14 通孔   //输入要标注的文字
指定尺寸线位置或 [多行文字(M)/文   //指定标注位置
字(T)/角度(A)]:

（3）执行引线标注命令，对梁的倒角进行标注，如图 11.52 所示，其命令操作如下：

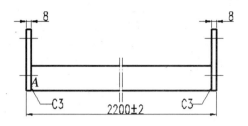

图 11.52　引线标注

命令: qleader	//执行引线标注命令
指定第一个引线点或 [设置(S)] <设置>:	//捕捉直线的端点 *A*
指定下一点:	//指定下一点
指定下一点:	//指定下一点
指定文字宽度 <0>:	//指定文字宽度
输入注释文字的第一行 <多行文字(M)>: C3	//输入注释文字
输入注释文字的下一行:	//按【Enter】键结束命令
……	使用相同的方法对另一倒角进行标注

（4）执行引线标注命令，标注零件序号，如图 11.53 所示，其具体步骤参见第 7 课的相关内容。

（5）使用文字标注命令，输入支撑梁的技术要求，如图 11.54 所示。

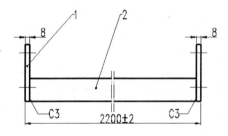

图 11.53　标注零件序号

技术要求

1. 锐边倒钝；
2. 加工后涂防锈漆，然后与地梁(G1M2. 01. 00)等零部件统一漆面漆。

图 11.54　书写技术要求

（6）执行文本编辑命令，填写标题栏与明细栏的内容，如图 11.55 所示。

1	ZCL.12-02	梁	1	Q235A	11.3	11.3	
2	ZCL.12-01	连接板	2	Q235C热轧钢板	0.94	1.88	
设计	代　号	名　称	数量	材　料	单件 重量	总件 重量	备注

标记	处数	分区	更改文件号	签名	年月日				支撑梁
设计			设计			阶段标记	重量	比例	
核对							13.2	1:2	ZCL.12-00
审核									
工艺			批准			共　张　第　张			

图 11.55　填写标题栏与明细栏

案例小结

本案例绘制了支撑梁装配图。在本例的绘制过程中，首先画出了主视图、左视图，然后根据装配图的要求标注尺寸、技术要求和零件序号，最后填写标题栏和明细栏内容。通过本案例的绘制，可了解装配图的表达方法，进一步掌握机械图形的绘制和标注方法。

11.3 上 机 练 习

11.3.1 绘制卡环零件图

本次练习将绘制如图 11.56 所示的卡环零件图，主要练习如何在 AutoCAD 2008 中绘制零件图、标注图形等。

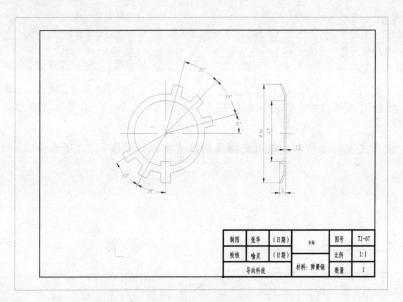

图 11.56 卡环零件图

效果图位置：【\第 11 课\源文件\卡环.dwg】

操作思路：

● 绘制主视图。使用圆、直线、偏移命令绘制主视图的外部轮廓，然后再对其进行修剪处理。

● 绘制左视图。使用构造线命令绘制作图辅助线，用偏移命令得到左视图的外部轮廓线，用修剪命令对多余的线条进行修剪处理。执行填充命令对剖面进行填充。

● 对图形进行尺寸标注、文字标注，并填写标题栏等。

11.3.2 绘制低速轴零件图

本次练习将绘制低速轴零件图，如图 11.57 所示，通过本次练习，可了解轴套类零件图形的绘制方法。

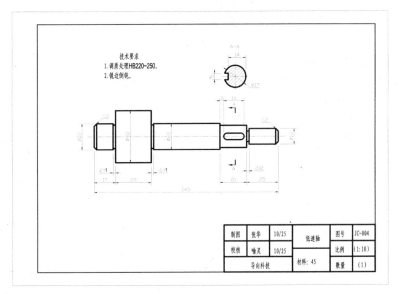

图 11.57　低速轴

效果图位置：【\第 11 课\源文件\低速轴.dwg】

操作思路：

- 绘制主视图。使用直线和偏移等命令绘制主视图的外部轮廓，然后再对其进行修剪处理。执行圆、修剪命令绘制低速轴上的键槽。
- 绘制断面图。使用构造线命令绘制作图辅助线，使用圆、直线、偏移命令绘制断面图。执行填充命令对剖面进行填充。
- 使用标注命令标注图形尺寸，书写技术要求，并填写标题栏等。

11.4　疑 难 解 答

问： 在实际绘制零件图时，有没有一般通用的顺序或步骤？

答： 不管以何种途径来绘制零件图，其过程都可以按以下步骤进行：（1）根据零件的用途、形状特点和加工方法等选取主视图和其他视图；（2）根据视图数量和实物大小确定适当的比例，并选择合适的标准图幅；（3）绘制图框和标题栏；（4）绘制各视图的中心线、轴线、基准线，并确定各视图的位置；（5）绘制各个视图；（6）标注全部尺寸以及表面粗糙度符号；（7）书写技术要求，填写标题栏。

问： 装配图和零件图有哪些区别和联系？

答： 装配图和零件图一样，包含视图、尺寸和标题栏等内容，但装配图还包括零件编号和明细表。装配图的表达方法和零件图基本相同，都是用各种视图、剖视图和断面图来表示相应的结构和关系。零件图需要把零件各个部分的结构形状清楚地表达出来，以便加工零件；装配图只要求把部件的功能、工作原理和装配关系表达清楚即可。

11.5 课后练习

1. 选择题

（1）绘制轴套类零件图时，实心轴（　）以显示外形为主。

　　A. 左视图　　　　　　　　　　B. 右视图

　　C. 主视图　　　　　　　　　　D. 后视图

（2）在装配图中，当需要表达运动的极限位置与运动范围时，可用（　）表示其外形轮廓。

　　A. 单点画线　　　　　　　　　B. 细实线

　　C. 细双点画线　　　　　　　　D. 虚线

（3）（　）是用来表示机器或部件工作精度或性能要求的尺寸。

　　A. 性能尺寸　　　　　　　　　B. 规格尺寸

　　C. 外形尺寸　　　　　　　　　D. 装配尺寸

2. 问答题

（1）绘制零件图一般要遵循哪些原则和方法？

（2）一张完整的装配图应包含哪些内容？

（3）装配图需要标注的尺寸有哪几类？

3. 上机题

参照本课所讲的知识，绘制如图 11.58 所示的叉架零件图。通过本次上机操作，可进一步巩固并掌握机械零件图的绘制方法。

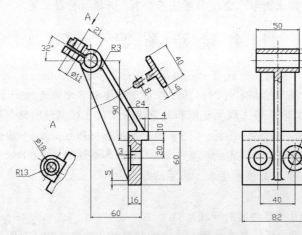

图 11.58　叉架零件

源文件位置：【\第 11 课\源文件\叉架零件.dwg】

提示：该实例属于机械图形中的叉架类图形，可以首先使用直线、圆弧等命令依次绘制主视图、左视图，之后绘制局部视图和移出断面图表示主视图和左视图难以表达的结构。

第12课

三维图形的绘制

本课要点

- 绘制三维图形
- 编辑三维图形
- 三维实体的渲染与着色

具体要求

- 掌握三维绘图方式
- 掌握实体模型的创建及编辑
- 掌握实体模型的渲染及着色

本课导读

AutoCAD 2008 不仅具有强大的二维绘图功能，而且还具备强大的三维绘图功能。利用 AutoCAD 的三维绘图功能，可以绘制各种三维的线、平面、曲面以及实体等。

- 零件表面模型：创建支撑座、齿轮和阀体等零件的表面模型。
- 实体模型：创建轴承、支架和端盖等零件的实体模型。

12.1　绘制三维图形

使用 AutoCAD 进行三维图形绘制时，首先应掌握三维绘图时的绘图环境以及坐标系等，然后才能快速绘制出三维图形。

12.1.1　知识讲解

要快速、准确地绘制三维图形和观察三维图形，就一定要使用三维坐标系，还要进行一些辅助设置。

1. 三维绘图基础

在前面我们介绍了在 AutoCAD 中用户可以根据需要定制自己的坐标系，即 UCS（用户坐标系）。使用适当的 UCS 坐标系，可以轻松地绘制出各个平面内的三维面和体，从而组合成为三维立体图。执行建立用户坐标系命令，主要有以下几种方法：

● 选择【工具】→【新建UCS】菜单下的相应命令。

● 单击【UCS】工具栏上的【UCS】按钮。

● 在命令行中执行 Ucs 命令。

使用 Ucs 命令可以对坐标进行旋转、移动和恢复到世界坐标系等操作。下面将世界坐标系（如图 12.1 所示）沿 X 轴旋转 90°，如图 12.2 所示，其命令操作如下：

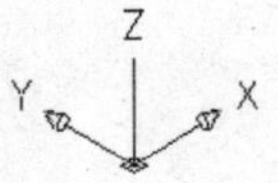

图 12.1　世界坐标系 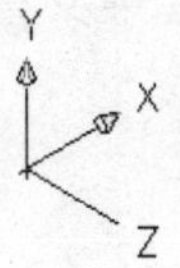　　　　图 12.2　UCS 坐标系

命令: ucs	//执行 Ucs 命令
当前 UCS 名称: *世界*	
指定 UCS 的原点或 [面(F)/命名(NA)/对象(OB)/上一个(P)/视图(V)/	
世界(W)/X/Y/Z/Z 轴(ZA)] <世界>: x	//选择 X 轴选项
指定绕 X 轴的旋转角度 <90>:	//指定旋转角度

使用 Ucs 命令对坐标系进行设置时，系统还提供了几个选项以对 UCS 坐标系进行新建、移动、恢复、保存、删除等操作，其中各选项含义分别如下。

● **指定UCS 的原点**：使用一点、两点或三点定义一个新的 UCS 坐标系。

● **面（F）**：将 UCS 与三维实体的选定面对齐。要选择一个面，并在此面的边界内或面的边上单击，被选择的面将亮显，UCS 的 X 轴将与找到的第一个面上最近的边对齐。

● **命名（NA）**：按名称保存并恢复通常使用的 UCS 方向。

● **对象（OB）**：根据选定的三维对象定义新的坐标系。新建 UCS 的拉伸方向（Z 轴正方向）与选定对象的拉伸方向相同。

● **上一个（P）**：恢复上一个 UCS。程序会保留在图纸空间中创建的最后 10 个坐标系和在模型空间中创建的最后 10 个坐标系。

● **视图（V）**：以垂直于观察方向（平行于屏幕）的平面为 XY 平面，建立新的坐标系。

UCS 原点保持不变。

● **世界**（W）：将当前用户坐标系设置为世界坐标系。WCS 是所有用户坐标系的基准，不能被重新定义。

● *X/Y/Z*：绕指定轴旋转当前 UCS。

● *Z轴*（ZA）：用指定的 Z 轴正半轴定义 UCS。

2．设置视点

视点是指图形的观察点。在绘制三维立体图形时，一个视点难以满足图形各个部位的观察，因此在绘图过程中经常会变化视点来观察三维物体。AutoCAD 2008 提供了多种选择视点的功能，下面分别介绍。

1）使用罗盘设置视点

使用罗盘设置视点是通过输入一个点的坐标值或测量两个旋转角度定义观察方向。此点表示朝原点 (0,0,0) 观察模型时用户在三维空间中的位置。执行使用罗盘设置视点命令，主要有以下两种方法：

● 选择【视图】→【三维视图】→【视点】命令。

● 在命令行中执行 Vpoint 命令。在执行该命令后，选择【显示坐标球和三轴架】选项，则在屏幕上出现罗盘图形，如图 12.3 所示，在罗盘旁边还有一个可拖动的坐标轴，使用它可以直观地设置新视点。在示意图中，罗盘相当于一个球体的俯视图，其中的小十字光标代表视点的位置。小十字光标在小圆环内，表示视点位于 Z 轴正方向一侧；当小十字光标在小圆环外，表示视点位于 Z 轴负方向一侧。选取相应的点，即可设置视点。

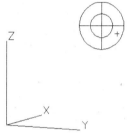

图 12.3　设置视点

2）使用【视点预置】对话框设置视点

系统中还提供了更为直观的对话框设置视点方式。使用【视点预置】对话框设置视点主要有以下几种方法：

● 选择【视图】→【三维视图】→【视点预置】命令。

● 在命令行中执行 Ddvpoint 命令。

用户可以使用该对话框方便地对视点进行选择，如图 12.4 所示，该对话框中各选项的含义分别如下。

● **绝对于 WCS**：确定是否使用绝对坐标系。

● **相对于 UCS**：确定是否使用用户坐标系。

● *X轴*：该文本框用于输入新视点方向在 *XY* 平面内的投影与 *X* 正方向的夹角。

● *XY 平面*：该文本框用于输入新视点方向与 *XY* 平面的夹角。

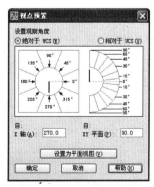

图 12.4　【视点预置】对话框

● **设置为平面视图**：单击该按钮，可以返回初始视点状态，即俯视图状态。

3）使用【三维视图】菜单设置视点

使用【三维视图】菜单也能设置视点，主要有以下两种方法：

图 12.5　【三维视图】子菜单

- 选择【视图】→【三维视图】菜单下的相应命令，如图 12.5 所示。
- 在命令行中执行 View（V）命令。

使用 View 视图操作命令可对当前绘图使用的视图观察方向和名称进行设置，可以从多个方向来观察图形。

4）使用【三维动态观察器】设置视点

选择【视图】→【动态观察】菜单下的相应命令，可以打开三维空间动态观察窗口，通过单击与拖动的方式动态观察对象，如图 12.6 所示。

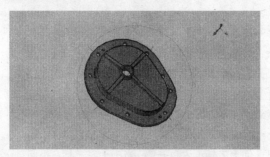

12.6　使用【三维动态观察器】设置视点

3．绘制三维面

组成三维形体的基本元素是三维面，三维面即三维空间内的平面或曲面。在 AutoCAD 2008 中，用户可以自由构造三维空间内的平面、曲面以及标准三维形体的表面。

1）绘制基本三维面

AutoCAD 为绘制三维表面建模提供了众多命令，其中主要包括长方体、楔体、球、圆锥等表面建模命令，在【建模】工具栏中单击相应的按钮即可进行操作，如表 12.1 所示（其具体使用方法可参见本课后面的第 4 小节"绘制三维实体"）。

表 12.1　基本表面建模命令

表面模型	按　钮	命　令	创 建 方 法
二维填充	▽	Solid	以三点或三点以上构成面
三维面	◢	3dface	在三维空间创建拼接在一起的三边或四边的表面
长方体	⊞	AI_BOX	以指定长、宽、高和绕 Z 轴旋转角度的方式创建
棱锥	△	AI_PYRAMID	以指定 4 个顶点位置的方式创建顶面为棱或平面的棱锥
楔体	◣	AI_WEDGE	与长方体曲面创建方法相同，但模型仅为长方体的一半

续 表

表面模型	按　　钮	命　　令	创 建 方 法
球	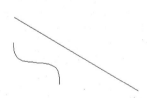	AI_SPHERE	以指定球面半径值或直径值的方式创建
上半球		AI_DOME	与球表面的创建方法相同，但仅为球面的上半部分
下半球		AI_DISH	与球表面的创建方法相同，但仅为球面的下半部分
圆锥		AI_CONE	以指定底面中心点与半径及高度的方式创建圆锥或圆锥台
圆环		AI_TORUS	以指定中心点、圆环面和圆管的半径或直径的方式创建

> **说明：** 使用 Solid 命令绘制二维填充图形时，后两点构成下一填充区域的第一条边，并且系统将重复提示
> 输入第 3 点和第 4 点。连续指定第 3 点和第 4 点将在单个实体对象上创建更多相连的三角形和四
> 边形。按【Enter】键可结束 Solid 命令。

2）绘制旋转曲面

在 AutoCAD 中，使用一条曲线围绕某一个轴旋转一定角度，就可以产生一个光滑的
旋转曲面，该方法可以用来绘制机械图形中剖面复杂的旋转体零件。执行旋转曲面命令，
主要有以下两种方法：

● 选择【绘图】→【建模】→【网格】→【旋转网格】命令。

● 在命令行中执行 Revsurf 命令。

用户在选择所需旋转的轮廓线或旋转轴线时，每次只能选取一个目标进行旋转或作为
轴线，而且旋转轴线与轮廓线必须在同一平面上，否则此命令将无法执行。

下面将如图 12.7 所示的直线用旋转曲线命令对其进行旋转，效果如图 12.8 所示，其
命令操作如下：

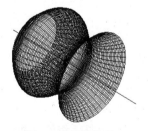

图 12.7　原始图形　　　　　　　　　图 12.8　旋转曲面

```
命令: revsurf                                          //执行旋转曲面命令
当前线框密度: SURFTAB1=50    SURFTAB2=70
选择要旋转的对象:                                      //选择左边曲线
选择定义旋转轴的对象:                                  //选择右边直线
指定起点角度 <0>:                                      //指定起点角度
指定包含角 (+=逆时针, -=顺时针) <360>:                 //指定包含角度
```

需要旋转的轮廓线可以是圆、圆弧、直线、二维多段线和三维多段线，但旋转轴只能
是直线、二维多段线和三维多段线。如果旋转轴选取的是多段线，那么实际轴线为多段线
两端点的连线。

注意: 在选择旋转轴时, 在轴上拾取点的位置会影响曲线的旋转方向。旋转方向可由右手定则来判断。

3) 绘制平移曲面

平移曲面是指一条初始轨迹线沿指定的矢量方向平移而成的曲面。在平移曲面的任一位置, 平行于初始轨迹线所在平面的都是与原轨迹线相同的曲线或直线, 该方法可以绘制一些剖面复杂, 并且有一定厚度的曲面零件。执行平移曲面命令, 主要有以下两种方法:

● 选择【绘图】→【建模】→【网格】→【平移网格】命令。

● 在命令行中执行 Tabsurf 命令。

使用 Tabsurf 命令进行平移曲面操作时, 被平移的轨迹线可以是直线、圆弧、圆、二维多段线或三维多段线, 但指定拉伸方向的线形必须是直线、二维多段线和三维多段线。若平移曲线选取为多段线, 则平移方向由多段线两端点的连线确定, 且平移面的平移长度即为这两点之间的长度。

下面使用平移曲面命令, 对如图 12.9 所示的图形进行操作, 效果如图 12.10 所示, 其命令操作如下:

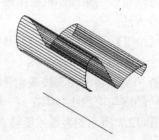

图 12.9　平移前的图形　　　　　　　　图 12.10　平移曲面

命令: _tabsurf	//执行平移曲面命令
当前线框密度: SURFTAB1=20	
选择用作轮廓曲线的对象:	//选择多段线
选择用作方向矢量的对象:	//选择直线

4) 绘制直纹曲面

直纹曲面是指由两条指定的直线或曲线为相对的两边而生成的一个用三维网格表示的曲面, 该曲面在两个相对直线或曲线之间的网格线是直线, 该方法可以创建一些规则曲面。执行直纹曲面命令, 主要有以下两种方法:

● 选择【绘图】→【建模】→【网格】→【直纹网格】命令。

● 在命令行中执行 Rulesurf 命令。

使用 Rulesurf 命令创建表面模型时要注意用户在选择边界时, 如果选择的第一条边界是封闭的, 则另一边界必须选择封闭图形或点。

下面将使用如图 12.11 所示的两条直线创建直纹曲面, 效果如图 12.12 所示, 其命令操作如下:

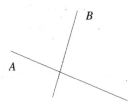

图 12.11　两条直线

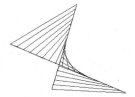

图 12.12　直纹曲面

命令: _rulesurf	//执行直纹曲面命令
当前线框密度: SURFTAB1=18	
选择第一条定义曲线:	//选择 A 线段
选择第二条定义曲线:	//选择 B 线段

5）绘制边界曲面

边界曲面可以在三维空间以 4 条直线、圆弧或多段线形成的闭合回路为边界，生成一个复杂的三维网格曲面。执行边界曲面命令，主要有以下两种方法：

● 选择【绘图】→【建模】→【网格】→【边界网格】命令。

● 在命令行中执行 Edgesurf 命令。

Edgesurf 命令采用 4 条首尾相连的边界线来生成自由网格曲面。边界线可以为直线、弧线、光滑曲线、2D 和 3D 多段线等线型，而且 4 条边界线必须首尾相连，否则此命令无法执行。

下面执行边界曲面命令，将如图 12.13 所示的图形生成如图 12.14 所示的图形，其命令操作如下：

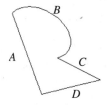

图 12.13　封闭线条

图 12.14　边界曲面

命令: _edgesurf	//执行边界曲面命令
当前线框密度: SURFTAB1=20　　SURFTAB2=20	
选择用作曲面边界的对象 1:	//选择 A 线段
选择用作曲面边界的对象 2:	//选择 B 线段
选择用作曲面边界的对象 3:	//选择 C 线段
选择用作曲面边界的对象 4:	//选择 D 线段

4．绘制三维实体

在实际绘图工作中，三维实体非常普遍，是三维图形中最重要的部分。实体模型为实心物体，它与表面模型有着本质的区别，对于实体模型，可以使用差集、并集等实体运算命令对实体进行编辑处理，从而生成各种复杂结构的实体模型。

1）绘制多段体

通过多段体命令，用户可以将现有的直线、二维多线段、圆弧或圆转换为具有矩形轮廓的实体。多段体可以包含曲线线段，但是默认情况下轮廓始终为矩形。执行多段体命令，主要有以下几种方式：

- 选择【绘图】→【建模】→【多段体】命令。
- 单击【建模】工具栏中的【多段体】按钮 。
- 在命令行中执行 Polysolid 命令。

下面执行多段体命令，将如图 12.15 所示的直线转换为具有矩形轮廓的实体图形，效果如图 12.16 所示，其命令操作如下：

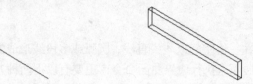

图 12.15　转换前　　　　　　图 12.16　转换后

命令: Polysolid	//执行多段体命令
高度 =80.0000, 宽度 =10.0000, 对正 = 居中	//多段体初始参数
指定起点或 [对象(O)/高度(H)/宽度(W)/对正(J)] <对象>: o	//选择【对象】选项
选择对象:	//选择直线

执行 Polysolid 命令过程中各选项的含义分别如下。

- **对象**：指定要转换为实体的对象。可以转换直线、圆弧、二维多段线和圆等对象。
- **高度/宽度**：指定实体的高度/宽度。
- **对正**：设置实体的宽度和高度的对正方式为左对正、右对正或居中。对正方式由轮廓的第一条线段的起始方向决定。

2）绘制长方体

使用长方体命令可以生成各种三维立方实体，用它绘制的三维图形为实心物体。执行长方体命令，主要有以下几种方法：

- 选择【绘图】→【建模】→【长方体】命令。
- 单击【建模】工具栏中的【长方体】按钮 。
- 在命令行中执行 Box 命令。

下面使用 Box 命令绘制长度为 60，宽度为 40，高度为 20 的长方体，效果如图 12.17 所示，其命令操作如下：

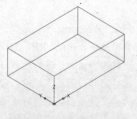

图 12.17　长方体

命令: box	//执行长方体命令
指定第一个角点 或[中心(C)]:0,0,0	//指定长方体角点
指定其他角点或 [立方体(C)/长度(L)]: l	//选择【长度】选项
指定长度: 60	//指定长方体的长度
指定宽度: -40	//指定长方体的宽度
指定高度: 20	//指定长方体的高度

执行 Box 命令过程中各选项的含义分别如下。

- **中心点**：以指定中心点的方式创建长方体。默认为以指定角点的方式绘制。
- **立方体**：选择此选项后，只需输入一个数值就可创建长、宽、高均相等的正方体。
- **长度**：以分别指定长方体的长、宽和高的方式创建长方体。

3）绘制楔体

楔体命令用于绘制楔形实心体，该命令与 UCS 用户坐标系结合，可生成各种方向的楔形实体。执行楔体命令，主要有以下几种方法：

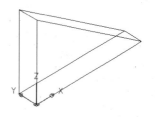

- 选择【绘图】→【建模】→【楔体】命令。
- 单击【建模】工具栏中的【楔体】按钮 。
- 在命令行中执行Wedge命令。

下面使用楔体命令，绘制底面长度分别为 30 和 5，高度为 20 的楔体，如图 12.18 所示，其命令操作如下：

图 12.18 楔体

命令: wedge	//执行楔体命令
指定第一个角点或 [中心点(CE)]:0,0,0	//指定楔体的角点
指定角点或 [立方体(C)/长度(L)]: l	//选择【长度】选项
指定长度: -30	//指定楔体的长度
指定宽度: 5	//指定楔体的宽度
指定高度: 20	//指定楔体的高度

4）绘制圆锥体

圆锥体命令用于生成圆锥形实体，用此命令所绘制的圆锥体由圆或椭圆底面以及顶点所定义。执行圆锥体命令，主要有以下几种方法：

- 选择【绘图】→【建模】→【圆锥体】命令。
- 单击【建模】工具栏中的【圆锥体】按钮 。
- 在命令行中执行Cone命令。

使用 Cone 命令绘制圆锥体时，默认情况下，圆锥体的底面位于当前 UCS 的 *XY* 平面，它的高可为正值或负值，且平行于 *Z* 轴。下面使用圆锥体命令，绘制底面直径为 35，高度为 24 的圆锥体，效果如图 12.19 所示，其命令操作如下：

图 12.19 圆锥体

命令: cone	//执行圆锥体命令
指定底面的中心点或 [三点(3P)/两点(2P)/相切、相切、半径(T)/椭圆(E)]:0,0,0	//指定圆锥体的底面中心点
指定底面半径或 [直径(D)]: d	//选择【直径】选项
指定直径: 35	//指定底面直径
指定高度或 [两点(2P)/轴端点(A)/顶面半径(T)]: 24	//指定圆锥体的高度

执行 Cone 命令过程中各选项的含义分别如下。

- **椭圆**：创建底面为椭圆的椭圆锥体，方法与绘制椭圆锥底面相同。
- **顶点**：指定圆锥体的顶点，用以指定圆锥体的高度及在 *Z* 轴上的方向。

5）绘制球体

球体命令用于绘制实心球体，如轴承的钢珠等球体。执行球体命令，主要有以下几种方法：

- 选择【绘图】→【建模】→【球体】命令。
- 单击【建模】工具栏中的【球体】按钮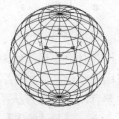。
- 在命令行中执行 Sphere 命令。

使用 Sphere 命令，可根据中心点以及半径或直径来创建球体。下面以（0,0,0）点为球心，绘制半径为 20 的球体，如图12.20 所示，其命令操作如下：

图 12.20　球体

命令: sphere	//执行球体命令
指定中心点或 [三点(3P)/两点(2P)/相切、相切、半径(T)]:0,0,0	//指定球体的球心
指定半径或 [直径(D)]: 20	//指定球体的半径

6）绘制圆柱体

圆柱体命令用于生成圆柱实体，在机械实体中，常用于创建管状的物体。执行圆柱体命令，主要有以下几种方法：

- 选择【绘图】→【建模】→【圆柱体】命令。
- 单击【建模】工具栏中的【圆柱体】按钮。
- 在命令行中执行 Cylinder 命令。

下面使用圆柱体命令，绘制底面直径为 45，高度为 70的圆柱体，效果如图 12.21 所示，其命令操作如下：

图 12.21　圆柱体

命令: cylinder	//执行圆柱体命令
指定底面的中心点或 [三点(3P)/两点(2P)/相切、相切、半径(T)/椭圆(E)]:0,0,0	//指定底面中心点
指定底面半径或 [直径(D)]: d	//选择【直径】选项
指定直径: 45	//指定底面直径
指定高度或 [两点(2P)/轴端点(A)]: 70	//指定圆柱体的高度

> **说明：** 在创建三维实体时，创建出的实体会受系统变量 Isolines 值的影响。在命令行中执行该命令并输入相应的数值，可改变实体对象显示时的线条条数。其值越大，线条数越多，实体对象的表面显示就越光滑。

7）绘制圆环体

使用圆环体命令可以绘制圆环实体，用该命令绘制的圆环体与当前 UCS 的 *XY* 平面平行且被此平面平分。执行圆环体命令，主要有以下几种方法：

- 选择【绘图】→【建模】→【圆环体】命令。
- 单击【建模】工具栏中的【圆环体】按钮。
- 在命令行中执行 Torus（TOR）命令。

在使用 Torus 命令绘制圆环体时，需要指定圆环体的半径或直径及圆管的半径或直径。当环管的半径大于圆环的半径时，所绘制的图形类似于球体；当圆环的半径为负值，环管的半径为正值且大于圆环半径的绝对值时，所形成的图形类似于椭圆球体。

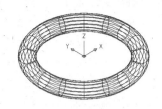

图 12.22　圆环体

下面使用圆环体命令绘制圆环体半径为 45，圆管半径为 7 的圆环体，效果如图 12.22 所示，其命令操作如下：

命令: torus	//执行圆环体命令
指定中心点或 [三点(3P)/两点(2P)/相切、相切、半径(T)]:0,0,0	//指定圆环体的中心点
指定半径或 [直径(D)]: 45	//指定圆环体的半径
指定圆管半径或 [两点(2P)/直径(D)]: 7	//指定圆管的半径

8）拉伸实体

拉伸实体是沿某一固定路线拉伸封闭的二维实体，可以建立较复杂而不规则的实体图形。拉伸为实体对象的二维图形可以是多段线、多边形、圆和椭圆，但用来拉伸的对象必须是封闭的。执行拉伸实体命令，主要有以下几种方法：

- 选择【绘图】→【建模】→【拉伸】命令。
- 单击【建模】工具栏中的【拉伸】按钮 ▣。
- 在命令行中执行 Extrude 命令。

拉伸多段线时，多段线包含的顶点数不能少于 3 个，且不多于 500 个，也不能拉伸交叉或重叠的多段线。若输入的拉伸高度为负值，则拉伸实体将沿 Z 轴负向拉伸。

下面使用拉伸实体命令，对如图 12.23 所示的图形进行拉伸，其拉伸长度为 3，生成如图 12.24 所示的图形，其命令操作如下：

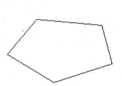

图 12.23　封闭五边形

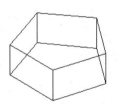

图 12.24　拉伸实体

命令: extrude	//执行拉伸实体命令
当前线框密度: ISOLINES=16	
选择对象:	//选择五边形
选择对象:	//确定对象的选择
指定拉伸高度或 [路径(P)]: 3	//指定拉伸高度
指定拉伸的倾斜角度 <0>:	//指定拉伸角度

9）旋转实体

旋转实体是将一些二维图形绕指定的轴旋转形成三维实体。用于旋转生成实体的二维对象可以是圆、椭圆和二维多段线等。同拉伸实体一样，用于旋转的对象也必须是封闭的。

执行旋转实体命令，主要有以下几种方法：

- 选择【绘图】→【建模】→【旋转】命令。
- 单击【建模】工具栏中的【旋转】按钮。
- 在命令行中执行 Revolve（REV）命令。

在指定旋转轴时，也可以直接通过以拾取两点的方式确定旋转轴，还可通过选择 X 或 Y 选项来指定旋转轴，但在旋转生成三维实体时，每次只能旋转一个对象。

下面使用旋转命令，将如图 12.25 所示的矩形进行旋转，生成如图 12.26 所示的旋转实体，其命令操作如下：

命令: revolve	//执行旋转实体命令
当前线框密度: ISOLINES=16	
选择对象:	//选择矩形
选择对象:	//确定对象的选择
指定轴起点或根据以下选项之一定义轴 [对象(O)/X/Y/Z] <对象>: o	//选择【对象】选项
选择对象:	//选择直线
指定旋转角度 <360>:	//指定旋转角度

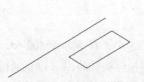

图 12.25　旋转前

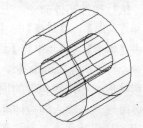

图 12.26　旋转实体

12.1.2　典型案例——绘制弯管模型

案例目标

本案例将绘制如图 12.27 所示的弯管模型，通过本实例的练习，可进一步了解并掌握简单三维模型的绘制方法。

素材位置：【\第 12 课\素材\弯管.dwg】
效果图位置：【\第 12 课\源文件\弯管.dwg】
操作思路：
（1）使用绘制圆柱体命令创建底座圆柱体。
（2）使用拉伸实体命令创建管体。
（3）使用绘制长方体命令创建顶面长方体。

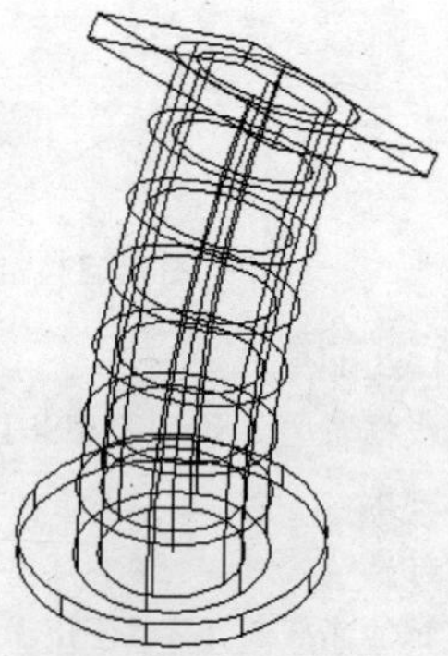

图 12.27　弯管

操作步骤

本案例分为三个步骤：第一步，创建底座圆柱体；第二步：创建管体；第三步，创建弯管顶面长方体。其具体操作如下。

（1）打开"弯管.dwg"图形文件，如图 12.28 所示。

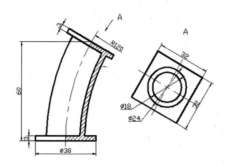

图 12.28 零件图

（2）执行【视图】→【三维视图】→【西南等轴测】命令，将当前视图设置为西南等轴测视图。

（3）执行设置线框密度命令，设置线框密度，其命令操作如下：

命令: isolines	//执行设置线框密度命令
输入 isolines 的新值 <4>: 10	//指定线框密度

（4）执行绘制圆柱体命令，创建底座圆柱体，如图 12.29 所示，其命令操作如下：

命令: cylinder	//执行绘制圆柱体命令
指定底面的中心点或 [三点(3P)/两点(2P)/相切、相切、半径(T)/椭圆(E)]:	//指定底面的中心点
指定底面半径或 [直径(D)] <23.0000>:19	//指定圆柱体的底面半径
指定高度或 [两点(2P)/轴端点(A)] <3.0000>: 3	//指定圆柱体的高度

（5）执行圆命令，绘制以圆柱体的底面中心为圆心，半径分别为 12、9 的辅助圆，如图 12.30 所示。

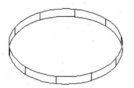

图 12.29 绘制圆柱体

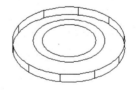

图 12.30 绘制辅助圆

（6）执行【视图】→【三维视图】→【主视】命令，将当前视图设置为主视图。

（7）执行【绘图】→【圆弧】→【起点、圆心、角度】命令，以圆柱底面中心为圆弧起点，如图 12.31 所示，以 "@120,0" 为圆心，角度为-30° 绘制圆弧，如图 12.32 所示。

图 12.31 捕捉圆心

图 12.32 绘制圆弧

（8）执行【视图】→【三维视图】→【西南等轴测】命令，将当前视图设置为西南等轴测视图。

（9）执行拉伸实体命令，以路径拉伸方式分别将半径为12和9的圆，沿着绘制的圆弧拉伸，如图12.33所示，其命令操作如下：

命令: extrude	//执行拉伸实体命令
当前线框密度: ISOLINES=10	
选择要拉伸的对象: 指定对角点: 找到 2 个	//选择两辅助圆
选择要拉伸的对象:	//按【Enter】键结束对象的选择
指定拉伸的高度或 [方向(D)/路径(P)/倾斜角(T)] <3.0000>: p	//选择【路径】选项
选择拉伸路径或 [倾斜角(T)]:	//选择圆弧

（10）执行【视图】→【三维视图】→【主视】命令，其显示效果如图12.34所示。

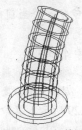

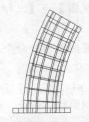

图 12.33　拉伸圆　　　　　　　　　　图 12.34　切换到主视图

（11）执行绘制长方体命令，创建顶面长方体，效果如图 12.35 所示，其命令操作如下：

命令: box	//在轮廓线层执行长方体命令
指定第一个角点或 [中心(C)]:	//指定圆柱顶左上角的角点
指定其他角点或 [立方体(C)/长度(L)]: l	//选择【长度】选项
指定长度:	//指定圆柱顶右下角的角点
指定宽度: 3	//指定长方体宽度
指定高度或 [两点(2P)]: 32	//指定长方体宽度

（12）执行【视图】→【三维视图】→【西南等轴测】命令，放大显示绘制的长方体。执行构造线命令，过长方体顶面边的中点，分别绘制两条辅助线，如图12.36所示。

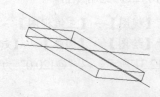

图 12.35　绘制长方体　　　　　　　　图 12.36　绘制辅助线

（13）执行【修改】→【移动】命令，以弯管顶面辅助线交点为基点，将其移动到弯管上部圆心处，如图12.37所示，其命令操作如下：

命令: _move	//执行移动命令

选择对象:	//选择长方体及两条辅助线
选择对象:	//按【Enter】键结束选择
指定长度:	//指定圆柱顶右下角的角点
指定基点或 [位移(D)] <位移>:	//捕捉两条辅助线的交点
指定第二个点或 <使用第一个点作为位移>:	//捕捉圆柱顶面圆心

（14）执行 Erase 命令，擦除绘制的辅助线，完成弯管的绘制，效果如图 12.27 所示，其命令操作如下：

命令: Erase	//执行删除命令
选择对象:	//选择两条辅助线，如图 12.38 所示
选择对象:	//按【Enter】键结束选择

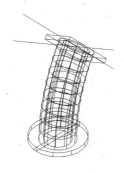

图 12.37　移动弯管顶面

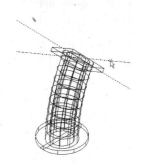

图 12.38　删除辅助线

案例小结

本案例绘制了弯管实体模型，在绘制的过程中，主要使用了绘制圆柱体、绘制长方体以及拉伸实体等命令。通过本实例的绘制，可掌握三维实体的绘制。

12.2　编辑三维图形

通过 AutoCAD 绘制的三维图形，加以编辑和组合，便可以形成生动逼真的实体模型。

12.2.1　知识讲解

在三维绘图中，复杂实体模型往往不能一次生成，一般都是由相对简单的实体通过编辑而成的。

1. 三维实体的布尔运算

布尔运算就是对多个三维实体进行并集（union）、差集（subtract）和交集（intersect）的运算，使它们进行组合，最终形成用户需要的实体。

1）并集运算

并集运算可以合并两个或两个以上实体（或面域）的总体积，成为一个复合对象。执行并集运算命令，主要有以下几种方法：

- 选择【修改】→【实体编辑】→【并集】命令。
- 单击【实体编辑】工具栏中的【并集】按钮 ◎。
- 在命令行中执行 Union 命令。

使用 Union 命令可以将具有公共部分的两个及两个以上的面域或实体合并，使它们成为一个实体。下面将如图 12.39 所示的圆柱体和长方体进行并集运算，并集效果如图 12.40 所示，其命令操作如下：

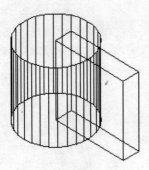 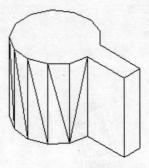

图 12.39　原图形　　　　　　　　　　　图 12.40　并集后的图形

命令: union	//执行并集命令
选择对象:	//选择圆柱体和长方体
选择对象:	//按【Enter】键结束并集命令

2）差集运算

差集命令用于从所选三维实体组或面域组中减去一个或多个实体或面域，从而得到一个新的实体或面域。执行差集运算命令，主要有以下几种方法：

- 选择【修改】→【实体编辑】→【差集】命令。
- 单击【实体编辑】工具栏中的【差集】按钮 ◎。
- 在命令行中执行 Subtract（SU）命令。

使用 Subtract 命令对实体进行差集运算时，首先应选择要从中减去的实体或面域，再选择要减去的实体或面域。下面使用差集命令，将如图 12.39 所示的圆柱体和长方体进行差集运算，差集效果如图 12.41 所示，其命令操作如下：

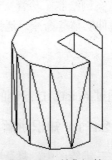

图 12.41　差集运算

命令: su	//执行差集命令
SUBTRACT	
选择要从中减去的实体或面域...	
选择对象:	//选择圆柱体
选择对象:	//按【Enter】键确定选择
选择要减去的实体或面域...	
选择对象:	//选择长方体
选择对象:	//按【Enter】键确定选择

3）交集运算

交集命令用于确定多个面域或实体之间的公共部分，计算并生成相交部分的形体，而每个面域或实体的非公共部分便会被删除。执行交集运算命令，主要有以下几种方法：

● 选择【修改】→【实体编辑】→【交集】命令。

● 单击【实体编辑】工具栏中的【交集】按钮◎◎。

● 在命令行中执行 Intersect（IN）命令。

使用 Intersect 命令对实体进行交集运算，应选择具有公共部分的实体，然后保留相交部分的实体，删除非相交部分的实体。下面将如图 12.39 所示的圆柱体和长方体进行交集运算，交集效果如图 12.42 所示，其命令操作如下：

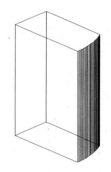

图 12.42　交集运算

命令: intersect	//执行交集命令
选择对象:	//选择圆柱体和长方体
选择对象:	//按【Enter】键结束交集命令

2．三维实体的编辑

前面我们介绍的二维图形编辑命令，如倒角、圆角等命令，其中大多数对三维图形也适用，且操作步骤基本相同，只是操作方式有所不同而已。

1）三维阵列

三维阵列命令用于在三维空间中生成三维矩形或环形阵列，该命令常用于大量通用构件模型的等距阵列复制。执行三维阵列命令，主要有以下两种方法：

● 选择【修改】→【三维操作】→【三维阵列】命令。

● 在命令行中执行 3Darray（3A）命令。

使用 3Darray 命令进行阵列与在二维空间中进行阵列类似，不同的是它除了在行（X 轴）、列（Y 轴）指定阵列数和距离外，在层（Z 轴）及高度方向上也要指定阵列数和距离。下面使用三维阵列命令，对如图 12.43 所示的球体进行三维阵列复制，效果如图 12.44 所示，其命令操作如下：

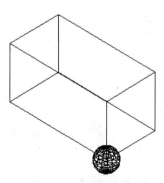

图 12.43　阵列前的图形

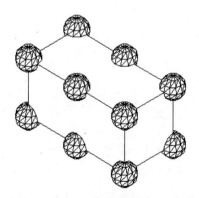

图 12.44　三维阵列复制

命令: 3Darray	//执行三维阵列命令
选择对象:	//选择球体
选择对象:	//确定对象的选择
输入阵列类型 [矩形(R)/环形(P)] <矩形>:r	//选择【矩形】选项
输入行数 (---) <1>: 3	//指定阵列的行数
输入列数 (‖‖) <1>: 2	//指定阵列的列数
输入层数 (...) <1>: 2	//指定阵列的层数
指定行间距 (---): 10	//指定行间距
指定列间距 (‖‖): 10	//指定列间距
指定层间距 (...): 10	//指定层间距

2) 三维镜像

三维镜像可以将三维模型以指定的平面进行镜像。执行三维镜像命令，主要有以下两种方法：

- 选择【修改】→【三维操作】→【三维镜像】命令。
- 在命令行中执行 Mirror3d 命令。

三维镜像命令与二维镜像命令类似，不同的是 Mirror3d 命令镜像的是三维实体，且是相对于一个平面进行镜像。下面使用三维镜像命令对如图 12.45 所示的三维实体进行镜像，效果如图 12.46 所示，其命令操作如下：

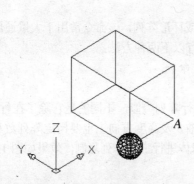

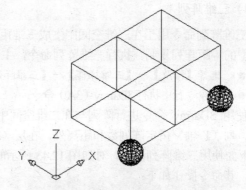

图 12.45 镜像前的图形   图 12.46 三维镜像模型

命令: mirror3d	//执行三维镜像命令
选择对象:	//选择长方体和球体
选择对象:	//确定对象的选择
指定镜像平面 (三点) 的第一个点或 [对象(O)/最近的(L)/Z 轴(Z)/视图(V)/XY 平面(XY)/YZ 平面(YZ)/ZX 平面(ZX)/三点(3)] <三点>: yz	//选择【YZ 平面】选项
指定 YZ 平面上的点 <0,0,0>:	//指定点 A，如图 12.46 所示
是否删除源对象? [是(Y)/否(N)] <否>:	//镜像时不删除源对象

3) 三维旋转

三维旋转可以将三维模型绕指定的轴旋转一定的角度。执行三维旋转命令，主要有以下两种方法：

- 选择【修改】→【三维操作】→【三维旋转】命令。
- 在命令行中执行 Rotate3d 命令。

执行该命令后，首先选择要旋转的对象，然后指定旋转轴和旋转角度。在指定旋转轴时有选择对象、最近的、视图、X 轴、Y 轴、Z 轴和两点等方式。

下面使用三维旋转命令，对如图 12.45 所示的三维实体进行三维旋转，得到如图 12.47 所示的图形，其命令操作如下：

```
命令: rotate3d                              //执行三维旋转命令
UCS 当前的正角方向：  ANGDIR=逆时针   ANGBASE=0
选择对象: 指定对角点: 找到 2 个            //选择三维实体
选择对象:                                  //确定对象的选择
指定基点:                                  //选择端点，如图 12.48 所示
拾取旋转轴:                                //选择旋转轴，如图 12.48 所示
指定角的起点或键入角度: -30              //指定旋转角度
```

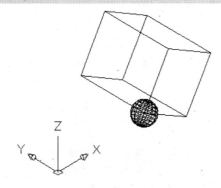

图 12.47　旋转实体

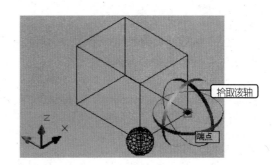

图 12.48　选择基点和旋转轴

12.2.2　典型案例——绘制端盖模型

案例目标

本案例将绘制如图 12.49 所示的端盖模型。通过本实例的练习，可进一步了解并掌握实体模型图的绘制。

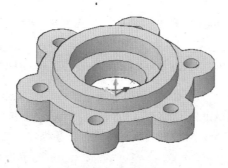

图 12.49　端盖模型

素材位置： 【\第 12 课\素材\端盖零件图.dwg】

效果图位置： 【\第 12 课\源文件\端盖模型.dwg】

操作思路：

（1）使用绘制圆柱体命令，然后使用差集运算命令等，绘制端盖主体部分。

（2）绘制连接部圆柱体，然后使用三维镜像命令镜像复制图形。

（3）将连接部与主体进行并集运算，然后使用差集运算命令，绘制螺孔。

操作步骤

本案例分为三个步骤：第一步，绘制端盖主体部分，第二步，绘制圆柱体；第三步，绘制螺孔。其具体操作如下。

（1）执行【视图】→【三维视图】→【西南等轴测】命令，将当前视图设置为西南等轴测视图。

（2）执行设置线框密度命令，设置线框密度，其命令操作如下：

命令: isolines	//执行设置线框密度命令
输入 isolines 的新值 <4>: 30	//指定线框密度

（3）执行绘制圆柱体命令，绘制端盖外形圆柱体，底面半径为 100，高度为 30，如图 12.50 所示，其命令操作如下：

命令: cylinder	//执行圆柱体命令
指定底面的中心点或 [三点(3P)/两点(2P)/相切、相切、半径(T)/椭圆(E)]:0,0,0	//指定坐标原点为底面中心点
指定底面半径或 [直径(D)]: 100	//指定底面半径
指定高度或 [两点(2P)/轴端点(A)]: 30	//指定圆柱体的高度

（4）再次执行绘制圆柱体命令，绘制底面半径为 80，高度为 50 的圆柱体，如图 12.51 所示，其命令操作如下：

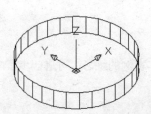

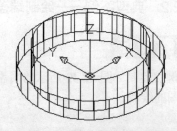

图 12.50 绘制半径为 100 的圆柱体　　　　图 12.51 绘制半径为 80 的圆柱体

命令: _cylinder	//执行圆柱体命令
指定底面的中心点或 [三点(3P)/两点(2P)/相切、相切、半径(T)/椭圆(E)]:0,0,0	//指定坐标原点为底面中心点
指定底面半径或 [直径(D)]: 80	//指定底面半径
指定高度或 [两点(2P)/轴端点(A)]: 50	//指定圆柱体的高度

（5）执行并集运算命令，对绘制的圆柱体进行并集操作，其命令操作如下：

命令: union	//执行并集运算命令
选择对象: 找到 1 个	//选择第 3 步绘制的圆柱体

选择对象：找到 1 个，总计 2 个   //选择第 4 步绘制的圆柱体

选择对象：   //确认对象的选择

（6）再次执行绘制圆柱体命令，绘制端盖内形圆柱体，底面半径为 40，高度为 25，如图 12.52 所示，其命令操作如下：

命令：cylinder   //执行圆柱体命令

指定底面的中心点或 [三点(3P)/两点(2P)/相切、相切、半径(T)/椭圆(E)]:0,0,0   //指定坐标原点为底面中心点

指定底面半径或 [直径(D)]: 40   //指定底面半径

指定高度或 [两点(2P)/轴端点(A)]: 25   //指定圆柱体的高度

（7）执行圆柱体命令，以第 6 步绘制的圆柱体顶面中心为圆心，绘制底面半径为 60，高度为 25 的圆柱体，如图 12.53 所示。

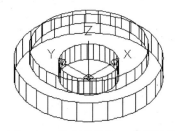 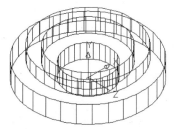

图 12.52 绘制半径为 40 的圆柱体   图 12.53 绘制半径为 60 的圆柱体

（8）执行并集运算命令，对第 6 步和第 7 步绘制的圆柱体进行并集操作。

（9）执行差集运算命令，创建端盖内形圆柱体，如图 12.54 所示，其命令操作如下：

命令：subtract   //执行差集运算命令

选择要从中减去的实体或面域...

选择对象：找到 1 个   //选择第 5 步中并集后的圆柱体

选择对象：   //确认对象的选择

选择要减去的实体或面域 ..

选择对象：找到 1 个   //选择第 8 步中并集后的圆柱体

选择对象：   //确认选择

（10）执行圆柱体命令，捕捉第 3 步绘制的半径为 100 的圆柱体底面象限点为圆心，绘制底面半径为 30，高度为 30 的圆柱体，如图 12.55 所示，其命令操作如下：

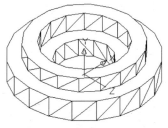 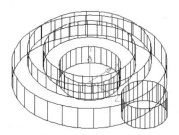

图 12.54 创建端盖内形圆柱体   图 12.55 绘制半径为 30 的圆柱体

命令：cylinder   //执行圆柱体命令

指定底面的中心点或 [三点(3P)/两点(2P)/相切、相切、半径(T)/椭圆(E)]:   //捕捉象限点，如图 12.56 所示

| 指定底面半径或 [直径(D)]:30 | //指定圆柱体的底面半径 |
| 指定高度或 [两点(2P)/轴端点(A)]: 30 | //指定圆柱体的高度 |

（11）再次执行圆柱体命令，以上一步中绘制的圆柱体底面中心为圆心，绘制底面半径为 10，高度为 30 的圆柱体，如图 12.57 所示，其命令操作如下：

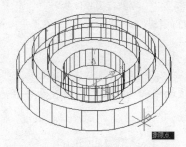

图 12.56　捕捉象限点

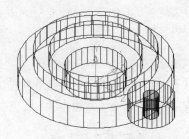

图 12.57　绘制半径为 10 的圆柱体

命令: cylinder	//执行圆柱体命令
指定底面的中心点或 [三点(3P)/两点(2P)/相切、相切、半径(T)/椭圆(E)]:	//捕捉圆心，如图 12.58 所示
指定底面半径或 [直径(D)]:10	//指定圆柱体的底面半径
指定高度或 [两点(2P)/轴端点(A)]: 30	//指定圆柱体的高度

（12）执行三维阵列命令，创建端盖连接部，如图 12.59 所示，其命令操作如下：

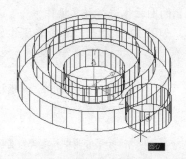

图 12.58　捕捉圆心

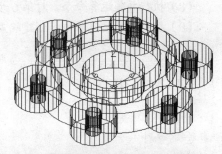

图 12.59　执行三维阵列命令

命令: 3darray	//执行三维阵列命令
正在初始化... 已加载 3DARRAY。	
选择对象: 找到 1 个	//选择第 10 步绘制的圆柱体
选择对象: 找到 1 个，总计 2 个	//选择第 11 步绘制的圆柱体
选择对象:	//确认选择
输入阵列类型 [矩形(R)/环形(P)] <矩形>:P	//选择【环形】阵列选项
输入阵列中的项目数目:6	//输入要阵列的数量
指定要填充的角度 (+=逆时针, -=顺时针) <360>:	//输入旋转角度
旋转阵列对象? [是(Y)/否(N)] <Y>:	//确定旋转阵列对象
指定阵列的中心点:_cen	//选择【捕捉到圆心】选项
于	//捕捉第 6 步绘制的圆柱体顶面圆心，如图 12.60 所示
指定旋转轴上的第二点:_cen	//选择【捕捉到圆心】选项

于
//捕捉第 6 步绘制的圆柱体底面圆心，如图 12.61
所示，完成三维阵列操作

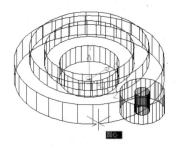

图 12.60　捕捉顶面圆心

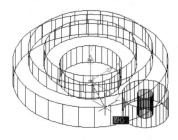

图 12.61　捕捉底面圆心

（13）执行并集运算命令，将阵列的 6 个半径为 30 的圆柱体与实体进行并集运算，如图 12.62 所示。

（14）执行差集运算命令，创建端盖螺孔，即将并集运算后的实体与阵列的 6 个半径为 10 的圆柱体进行差集运算，完成的最终效果如图 12.63 所示。

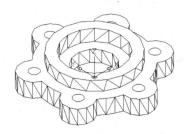

图 12.62　并集运算

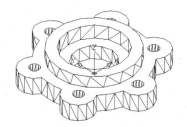

图 12.63　最终效果

案例小结

本案例主要绘制了端盖实体模型，在绘制的过程中，主要使用了圆柱体、阵列、并集及差集等命令。通过本实例的绘制，可掌握实体模型的绘制。

12.3　三维实体的渲染与着色

渲染和着色是 AutoCAD 形象显示三维实体的重要手段。用户绘制的三维实体经过渲染和着色后，将会更加清晰逼真，观察起来也更为形象和方便。

12.3.1　知识讲解

使用三维图形绘制命令绘制好实体模型后，实体是以线框显示的，难以反映物体的真实情况。在对实体模型进行渲染和着色后，将生成一副具有真实感的图片，以便预览设计的结果。

1．三维实体的消隐

消隐是重生成不显示隐藏线的三维线框模型。对三维实体进行消隐操作，可隐藏屏幕

上存在而实际上应该被遮挡的轮廓线和其他线条。执行消隐命令，主要有以下几种方法：

- 选择【视图】→【消隐】命令。
- 单击【渲染】工具栏中的【隐藏】按钮 。
- 在命令行中执行 Hide 命令。

执行消隐命令后，用户无须进行目标选择，系统将对当前视窗内的所有实体自动进行消隐。例如，将如图 12.64 所示的三维实体进行消隐操作，消隐后的效果如图 12.65 所示。

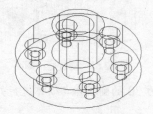

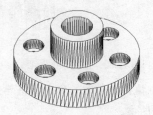

图 12.64　消隐前　　　　　　　　　　图 12.65　消隐后

注意：消隐后的三维实体，用户对其执行【重生成】操作后，将会恢复到消隐前的状态。

2. 三维实体的着色

使用着色命令可以给三维实体着色，其功能比消隐命令更强大，不仅可以实现实体消隐，而且还可以给其表面着色。着色的效果取决于实体本身的颜色、电脑显示卡的类型、显示器以及用户对着色选项的当前设置值。执行着色命令，主要有以下两种方法：

- 选择【视图】→【视觉样式】菜单下的相应命令，如图 12.66 所示。
- 单击【视觉样式】工具栏中的相应按钮，如图 12.67 所示。

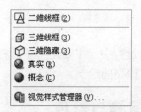

图 12.66　【视觉样式】菜单　　　　12.67　【视觉样式】工具栏

AutoCAD 中有多种着色方式，下面简单介绍每种着色方式的含义。

- **二维线框**：该方式显示实体线框模型。所有的三维实体均以直线、曲线组成的边框边界显示，同时 UCS 图标以二维方式显示。
- **三维线框**：该方式显示实体线框模型，如图 12.68 所示。
- **三维隐藏**：该方式同消隐命令效果一样，如图 12.69 所示。
- **真实**：该方式着色多边形平面间的对象，使对象的边平滑化并将显示已附着到对象的材质，如图 12.70 所示。
- **概念**：该方式着色多边形平面间的对象，并使对象的边平滑化。着色使用古氏面样式，一种冷色和暖色之间的过渡，而不是从深色到浅色的过渡。效果缺乏真实感，但是可以

更方便地查看模型的细节，如图 12.71 所示。

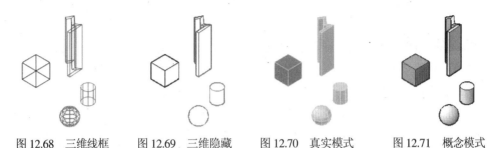

图 12.68　三维线框　　　图 12.69　三维隐藏　　　图 12.70　真实模式　　　图 12.71　概念模式

3. 三维实体的渲染

绘制三维实体的最终目标是创建一个可以表达用户想象的并具有照片级真实感的演示质量图像，因而需要创建许多渲染。用户可以通过渲染命令对三维实体进行渲染。执行渲染命令，主要有以下几种方式：

- 选择【视图】→【渲染】→【渲染】命令。
- 单击【渲染】工具栏中的【渲染】按钮 。
- 在命令行中执行 Render 命令。

Render 命令用于开始渲染过程并在打开的窗口中显示渲染图像。下面对如图 12.72 所示的三维模型执行渲染命令，之后将打开渲染结果窗口，如图 12.73 所示。渲染完成后，可将渲染结果以图片文件的形式保存下来。

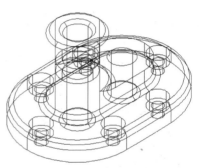

图 12.72　渲染前

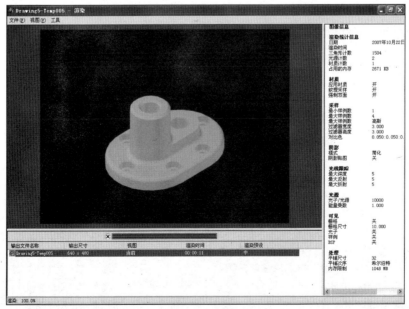

图 12.73　渲染后

12.3.2　典型案例——渲染螺钉模型

案例目标

本案例将渲染如图 12.74 所示的螺钉模型，通过本实例的练习，可进一步了解并掌握渲染模型的操作方法。

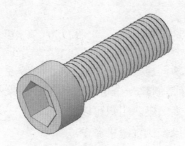

图 12.74　螺钉

素材位置：【\第 12 课\素材\螺钉模型.dwg】
效果图位置：【\第 12 课\源文件\螺钉.jpg】
操作思路：

（1）打开素材"螺钉模型.dwg"图形文件。
（2）使用渲染命令渲染模型，并保存渲染结果。

操作步骤

本案例分为两个步骤：第一步，打开图形文件；第二步，渲染并保存图形文件。其具体操作如下。

（1）打开"螺钉模型.dwg"图形文件，如图 12.75 所示。

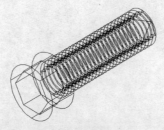

图 12.75　三维实体图

（2）在命令行中，执行-render 命令，渲染螺钉模型，其命令操作如下：

命令: -render	//执行渲染命令
指定渲染预设 [草稿(D)/低(L)/中(M)/高(H)/演示(P)/其他(O)] <中>: h	//选择渲染效果为【高】选项
指定渲染目标 [渲染窗口(R)/视口(V)] <渲染窗口>:	//选择【渲染窗口】选项
输入输出宽度 <640>: 1024	//指定输出图像宽度
输入输出高度 <480>: 768	//指定输出图像高度

是否将渲染保存到文件？[是(Y)/否(N)] <否>:　　　　　　//选择【否】选项不保存到文件

（3）选择【文件】→【保存】命令，如图 12.76 所示，打开【渲染输出文件】对话框，将渲染结果保存为 jpg 图片，如图 12.77 所示。

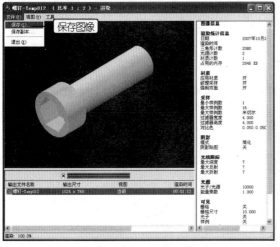

图 12.76　选择【文件】→【保存】命令

图 12.77　【渲染输出文件】对话框

案例小结

本案例渲染了螺钉实体模型，在操作的过程中，主要使用了渲染命令，通过本实例的操作，可掌握三维实体的渲染方法。

12.4　上 机 练 习

12.4.1　绘制固定座模型

本次练习使用三维实体命令，将如图 12.78 所示的零件图绘制为三维模型图，效果如图 12.79 所示，主要练习三维模型的创建方法等。

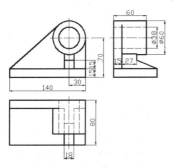

图 12.78　固定座零件图　　　　　　　　图 12.79　固定座模型图

素材位置：【\第 12 课\素材\固定座.dwg】

效果图位置：【\第 12 课\源文件\固定座模型.dwg】

操作思路：

- 首先使用长方体命令绘制模型底板，然后使用楔体命令绘制肋楔体部分。
- 使用多段线命令绘制轮廓线，然后使用拉伸实体命令拉伸。
- 使用圆柱体命令以及差集运算命令绘制轴孔，并使用并集运算命令对实体图形进行并集运算处理。

12.4.2 绘制支撑座模型

本次练习将绘制如图 12.80 所示支撑座零件图的实体模型，效果如图 12.81 所示，主要练习盘盖类实体图形的绘制方法。

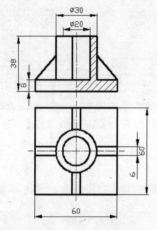

图 12.80　支撑座零件图

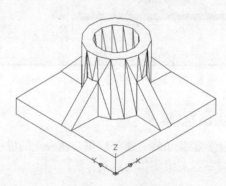

图 12.81　支撑座模型

素材位置：【\第 12 课\素材\支撑座零件图.dwg】

效果图位置：【\第 12 课\源文件\支撑座模型.dwg】

操作思路：

- 使用长方体命令创建座体轮廓。
- 使用楔体命令创建支撑板。
- 使用圆柱体命令以及差集命令绘制轴孔，最后对实体进行并集操作。

12.5　疑　难　解　答

问：在绘制三维图形时，可以将圆和矩形等图形进行拉伸，使用直线和圆弧等命令绘制的封闭图形，能否进行拉伸操作？

答：使用直线、圆弧等多个二维对象首尾相接的封闭图形无法直接拉伸，如果要进行拉伸，可以将其合并为一条二维多段线，也可选择【绘图】→【面域】命令或单击【绘图】工具栏中的【面域】按钮 将其转换为面域，再使用拉伸命令对其进行拉伸操作。

问：使用 Render 命令渲染三维实体与使用 -Render 命令渲染三维实体有什么不同？

答：在使用 Render 命令渲染三维实体时，不需要设置或者选择渲染对象，执行 Render

命令后，系统自动将绘图区内的对象以默认的设置进行渲染。在执行-Render命令时，还需要设置渲染的一些参数，如图像质量和图像尺寸等。

12.6　课后练习

1．选择题

（1）使用（　　）命令可以绘制多段体。

A．Cylinder
B．Box
C．Sphere
D．Polysolid

（2）（　　）命令常用于大量通用构件模型的等距阵列复制。

A．Extrude
B．Rotate3d
C．3Darray
D．Revolve

2．问答题

（1）哪些二维对象可以被拉伸为三维实体？哪些对象可以作为拉伸路径？

（2）如何使用旋转实体命令？如何通过旋转的方法生成三维实体？

（3）对三维实体进行布尔运算的用途是什么？

3．上机题

参照本课所讲的知识，将如图12.82所示的油盖零件图绘制成实体模型，效果如图12.83所示。通过本次上机操作，可巩固机械头实体模型的绘制方法。

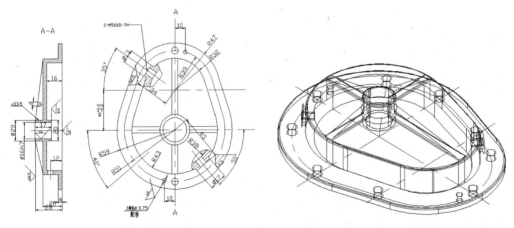

图 12.82　油盖零件图　　　　　　　　　　　图 12.83　油盖模型

素材位置：【\第 12 课\素材\油盖零件图.dwg】

源文件位置：【\第 12 课\源文件\油盖模型.dwg】

提示：该图形可以首先使用多段线或直线、圆以及修剪命令绘制其轮廓，再进行拉伸实体操作，使用楔体命令绘制肋板，最后使用圆柱体以及差集运算命令绘制孔。

第13课

图形的后期处理

本课要点

- 图形的输入与输出
- 图形的打印

具体要求

- 掌握其他格式图形的输入
- 熟悉将图形输出为其他格式的文件
- 熟悉图形的打印输出

本课导读

将其他格式的图形文件输入 AutoCAD 或将 AutoCAD 图形输出为其他格式的文件，可让用户更好地对图形进行操作。将图形打印输出，能够让用户在图纸上观察图形。

- 输入图形：将 DXF 等格式的图形文件输入 AutoCAD。
- 文件输出：将图形输出为 BMP、WMF 和 3DS 等格式的文件。
- 打印输出：将轴套类、箱体类和叉架类零件图打印到图纸上。

13.1　图形的输入与输出

AutoCAD 提供了图形的输入与输出功能,用户可以使用该功能与其他应用程序进行数据的互换。

13.1.1　知识讲解

在 AutoCAD 中,除了可以打开和保存 DWG 图形文件外,还可以调用和输出其他格式文件。

1. 输入图形

在 AutoCAD 2008 中,用户可以使用多种类型的文件,包括由其他应用程序创建的文件和在早期版本的程序中创建的文件。可以输入的文件类型有图元文件、SCIS 以及 3DStudio 等。输入文件的具体操作如下:

（1）选择【文件】→【输入】命令,打开如图 13.1 所示的【输入文件】对话框。

（2）在【文件类型】下拉列表框中选择要输入的文件格式。

（3）在【搜索】下拉列表框中选择文件的保存位置,在其下方的列表框中选择要输入的文件。

图 13.1　输入文件

（4）单击 打开(O) 按钮,完成图形文件的输入操作。

另外,选择【插入】菜单项下的相应命令也可以输入其他应用程序创建的文件,如 SCIS、3DStudio、二进制图形交换、Windows 图元文件以及 OLE 对象等类型文件。

2. 输出图形

将图形进行输出时,主要看输出后的格式用于什么软件,比如,Photoshop 一般是 BMP 格式的文件;CorelDRAW 使用的是矢量图,因此应将其输出为 WMF 格式的文件。输出文件的具体操作如下:

（1）选择【文件】→【输出】命令,打开如图 13.2 所示的【输出数据】对话框。

（2）在【文件类型】下拉列表框中选择要输出的文件格式。

（3）在【保存于】下拉列表框中指定文件的保存位置,在【文件名】下拉列表框中输入文件的名称。

（4）单击 保存(S) 按钮,然后选择要输出的图形即可完成图形文件的输出操作。

图 13.2　【输出数据】对话框

13.1.2 典型案例——输出图形

案例目标

本案例将把如图 13.3 所示的格式为 DWG 的 CAD 图形输出为 WMF 格式的文件。通过本实例的练习，可掌握图形文件的输出方法。

　　素材位置：【\第 13 课\素材\转向盘.dwg】

　　效果图位置：【\第 13 课\源文件\转向盘.wmf】

　　操作思路：

　　（1）打开"转向盘.dwg"图形文件。

　　（2）将图形文件输出为 WMF 格式的文件。

图 13.3　转向盘

操作步骤

　　本案例分为两个步骤：第一步，打开图形文件；第二步，输出图形文件。其具体操作如下：

　　（1）选择【文件】→【打开】命令，打开"转向盘.dwg"图形文件。

　　（2）选择【文件】→【输出】命令，打开如图 13.4 所示的【输出数据】对话框。

　　（3）在【保存于】下拉列表框中指定保存文件的路径，在【文件类型】下拉列表框中选择"图元文件(*.wmf)"选项，然后在【文件名】下拉列表框中输入"转向盘"文字。

图 13.4　输出文件

　　（4）单击 保存(S) 按钮，此时，在绘图区中选择要输出的图形，按【Enter】键完成输出操作。

案例小结

　　本案例主要练习了将 CAD 图形输出为 WMF 格式的文件，在输出图形文件时，应该注意文件类型的选择。通过本实例的练习，可掌握图形输出的方法，了解各类软件之间的关系。

13.2　图形的打印

　　在 AutoCAD 中，绘制完成的图形最为重要的应用就是打印输出，作为计算机辅助设计的最有效结果——指导生产和工作。因此，打印输出是 CAD 用户必须掌握的技能。

13.2.1　知识讲解

　　打印输出是 AutoCAD 2008 绘图中十分重要的环节。选择【文件】→【打印】命令，将打开如图

13.5 所示的【打印-模型】对话框。在该对话框中可以对打印参数进行设置，并将图形进行打印输出。

图 13.5 　【打印-模型】对话框

1．打印到文件

如果打印机与另外一台计算机相连，而另外一台计算机没有安装 AutoCAD，这时创建一个打印文件非常有用，可以将打印文件复制到移动存储器上，并发送到另一台计算机。

将图形打印到文件，需要在【打印-模型】对话框中选中【☑打印到文件(F)】复选框，然后单击【　确定　】按钮，单击该按钮后将打开如图 13.6 所示的【浏览打印文件】对话框，从中可以完成将图纸打印到文件的操作。在该对话框中，系统将自动添加文件扩展名。

图 13.6 　输出文件

2．打印到图纸

当用户完成图形的绘制后，为了便于查看，还可将图纸打印输出。在对图形进行打印前，首先应设置打印参数，如选择打印设备、设定打印样式和指定打印区域等。

1）选择打印设备

在【打印-模型】对话框的【打印机/绘图仪】栏中，单击【名称】下拉列表框右侧的▼按钮，在弹出的下拉列表中选择打印设备，如图 13.7 所示。

图 13.7 　选择打印设备

2）指定打印样式

打印样式是系统预设好的样式，通过选择打印样式可以改变图形对象在输出时的颜色、线型或线宽等特性。其方法是单击【打印样式表（笔指定）】下拉列表框右侧的▼按钮，

图 13.8 　选择打印样式表

在弹出的下拉列表中选择样式，如图 13.8 所示。

3）设定打印区域

在【打印区域】栏的【打印范围】下拉列表框中选择图形打印时的打印区域，如图 13.9 所示。其中各选项含义分别如下。

- **窗口**：选择该选项，将进入绘图区，在绘图区中指定一个区域作为打印的窗口。
- **范围**：打印绘图区中所有的图形对象。

图 13.9　选择打印区域

- **图形界限**：只打印设定的图形界限内的所有对象。
- **显示**：打印模型空间当前视口中的视图或布局中的当前图纸空间视图的对象。

4）设定打印比例

在设置打印比例时，如果是在模型空间中打印图形，将默认选中☑布满图纸(I)复选框，即在打印时将自动根据图纸的大小缩放图形，以图形布满图纸。取消该复选框的选中后，可以在【比例】下拉列表框中选择输出图形时的比例，如图 13.10 所示。

图 13.10　设置打印比例

5）调整图形打印方向

在【图形方向】栏中可以选择图形的打印方向，如纵向、横向以及反向打印等，如图 13.11 所示，其中各选项含义分别如下。

- **纵向**：选中该单选按钮，将图纸的短边作为图形页面的顶部进行打印。
- **横向**：选中该单选按钮，将图纸的长边作为图形页面的顶部进行打印。

图 13.11　设置打印方向

- **反向打印**：选中该复选框，可以将图形在图纸上倒置进行打印，相当于将图形旋转 180° 后再进行打印。

13.2.2　典型案例——打印图纸

案例目标

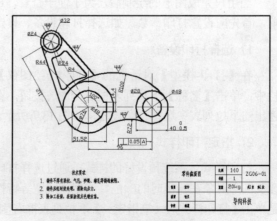

本案例将对图形进行打印输出，如图 13.12 所示为图形的打印预览。通过本实例的练习，可进一步了解图形的打印输出方法。

素材位置：【\第 13 课\素材\零件截面图.dwg】

效果图位置：【\第 13 课\源文件\零件截面图.dwf】

操作思路：

（1）打开要打印输出的图形文件。

图 13.12　打印预览

（2）执行打印命令，然后设置打印参数，并将图形打印到文件。

操作步骤

本案例分为两个步骤：第一步，打开图形文件；第二步，打印图形文件。其具体操作
如下：

（1）选择【文件】→【打开】命令，打开"零件截面图.dwg"图形文件。

（2）选择【文件】→【打印】命令，打开如图13.13所示的【打印-模型】对话框。

图13.13　设置打印参数

（3）在【打印机/绘图仪】栏的【名称】下拉列表框中选择【DWF6 ePlot.pc3】选项。

（4）在【打印区域】栏的【打印范围】下拉列表框中选择【图形界限】选项，并选
中【打印偏移】栏中的【居中打印】复选框。

（5）在【打印比例】栏中选中【布满图纸】复选框，在【图形方向】栏中选中【横
向】单选按钮。

（6）单击 ┌─确定─┐ 按钮，打开如图13.14所示的【浏览打印文件】对话框。

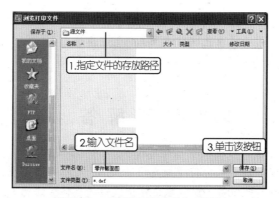

图13.14　【浏览打印文件】对话框

（7）指定文件的存放路径，在【文件名】下拉列表框中输入"零件截面图"，单击 ┌保存(S)┐

按钮完成操作。

案例小结

本案例主要练习了图形文件的打印输出。通过本案例的练习，可掌握文件打印输出的方法，读者应注意根据实际情况选择相应的打印机名称。

13.3 上机练习

13.3.1 将图形输出为 BMP 文件

本次练习将把如图 13.15 所示的键零件图输出为 BMP 格式的文件，主要练习 CAD 图形文件的输出操作。

素材位置：【\第 13 课\素材\键零件图.dwg】

效果图位置：【\第 13 课\源文件\键零件图.bmp】

操作思路：

● 打开"键零件图.dwg"图形文件。

● 执行文件输出命令将图形文件输出为 BMP 格式的图形文件。

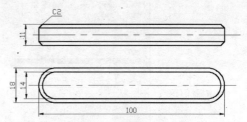

图 13.15 输出为 BMP 格式文件

13.3.2 打印三维图形

本次练习将把如图 13.16 所示的机械三维模型以真实的方式打印到图形文件，主要练习 CAD 图形文件的打印输出操作。

素材位置：【\第 13 课\素材\滚动轴承.dwg】

效果图位置：【\第 13 课\源文件\滚动轴承.plt】

操作思路：

● 打开"滚动轴承.dwg"图形文件。

● 执行打印命令，在【着色视口选项】栏的【着色打印】下拉列表框中选择【真实】选项，并将图形文件打印到文件。

图 13.16 打印三维图形

13.4 疑难解答

问：在图形的打印输出时是否每次都要选择打印机/绘图仪？

答：在打印图纸时，如果某台打印设备经常使用，可以将其设置为默认输出设备，避免每次打印时都要选择打印设备。设置默认输出设备的具体方法为：选择【工具】→【选项】命令，打开【选项】对话框，单击【打印和发布】选项卡，在【用做默认输出设备】下拉列表框中进行设置即可。

问：在打印机械零件图时，一般都将零件图的主视图、俯视图、左视图等一起打印，能不能在打印的时候只打印主视图，如何进行设置？

答：在进行图形打印时，可以将所绘制的图形全部进行打印，也可以只打印其中的一部分。如只对某一区域进行打印，其方法是在【打印区域】栏的【打印范围】下拉列表框中选择【窗口】选项，然后返回绘图区，在绘图区中选择要打印的图形区域。

13.5 课后练习

1. 选择题

（1）选择（　　）菜单下的相应命令也可以输入其他应用程序创建的文件。

    A．【插入】   B．【文件】

    C．【绘图】   D．【格式】

（2）将图形输出为（　　）格式的文件，可用于 Photoshop 软件。

    A．DWG   B．WMF

    C．BMP   D．PLT

2. 问答题

（1）如何输入图形？在 AutoCAD 中输入的图形文件格式一般有哪些？

（2）如何将图形输出为其他格式文件？

（3）如何在没有安装 AutoCAD 的计算机上打印图纸？

3. 上机题

参照本课所讲的知识，将如图 13.17 所示的锥齿轮模型输出为 WMF 格式的文件。通过本次上机操作，可了解并掌握将 CAD 图形文件输出为 WMF 图形的方法。

素材位置：【\第 13 课\素材\锥齿轮.dwg】

源文件位置：【\第 13 课\源文件\锥齿轮.wmf】

提示：执行图形文件输出命令，指定文件格式、名称及路径，最后选择要输出成为 WMF 格式的文件类型。

图 13.17　锥齿轮

第14课

综合实例——绘制泵盖

本课要点

📖 机械零件图的绘制方法
📖 机械模型图的绘制方法

具体要求

📖 了解零件图的绘制过程
📖 掌握机械零件图的绘制方法
📖 掌握机械模型图的绘制方法

本课导读

利用 AutoCAD 绘制机械零件图、模型图，可方便、快捷地对其进行绘制、编辑等操作。利用机械零件图，可以通过简单的命令，将其转换成三维图形。本课将通过对机械零件图、模型图的讲解，介绍零件图及模型图的绘制，以巩固本书所学内容。

📖 机械零件图：零件主视图、左视图的绘制。
📖 机械模型图：利用所绘制的零件图进行实体模型的复制，生成实体模型轮廓，最后对细节进行修改。

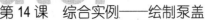

14.1 制 作 分 析

使用 AutoCAD 软件绘制机械图形时，除了绘制零件图外，还常需要绘制实体模型图。零件图作为技术文件指导加工，模型图用来表示零件加工完成后的具体形状。

14.1.1 实例效果预览

本案例将绘制泵盖机械图的零件图（如图 14.1 所示）以及实体模型（如图 14.2 所示）。通过本实例的绘制，可掌握零件图和实体模型图的绘制方法，并巩固本书所学内容。

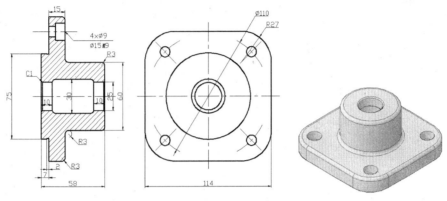

图 14.1 泵盖零件图   图 14.2 泵盖实体模型

源文件位置：【\第 14 课\源文件\泵盖零件图.dwg、泵盖模型.dwg】
操作思路：

（1）绘制主视图辅助线，并绘制主视图。
（2）在主视图的基础上绘制泵盖左视图。
（3）利用所绘制的零件图绘制泵盖实体模型。

14.1.2 实例制作分析

确定所绘图形之后，便可开始机械图形的绘制。在绘制机械图形的过程中，主要包括图形的定位、主视图、左视图的绘制，以及实体模型的绘制等。在绘制图形的过程中，应注意以下几点。

● **主视图：**注意主视图一般用于表现轴向内部结构且所绘制图形为对称图形，绘制时可以先绘制一半，然后使用镜像命令完成另一半的绘制，再对不相同的部分进行修改，再在此基础上使用旋转剖视图的绘制方法完成绘制。

● **左视图：**在绘制泵盖左视图时，可以参照主视图进行绘制，注意长对正、高平齐的绘图规则。可以先使用偏移等命令绘制图形的作图辅助线，然后在此基础上完成左视图的绘制。

● **实体模型：**实体模型是根据零件图的造型、尺寸进行绘制的模拟实体图形。绘制该图形时，可以先使用圆柱体等实体命令，并结合布尔运算等命令，完成泵盖实体轮廓的绘制，最后再完成轴孔、螺孔的绘制。

14.2 制 作 过 程

本实例的制作过程主要分为绘制泵盖零件图和绘制泵盖模型图两个部分，下面分别对其进行介绍。

14.2.1 绘制泵盖零件图

绘制本案例泵盖零件图时，使用主视图和左视图两个视图，便可清楚地表达零件的形状、结构等。

1．绘制主视图

绘制泵盖主视图，其具体操作如下：

（1）执行构造线命令，绘制水平及垂直中心线，如图 14.3 所示。

（2）执行直线命令，以辅助线的交点为起点，绘制泵盖下端基本轮廓，如图 14.4 所示。

图 14.3　绘制作图辅助线　　　　图 14.4　绘制主视图下半部轮廓

（3）执行直线命令和偏移命令，绘制直线并将最左端的线段，分别向右偏移 10、48，如图 14.5 所示。

（4）再次执行偏移命令，将水平中心线向下分别偏移 12.5、15，如图 14.6 所示。

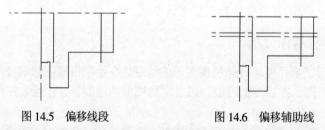

图 14.5　偏移线段　　　　　图 14.6　偏移辅助线

（5）执行修剪命令，修剪多余的线条，如图 14.7 所示。

（6）执行圆角命令，设置圆角半径为 3，进行圆角操作，如图 14.8 所示。

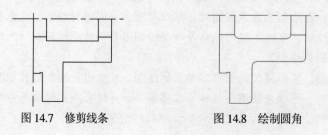

图 14.7　修剪线条　　　　　图 14.8　绘制圆角

（7）执行倒角命令，倒角参数为 1×45°，如图 14.9 所示。

（8）执行直线命令，绘制连接倒角的线段，如图 14.10 所示。

图 14.9　绘制倒角　　　　　　　　　图 14.10　连接倒角

（9）执行镜像命令，以水平中心线为镜像线，对图形进行镜像，如图 14.11 所示。

（10）执行偏移命令，将水平中心线向上偏移 70，将线段 A 向上、向下分别偏移 7.5、4.5，将线段 B 向右偏移 9，如图 14.12 所示。

（11）执行延伸命令，对偏移得到的线条进行延伸处理，如图 14.13 所示。

图 14.11　镜像图形　　　　图 14.12　偏移线段　　　　图 14.13　延伸线段

（12）执行修剪及删除等命令，对延伸得到的线段进行修剪处理，如图 14.14 所示。

（13）执行圆角命令，圆角半径设置为 2，绘制过渡圆角，如图 14.15 所示。

（14）执行图案填充命令，对泵盖的剖面部分进行填充，填充图案为【ANSI31】，线型比例为 1.5，如图 14.16 所示。

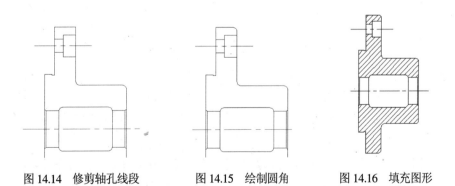

图 14.14　修剪轴孔线段　　　图 14.15　绘制圆角　　　图 14.16　填充图形

2．绘制左视图

绘制泵盖左视图，其具体操作如下：

（1）执行构造线命令，绘制左视图的水平中心线和垂直中心线，如图 14.17 所示。

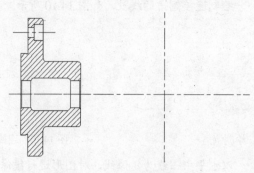

图 14.17　绘制左视图辅助线

（2）执行圆命令，以水平和垂直中心线的交点为圆心，绘制半径分别为 12、15、38、55 的同心圆，如图 14.18 所示。

（3）执行偏移命令，将水平中心线向上、向下分别偏移 57，将垂直中心线向左、向右分别偏移 57，如图 14.19 所示。

图 14.18　绘制同心圆

图 14.19　偏移辅助线

（4）执行直线和删除命令，对偏移的线段进行编辑，如图 14.20 所示。

（5）执行圆角命令，对图形进行圆角，圆角半径为 27，如图 14.21 所示。

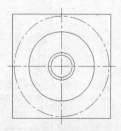

图 14.20　修剪线段

图 14.21　绘制圆角

（6）在 极轴 按钮上单击鼠标右键，在弹出的快捷菜单中选择【设置】命令，在打开的【草图设置】对话框中单击【极轴追踪】选项卡，在【极轴角设置】栏的【增量角】下拉列表框中选择【45】选项，将角度捕捉设为 45°，单击 确定 按钮。

（7）执行直线命令，绘制如图 14.22 所示的辅助线。

（8）执行圆命令，绘制半径为 4.5 的圆，如图 14.23 所示。

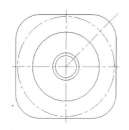

图 14.22　绘制 45° 辅助线

图 14.23　绘制轴孔

（9）执行阵列命令，对绘制的轴孔进行阵列，阵列后的图形如图 14.24 所示。

（10）执行修剪命令，对多余的辅助线进行修剪处理，如图 14.25 所示。

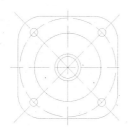

图 14.24　执行阵列命令

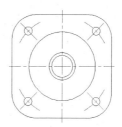

图 14.25　修剪线条

14.2.2　绘制泵盖模型

在完成零件图的绘制之后，便可在此基础上绘制泵盖实体模型了，其具体操作如下。

（1）执行【视图】→【三维视图】→【西南等轴测】命令，将当前视图设置为西南等轴测视图。

（2）执行设置线框密度命令，将线框密度设置为 30。

（3）执行绘制圆柱体命令，以坐标原点为圆心，绘制直径为 75，高为 5 的圆柱体，如图 14.26 所示。

（4）再次执行绘制圆柱体命令，以上一步绘制的圆柱体顶面中心为圆心，绘制直径为 74，高为 3 的圆柱体，如图 14.27 所示，其命令操作如下：

命令: cylinder	//执行绘制圆柱体命令
指定底面的中心点或 [三点(3P)/两点(2P)/相切、相切、半径(T)/椭圆(E)]:0,0,5	//指定底面的中心点
指定底面半径或 [直径(D)] <37.5000>:37	//指定圆柱体的底面半径
指定高度或 [两点(2P)/轴端点(A)] <5.0000>:3	//指定圆柱体的高度

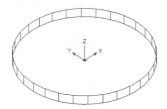

图 14.26　绘制直径为 75 的圆柱体

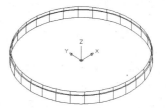

图 14.27　绘制直径为 74 的圆柱体

（5）执行 Ucs 命令，建立新的用户坐标系，其命令操作如下：

命令: ucs	//执行坐标命令
当前 UCS 名称: *世界*	
指定 UCS 的原点或 [面(F)/命名(NA)/对象(OB)/上一个(P)/视图(V)/	
世界(W)/X/Y/Z/Z 轴(ZA)]:0,0,7	//指定新坐标原点
指定 X 轴上的点或 <接受>:	//按【Enter】键结束命令

（6）执行绘制长方体命令，绘制长度和宽度为 114，高为 15 的长方体，如图 14.28 所示，其命令操作如下：

命令: box	//执行绘制长方体命令
指定第一个角点或 [中心(C)]: -57,-57,0	//指定长方体的角点
指定其他角点或 [立方体(C)/长度(L)]:1	//选择【长度】选项
指定长度 <30.0000>: 114	//指定长方体的长度
指定宽度 <10.0000>: 114	//指定长方体的宽度
指定高度或 [两点(2P)] <30.000>: 15	//指定长方体的高度

（7）执行绘制圆柱体命令，绘制直径为 60，高为 51 的圆柱体，如图 14.29 所示，其命令操作如下：

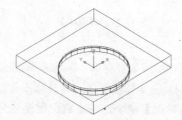

图 14.28 绘制长方体

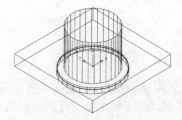

图 14.29 绘制直径为 60 的圆柱体

命令: cylinder	//执行绘制圆柱体命令
指定底面的中心点或 [三点(3P)/两点(2P)/相切、相切、半径(T)/椭圆(E)]:0,0,0	//指定底面的中心点
指定底面半径或 [直径(D)] <37.5000>:30	//指定圆柱体的底面半径
指定高度或 [两点(2P)/轴端点(A)] <3.0000>: 51	//指定圆柱体的高度

（8）执行并集运算命令，将所有实体进行并集运算，如图 14.30 所示。

（9）执行 Ucs 命令，选择【世界】选项，将当前的坐标系恢复到世界坐标系。

（10）执行绘制圆柱体命令，绘制直径为 25，高为 58 的圆柱体，如图 14.31 所示，其命令操作如下：

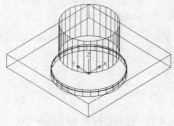

图 14.30 并集运算

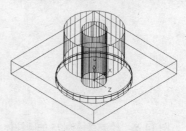

图 14.31 绘制直径为 25 的圆柱体

```
命令: cylinder                                          //执行绘制圆柱体命令
指定底面的中心点或 [三点(3P)/两点(2P)/相切、相切、半径(T)/椭圆
(E)]:0,0,0                                              //指定底面的中心点
指定底面半径或 [直径(D)] <30.0000>:12.5                  //指定圆柱体的底面半径
指定高度或 [两点(2P)/轴端点(A)] <50.0000>: 58            //指定圆柱体的高度
```

（11）执行差集运算命令，对轴孔进行差集处理。

（12）执行Ucs命令，对当前的坐标系进行移动，建立新的用户坐标系，其命令操作如下：

```
命令: ucs                                               //执行坐标命令
当前 UCS 名称: *世界*
指定 UCS 的原点或 [面(F)/命名(NA)/对象(OB)/上一个(P)/视图(V)/
世界(W)/X/Y/Z/Z 轴(ZA)]:0,0,10                         //指定新坐标原点
指定 X 轴上的点或 <接受>:                                //按【Enter】键结束命令
```

（13）执行绘制圆柱体命令，绘制直径为30，高为38的圆柱体，如图14.32所示，其命令操作如下：

```
命令: cylinder                                          //执行绘制圆柱体命令
指定底面的中心点或 [三点(3P)/两点(2P)/相切、相切、半径(T)/椭圆
(E)]:0,0,0                                              //指定底面的中心点
指定底面半径或 [直径(D)] <12.5000>:15                    //指定圆柱体的底面半径
指定高度或 [两点(2P)/轴端点(A)] <50.0000>: 38            //指定圆柱体的高度
```

（14）执行差集运算命令，对直径为30的圆柱体进行差集处理，如图14.33所示。

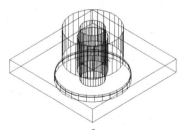

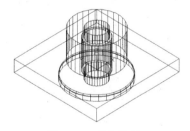

图14.32 绘制直径为30的圆柱体　　　　　图14.33 差集处理

（15）执行Ucs命令，选择【世界】选项，将绘图坐标系返回到世界坐标系。

（16）执行Ucs命令，将当前的坐标系进行移动，建立新的用户坐标系，其命令操作如下：

```
命令: ucs                                               //执行坐标命令
当前 UCS 名称: *世界*
指定 UCS 的原点或 [面(F)/命名(NA)/对象(OB)/上一个(P)/视图(V)/
世界(W)/X/Y/Z/Z 轴(ZA)]:0,0,22                         //指定新坐标原点
指定 X 轴上的点或 <接受>:                                //按【Enter】键结束命令
```

（17）执行直线、圆命令，绘制辅助线。

（18）执行圆柱体命令，绘制直径为15，高度为9的圆柱体，如图14.34所示，其命令操作如下：

命令: cylinder	//执行绘制圆柱体命令
指定底面的中心点或 [三点(3P)/两点(2P)/相切、相切、半径(T)/椭圆(E)]:	//捕捉辅助线的交点，如图 14.35 所示
指定底面半径或 [直径(D)] <12.5000>:7.5	//指定圆柱体的底面半径
指定高度或 [两点(2P)/轴端点(A)] <50.0000>: -9	//指定圆柱体的高度

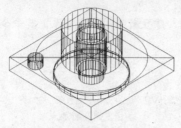

图 14.34 绘制直径为 15 的圆柱体

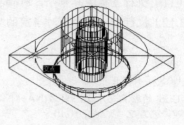

图 14.35 捕捉交点

（19）执行圆柱体命令，以直径为 15 的顶面圆心为中心点，绘制直径为 9，高度为 15 的圆柱体，如图 14.36 所示，其命令操作如下：

命令: cylinder	//执行绘制圆柱体命令
指定底面的中心点或 [三点(3P)/两点(2P)/相切、相切、半径(T)/椭圆(E)]:	//捕捉直径为15的圆柱顶面圆心
指定底面半径或 [直径(D)] <12.5000>:4.5	//指定圆柱体的底面半径
指定高度或 [两点(2P)/轴端点(A)] <50.0000>: -15	//指定圆柱体的高度

（20）执行三维阵列命令，将绘制的两个圆柱体进行三维阵列复制，如图 14.37 所示，其命令操作如下：

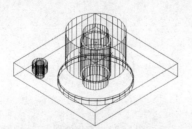

图 14.36 绘制直径为 9 的圆柱体

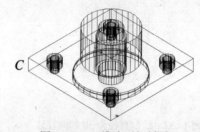

图 14.37 三维阵列复制图形

命令: 3darray	//执行三维阵列命令
选择对象:	//选择两个圆柱体
选择对象:	//确定对象的选择
输入阵列类型 [矩形(R)/环形(P)] <矩形>:p	//选择【环形】选项
输入阵列中的项目数目: 4	//指定阵列项目数
指定要填充的角度 (+=逆时针, -=顺时针) <360>:	//指定填充角度
旋转阵列对象? [是(Y)/否(N)] <Y>:	//阵列时旋转对象
指定阵列的中心点: 0,0,0	//指定阵列的中心点
指定旋转轴上的第二点: 0,0,10	//指定第二点

（21）执行差集运算命令，对轴孔进行差集运算。

（22）执行圆角命令，对差集运算后的实体进行圆角处理，如图 14.38 所示，其命令操作如下：

```
命令:fillet                                        //执行圆角命令
当前设置: 模式 = 修剪, 半径 = 0.0000
选择第一个对象或 [放弃(U)/多段线(P)/半径(R)/修剪(T)/多个(M)]: //选择长方体竖边 C
输入圆角半径 <0.0000>:27                           //指定圆角半径
选择边或 [链(C)/半径(R)]:                           //选择其余的竖边
选择边或 [链(C)/半径(R)]:                           ……
选择边或 [链(C)/半径(R)]:                           ……
选择边或 [链(C)/半径(R)]:                           //按【Enter】键结束圆角命令
```

（23）再次执行圆角命令，对实体进行圆角处理，其圆角半径为 3，如图 14.39 所示，其命令操作如下：

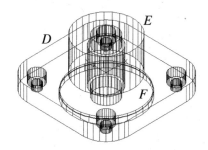

图 14.38　圆角处理

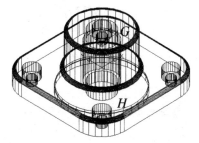

图 14.39　其他圆角处理

```
命令:fillet                                        //执行圆角命令
当前设置: 模式 = 修剪, 半径 = 0.0000
选择第一个对象或 [放弃(U)/多段线(P)/半径(R)/修剪(T)/多个(M)]: //选择长方体顶面的边 D
输入圆角半径 <25.0000>:3                           //指定圆角半径
选择边或 [链(C)/半径(R)]:                           //选择长方体顶面其余的边
选择边或 [链(C)/半径(R)]:                           ……
选择边或 [链(C)/半径(R)]:                           //选择直径为60的圆柱体顶面圆 E
选择边或 [链(C)/半径(R)]:                           //选择长方体顶面与直径为60的
                                                   圆柱体的交线 F
选择边或 [链(C)/半径(R)]:                           //按【Enter】键结束圆角命令
```

（24）执行倒角命令，对实体 G、H 进行倒角处理，倒角参数为 1×45°，如图 14.40 所示。

（25）执行消隐命令，对实体进行消隐处理并将多余的线段删除，完成泵盖模型的创建，如图 14.41 所示。

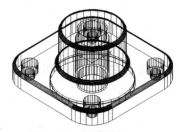

图 14.40　绘制倒角

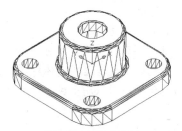

图 14.41　完成绘制

14.3 上机练习

14.3.1 绘制支座零件图

本次练习将练习绘制如图 14.42 所示的支座零件图，主要练习机械零件图的绘制。

效果图位置：【\第 14 课\源文件\支座零件图.dwg】

操作思路：

● 执行构造线命令绘制作图辅助线，然后使用圆、偏移等命令完成俯视图的绘制。

● 执行复制、偏移和修剪等命令完成支座主视图轮廓的绘制，并对图形进行填充。

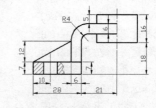

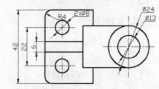

图 14.42　支座零件图

14.3.2 绘制支座模型

本次练习将绘制如图 14.43 所示的支座实体模型，通过本实例的练习，将巩固并掌握实体模型的绘制。

效果图位置：【\第 14 课\源文件\支座模型.dwg】

操作思路：

● 执行圆柱体以及并集运算等命令，完成支座轮廓的绘制。

● 再次执行圆柱体命令，绘制螺孔以及轴孔圆柱，最后使用差集运算命令对图形进行差集运算即可。

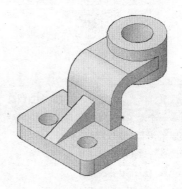

图 14.43　支座模型

14.4　疑难解答

问：绘制零件图时，如何选择视图？

答：零件图的视图选择包括主视图的选择和其他视图的选择。在选择主视图时，方向要充分反映零件的形状特征，还要考虑零件的工作和加工位置。在选择其他视图时，应优先采用基本视图（俯视图、左视图），在满足要求的前提下，使视图的数量尽量少。

问：使用何种方法绘制实体模型更加快捷、更加简便？

答：绘制实体模型时，先分析零件的结构特点，再选择绘制方法。如回转体零件，可使用零件图的轮廓旋转生成实体模型，最后对细节进行调整；其他零件，可使用零件图的轮廓进行拉伸处理，从而生成实体模型。

14.5　课 后 练 习

1．选择题

（1）执行（　　）命令，可对图形进行镜像。

　　A．Circle　　　　　　　　　B．Copy

　　C．Array　　　　　　　　　D．Mirror

（2）使用（　　）命令，可以建立新的用户坐标系。

　　A．3drotate　　　　　　　　B．Subtract

　　C．Ucs　　　　　　　　　　D．Extrude

2．问答题

（1）机械图形主要包括哪些内容的绘制？在绘图的过程中，主要应注意什么？

（2）简述绘制泵盖三维实体模型的过程，想想还可使用什么方法进行绘制？

3．上机题

参照本课所讲的知识，绘制如图 14.44 所示的轴承座零件图和图 14.45 所示的轴承座模型，通过本次上机操作，可巩固机械零件图以及模型图的绘制。

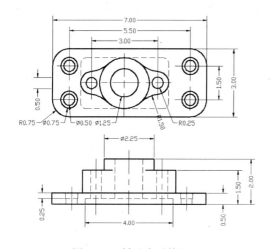

图 14.44　轴承座零件图　　　　　　图 14.45　轴承座模型

效果图位置：【\第 14 课\源文件\轴承座零件图.dwg、轴承座模型.dwg】

提示：该实例的平面图主要使用二维平面绘图的直线、圆以及修剪等命令绘制；模型图可以使用圆柱体、长方体以及并集等命令进行绘制。

● 使用直线、圆等命令绘制轴承座主视图，并用虚线表示不可见部分的轮廓。

● 在主视图的基础上绘制俯视图的左半部分，再使用镜像命令生成另一半图形。

● 使用长方体、圆柱体命令绘制轴承座的实体，使用楔形命令绘制肋板。

● 使用圆柱体与旋转生成的实体进行差集运算，绘制螺孔、轴孔。

参 考 答 案

第 1 课

1. 填空题

（1）菜单栏、命令行　（2）命令行

2. 选择题

（1）B　　　　（2）C

3. 问答题

（1）参见 1.1.1 节下的第 2 小节和第 3 小节。

（2）参见 1.1.1 节下的第 4 小节。

（3）参见 1.1.1 节下的第 4 小节。

第 2 课

1. 填空题

（1）22,15　　（2）75<55

（3）相对于图纸空间的放大倍数

2. 选择题

（1）B　　　　（2）B

3. 问答题

（1）第一问参见 2.1.1 节下的第 1~3 小节。第二问参见 2.1.1 节下的第 4 小节。

（2）参见 2.2.1 节下的第 2 小节和第 3 小节。

（3）参见 2.4.1 节。

（4）参见 2.4.1 节下的第 4 小节和第 5 小节。

第 3 课

1. 选择题

（1）C　　　　（2）C

2. 问答题

（1）参见 3.1.1 节下的第 1 小节和第 2 小节。

（2）参见 3.1.1 节下的第 3 小节和第 4 小节。

（3）参见 3.2.1 节下的第 1 小节和第 4 小节。

第 4 课

1. 填空题

（1）圆心、半径　（2）倒角

（3）内接于圆

2. 选择题

（1）B　　　　（2）C

3. 问答题

（1）参见 4.1.1 节中的第 1 小节。

（2）参见 4.1.1 节中的第 2 小节。

（2）参见 4.2.1 节中的第 1 小节。

第 5 课

1. 填空题

（1）Ar、矩形阵列、环形阵列

（2）Mirror

（3）点、圆、文本、图块

2. 选择题

（1）C　　　　（2）C

3. 问答题

（1）参见 5.1.1 节下的第 1 小节和第 7 小节。

（2）参见 5.1.1 节下的第 3 小节。

（3）参见 5.4.1 节下的第 1 小节。

第 6 课

1. 选择题

（1）C　　　　（2）B

2. 问答题

（1）参见 6.1.1 节下的内容。

（2）参见 6.1.1 节下的内容。

（3）参见 6.2.1 节下的内容。

第 7 课

1. 填空题

（1）圆弧符号

（2）尺寸公差标注、形位公差标注

2．选择题

（1）D　　　（2）A

3．问答题

（1）参见 7.1 节下的内容。

（2）参见 7.3 节下的内容。

（3）参见 7.4 节下的内容。

第 8 课

1．填空题

（1）设置、保存

（2）颜色、线型、线宽

2．选择题

（1）D　　　（2）C

3．问答题

（1）参见 8.1.1 节下的第 2 小节。

（2）参见 8.1.1 节下的第 3 小节。

（3）参见 8.2.1 节下的第 2 小节。

第 9 课

1．填空题

（1）Minsert

（2）尺寸标注、文字样式

2．选择题

（1）A　　　（2）C

3．问答题

（1）参见 9.1.1 节的第 1 小节。

（2）参见 9.1.1 节的第 2 小节。

（3）参见 9.2.1 节。

第 10 课

1．填空题

（1）偏移、构造线

（2）波浪线、双折线

2．选择题

（1）A　　　（2）D

3．问答题

（1）参见 10.1.1 节。

（2）参见 10.2.1 节及 10.3.1 节。

（3）参见 10.3.1 节。

第 11 课

1．选择题

（1）C　　　（2）C　　　（3）D

2．问答题

（1）参见 11.1.1 节。

（2）参见 11.2.1 节下的第 1 小节。

（3）参见 11.2.1 节下的第 3 小节。

第 12 课

1．选择题

（1）D　　　（2）C

2．问答题

（1）参见 12.1.1 节的第 3 小节。

（2）参见 12.1.1 节的第 3 小节。

（3）参见 12.2.1 节的第 1 小节。

第 13 课

1．选择题

（1）A　　　（2）C

2．问答题

（1）参见 13.1.1 节下的第 1 小节。

（2）参见 13.1.1 节下的第 2 小节。

（4）参见 13.2.1 节下的第 1 小节。

第 14 课

1．选择题

（1）D　　　（2）C

2．问答题

（1）参见 14.2.1 节。

（2）参见 14.2.2 节。

反侵权盗版声明

　　电子工业出版社依法对本作品享有专有出版权。任何未经权利人书面许可，复制、销售或通过信息网络传播本作品的行为；歪曲、篡改、剽窃本作品的行为，均违反《中华人民共和国著作权法》，其行为人应承担相应的民事责任和行政责任，构成犯罪的，将被依法追究刑事责任。

　　为了维护市场秩序，保护权利人的合法权益，我社将依法查处和打击侵权盗版的单位和个人。欢迎社会各界人士积极举报侵权盗版行为，本社将奖励举报有功人员，并保证举报人的信息不被泄露。

举报电话：（010）88254396；（010）88258888
传　　真：（010）88254397
E-mail：dbqq@phei.com.cn
通信地址：北京市万寿路 173 信箱
　　　　　电子工业出版社总编办公室
邮　　编：100036